职责与真相
汤计新闻从业感悟

汤 计●著

新 华 出 版 社

图书在版编目（CIP）数据

职责与真相：汤计新闻从业感悟/汤计著

北京：新华出版社，2015.12

ISBN 978－7－5166－2218－6

Ⅰ.①职…　Ⅱ.①汤…　Ⅲ.①新闻—作品集—中国—当代　Ⅳ.①I253

中国版本图书馆 CIP 数据核字（2015）第 292682 号

职责与真相：汤计新闻从业感悟

作　　者：汤　计

出 版 人：张百新	选题策划：要力石
责任编辑：徐　光　张永杰	封面设计：李尘工作室
责任校对：刘保利	责任印制：廖成华

出版发行：新华出版社

地　　址：北京石景山区京原路 8 号　　　　　邮　　编：100040

网　　址：http：//www. xinhuapub. com　http：//press. xinhuanet. com

经　　销：新华书店

购书热线：010－63077122　　　　　　中国新闻书店购书热线：010－63072012

照　　排：新华出版社照排中心

印　　刷：河北鑫宏源印刷包装有限责任公司

成品尺寸：170mm×240mm

印　　张：16　　　　　　　　　　　字　　数：260 千字

版　　次：2016 年 1 月第一版　　　　　印　　次：2016 年 1 月第一次印刷

书　　号：ISBN 978－7－5166－2218－6

定　　价：38.00 元

图书如有印装问题，请与出版社联系调换：010－63077101

序

田聪明

一直以来，我始终坚守自己定的一些"规矩"，不给别人出书写序是一条。为汤计的新闻作品集《职责与真相》作序只能算破例。

我之所以要"在此破例"，是想表明一个态度：全力支持坚定履行新华社职责的记者。

汤计是坚定履行新华社职责的记者吗？我是这么认为的。这首先是从前些年他所作的报道、近两年一些媒体对他的报道中形成了印象；进而从新华社和有关团体乃至中央对他工作的褒奖中加深了这个印象；看了《职责与真相》书稿后得到了确认。

收入《职责与真相》中的新闻作品，可以证明汤计在当今环境下能全面地履行一名新华社记者的职责，不易。从这些作品中可以看得出他认真领会了宪法和中央的方针政策、能把人民群众的疾苦放在心上、能坚持深入实际采访……特别是为推动呼格吉勒图冤案平反，他从2005年到2014年9年时间不抛弃不放弃，先后写了9篇新闻调查；为揭穿"王木匠"诈骗案，也在几年中先后采写了8篇系列报道。其间，他所经历的威胁利诱是可以想象到的，但汤计坚持住了。这在他30年新华社记者职业生涯中占了近1/3时间，我看可以证明汤计坚定履行新华社记者的职责，经受住了实践和历史的考验。我曾因此说过"做记者当学汤计"的话。

新华社是我们党领导中国革命初创时期建立、由中央直接领导下开展工作的通讯社。在80余年的革命、建设和改革开放的发展历程中，一代接一代的新华社记者始终在党中央的领导下，与党员、战士和广大人民群众一起战斗，一起参加社会主义建设和改革开放的各项实践活动。其间，在履行职责中一样牺牲了不少记者，一样作出过积极贡献，也一样出现过曲折和失误。但新华社记者这支队伍从没有满足现状，也从没有在牺牲和困难面前动摇退缩，而是在党中央的领导下随时坚持真理，随时修正错误，不断锻炼和提高自己，在克服困难中继续前行。所以，我曾说"新华社记者"这五个金光闪闪的大字，一向在党和人民心中享有很高的信誉。呼格吉勒图的父母在近10年的上访中，每当感到无助时就想到找汤计"哭诉"，甚至有同情上访老人的司法机关负责人也建议去找汤计。这是几代新华人在坚持履行新华社职责中，用实实在在的"作为"乃至付出了鲜血和生命而赢得的。

同时，我也很清楚，在不同时期特别是新时期里，新华社记者履行职责随时可能遇到各种不良社会因素的挑战，也确有极少数记者未经受得住考验，甚至做了些"毁损"新华社记者这个"金牌"的事，致使新华社在广大人民群众和社会上的形象受损，地位有所下降。

为此，我在任新华社社长期间，曾在全社上下开展"护牌""强牌"行动——普遍地、一以贯之地要求、支持记者忠实履行新华社职责；及时地、旗帜鲜明地保护认真履行新华社职责的记者，即使有时出些失误，只要基本事实准确，就要为他们承担责任并热情帮助总结改进，绝不一味指责；坚决地、公开地、严肃地查处各种形式的"毁牌"行为；明确强调新华社的"地位"靠"作为"，有"作为"才有"地位"，号召记者和所有员工要靠实际行动恢复和增强新华社在广大人民群众中和社会上的良好形象；在每年与新入社的大学生见面时，都要讲"人人了解新华社，人人热爱新华社，人人为新华社作贡献"的希望；针对新创办的《瞭望东方周刊》新聘用人员较多的情况，要求他们开展"新华社教育"……

我始终有一个观念，就是新华社记者这支队伍是可以信赖的，汤计是一个突出的代表；《职责与真相》中的新闻作品也是无数作品中的代表。因为新华社记者这支队伍是在几十年革命战争、社会主义建设和改革开放的实践中，一代接一代延续下来的，并在实践中形成了一套包括以"真实为生命"、坚持"全国观点""勿忘人民"、以"调查研究为看家本领"、做"党和人民的'耳目''喉舌'"等在内的优良传统和作风。这些传统和作风在社内外影响都很深，对新华社记者队伍的成长起着熏陶和规范的作用。

　　党的十八大以来，以习近平为总书记的党中央治国理政的大政方针，为新华社记者履行职责提供了可以大有作为的良好环境。今年以来，党中央又对新华社如何更好地履行职责提出了明确要求。我坚信，像汤计这样坚定履行新华社职责的记者一定会不断涌现。

二○一五年八月

（作者系中华全国新闻工作者协会主席）

目　录

以新华社记者的职责为崇高信仰

——呼格吉勒图昭雪之路

一、什么是呼格案？

呼格案，全称是呼格吉勒图案，又称"4·09"毛纺厂女厕所女尸案。是指1996年4月9日，内蒙古自治区呼和浩特市卷烟厂年仅18周岁的职工呼格吉勒图，被认定为一起奸杀案凶手。案发仅仅62天后，法院判决呼格吉勒图死刑，并立即执行。2005年，被媒体称为"杀人狂魔"的内蒙古系列强奸杀人案凶手赵志红落网。其交代的第一起杀人案就是"4·09"毛纺厂女厕所女尸案，从而引发媒体和社会的广泛关注。

2014年11月20日，呼格吉勒图案进入再审程序；12月15日，内蒙古自治区高级人民法院做出再审判决，宣告原审被告人呼格吉勒图无罪。之后，进行了国家赔偿和启动问责程序。12月19日，内蒙古公、检、法系统的纪检监察部门开始对呼格案的涉案人员调查追责。

2014年12月30日，内蒙古自治区高级人民法院依法作出国家赔偿决定，决定支付受害人呼格吉勒图的父母李三仁、尚爱云国家赔偿金共计2059621.40元。

2015年1月，中共新华社党组决定，对在推动呼格吉勒图案重审中作出突出贡献的新华社内蒙古分社记者汤计予以表彰，记个人一等功。2015年2月2日，中华全国新闻工作者协会（中国记协）授予汤计"全国优秀新闻工作者"荣誉称号，并号召广大新闻工作者向汤计同志学习。

中共十八届四中全会，作出了全面推进依法治国的决定。呼格吉勒图案的平反昭雪，对于推进中国的法制建设意义重大，甚至可以说具有里程碑式的意义。从2005年10月，"杀人狂魔"赵志红落网并交代"4·09"

毛纺厂女尸案，从而引发媒体和社会的广泛关注，到 2014 年 12 月 15 日，呼格吉勒图被宣布无罪，前后经过了 9 年多时间。是什么推动着汤计为冤死的呼格吉勒图"呐喊"了 9 年？这一案件的具体解决过程是怎样的？国家和社会乃至我们每个人，需要从中得到哪些警示？接下来，就由汤计为大家层层剥茧，还原呼格吉勒图案。

二、还原呼格吉勒图案

编者：汤老师，您最初是在什么时候接触到呼格吉勒图案的？

汤计：2005 年 10 月 23 日，内蒙古警方抓获了一名 10 年间在呼和浩特、乌兰察布等多地制造抢劫、强奸、杀人等系列案件的连环凶手赵志红。赵志红落网后，主动交代了 1996 年 4 月 9 日，自己在呼和浩特市毛纺厂女厕所犯下的强奸杀人案，也就是当时早已经判决的呼格吉勒图案。当时，听到这个消息后的李三仁、尚爱云夫妇，也就是呼格吉勒图的父母，经过四处打听消息并基本确认自己的儿子被冤杀以后，辗转找到了新华社内蒙古分社，我作为分管政法口的记者，对赵志红所交代的情况也有一定了解，于是决定跟进这个案子。

编者：您能聊一下呼格吉勒图的父母李三仁、尚爱云夫妇吗？

汤计：呼格吉勒图的父亲李三仁，今年 60 多岁了，他原是内蒙古第一毛纺厂的退休工人。他的老伴尚爱云，也 60 多岁了，早已退休。1996 年，他们的儿子呼格吉勒图因流氓杀人罪被判死刑，之后老两口在邻里乡亲面前一直抬不起头来，因为他们生养了一个流氓杀人犯儿子。他们和全天下所有的父母一样，爱子心切，当知道自己的儿子被冤杀后，他们会付出自己的一切只为给儿子讨回应有的公道和正义。

他们很朴实、很善良。我一看见那俩老人，心里就特别难受。内蒙古每年人代会都是 1 月 5 日左右开，那是内蒙古最冷的时候，零下一二十摄氏度，老两口就站在那儿，就那么站着，也不闹。我作为一个参会记者，每次看到他们又不能打招呼，也不能说点什么别的安慰的话，还要假装没看见，你说心里是啥滋味？这些年来，他们只接受境内媒体的采访，拒绝许多境外媒体采访，他们让我深深地感受到，老百姓是怎样爱国的，他们没有口号、没有言语，用行动表达对我们执政党的信任和对国家的热爱，看到了凡人的高大。他们的举动深深地感染了我，在我的内心注入了强大的正能量⋯⋯

2014年12月5日，在提交呼格吉勒图案再审的诉讼请求时，他们只提出了请求法庭能够依法公正、公平地判决这样的要求。现在，李三仁的退休金每月2000多元，尚爱云的退休金每月1700多元，但他们的生活简单而快乐。

编者：汤计老师在说起呼格吉勒图父母时，眼里噙着泪水，语气非常缓慢，时断时续，甚至几度哽咽⋯⋯此时我们也被感动了，心里酸酸的⋯⋯身高1.83米，身材魁梧、年近60岁的汤老师，不仅展现他柔情的一面，而且更让我们深深地感受到他是一位有良知、有善心，敢于担当的新闻记者。他说：一个好的记者一定要是一个好人，这个好人要有同情心和正义感。只有这样，才有明辨是非的思想和能力，才有做事坚持下去的动力。

新闻是推动社会发展与进步的动力与工具。在他从事新闻记者的生涯里，汤老师一直践行着自己的誓言，通过新闻报道为呼格吉勒图"呐喊"仅是其中一例。2005年11月23日，为了替枉死的呼格吉勒图昭雪，汤老师经过采访写出了第一篇反映呼格吉勒图冤案的报道。

内蒙古一死刑犯父母呼吁警方尽快澄清十年前冤案①

近日，内蒙古自治区呼和浩特市年逾五旬的老人李三仁和妻子尚爱云向新华社记者反映，10年前他们的儿子呼格吉勒图被法院以故意杀人罪判处死刑。最近他们得知，真正的杀人凶手终于落网，盼望公、检、法等部门尽快进行审理复核，澄清这起冤案。

---

① 合作者李泽兵。

据记者调查了解，1996 年 4 月 9 日晚，呼和浩特市毛纺大院一公厕内发生一起命案：歹徒强奸未遂，将一女子杀害。案发后，呼市新城公安分局认定年仅 18 岁的呼格吉勒图为杀人凶手；5 月 23 日，呼格吉勒图被法院判处死刑；6 月 10 日，被执行死刑。

李三仁讲述，呼格吉勒图是呼和浩特卷烟厂的临时工，案发当晚从厂子下班回家，路过公厕时听到女厕所内有人呼救。他跑回厂里叫来同事闫峰，二人返回公厕后，发现一女子已经死亡，遂到附近的公安值勤岗亭报案，后来二人被新城公安分局民警带走。

尚爱云向记者哭诉说，第二天闫峰被放出来找到她说："阿姨，警察硬说人是我们杀的，我们说不是，警察说'不是你们，两小子跑到女厕所干啥？'"闫峰还告诉她听见呼格吉勒图在另一间屋子里发出的惨叫声，呼喊着"别打了，打死我人也不是我杀的"。

尚爱云说："我问闫峰'警察打你没？'他说挨了几个耳光。"

李三仁、尚爱云说，从儿子被抓到被枪毙，他们始终没见上儿子一面，老两口至今不相信人是儿子杀的。尚爱云回忆，呼格吉勒图胆子特别小，一次邻居有一家死了人，门口摆了花圈，儿子出门还绕道走，不敢从人家门前过。

记者从自治区公安厅了解，内蒙古警方于 10 月 23 日破获公安部督办大案，抓捕了一名 10 年间在呼和浩特市、乌兰察布市等地制造多起强奸、抢劫、杀人系列案件的连环杀手，犯罪嫌疑人名叫赵志红，1972 年生，乌兰察布市凉城县永兴镇人。警方说，赵志红自 1990 年起长年在呼市、包头、鄂尔多斯、宁夏等地打工，并开始作案，其间曾因偷盗等案件被公安机关多次处理过。目前，赵志红向警方供认了至少 8 起强奸、杀人案件，杀死妇女 7 人。

记者了解到，警方近日专门押解赵志红前往毛纺大院寻找公厕（早已被拆除），指认作案现场。同时，还派专人约见呼格吉勒图案件的律师，寻找案卷材料，并约请其表哥哈达到专案组了解情况。

记者电话采访系列强奸、杀人专案组组长、自治区公安厅助理巡视员时，他表示，犯罪嫌疑人赵志红供述多起强奸杀人案，每起案件都要进行认真复核，有关详细案情目前不便接受采访。

记者从不愿透露姓名的专案组成员口中获悉，目前自治区公安厅已经成立"4·09"专案组，专门复核呼格吉勒图案件。

李三仁、尚爱云老人说，他们已经多次到自治区公安厅、呼市公安局、自治区政法委、自治区人大等部门反映呼格吉勒图案件，但至今没有得到任何答复，他们向记者表示了自己的担忧："案件已经时隔10年，我们认为冤案是当初警察刑讯逼供造成的。如果警方内部官官相护，压住案件不深查、不追究，恐怕儿子的冤案只能冤下去，我们等不到真相大白死不瞑目。"

编者：从4月9日案发，到6月10日呼格吉勒图被执行死刑，前后用时仅仅62天。对于强奸杀人案这样性质特别严重的案件，在当时符合办案程序吗？

汤计：现在回过头来看，当时恐怕在办案程序和方法上是存在很大问题的。今年1月23日，李三仁、尚爱云夫妇向内蒙古检察院递交对当年办案人员的控告举报书，就很能说明问题。

编者：您的第一篇报道发出去之后，反响怎么样？

汤计：这篇报道引起了党中央和自治区党委的高度关注。内蒙古自治区政法委专门组成呼格吉勒图案件复核组，全面了解当年的"4·09"案件侦破审理情况。2006年3月，由自治区政法委负责组织的复核工作全面展开，同年8月案件复核即有了一个明确结论。然而，调查组的结论不等于法院的判决，这种结论不具有任何法律效应。公安机关认为当年的"4·09"案件弄错了，公诉机关也认为当年起诉"4·09"案件凶手的证据不足，但法院认为没有新的物证仅凭杀人犯赵志红的口供不能重起审判程序……争来争去，"4·09"案件还没有结果，而杀了10条人命、真正制造"4·09"血案的凶手赵志红因羁押期已到，却被以9条人命起诉，唯独漏了毛纺厂公厕里的命案。

编者：如果杀了赵志红这个"4·09"案件的关键证人，那么呼格案或将成为永久冤案和谜案。为了保住"4·09"命案关键证人的性命，不使呼格吉勒图永久沉冤，汤计老师经过深入调查、多方考证，于2006年12月8日写出了第二篇报道。

呼市"系列杀人案"尚有一起命案未起诉让人质疑

10年作案21起、奸杀10名妇女的内蒙古自治区"杀人狂魔"赵志红，11月28日在呼和浩特市中级人民法院进行了不公开审理。由于公诉机关在起诉书中只讲赵志红奸杀9人，没有提及另外一名受害人，引起了不少政法系统人士的质疑。

赵志红承认自己是十年前一起"侦破"命案的凶手

2005年10月23日，"杀人狂魔"赵志红在呼和浩特市被警方擒获，震惊全国的"2·25"系列强奸、抢劫、杀人案告破，20多起惊天大案随之开始真相大白。

赵志红主动供述的"4·09"流氓杀人命案令警方大为震惊，因为这起命案早在10年前就"侦破"，"案犯"呼格吉勒图已于1996年6月10日被执行死刑！参与侦破赵志红系列强奸杀人案的一位民警说："赵志红乍一供述'4·09'案件是他所为时，所有了解'4·09'案情的干警都懵了。"

原来，1996年4月9日晚9时许，在呼和浩特市第一毛纺厂宿舍大院57栋西侧的公共厕所内发现一具半裸女尸，警方很快"侦破"此案。捕获的犯罪嫌疑人名叫呼格吉勒图，刚满18岁，家住毛纺大院65栋。他也是"4·09"案件的报案人。

自治区和呼和浩特两级法院都认定呼格吉勒图犯了流氓杀人罪，主要犯罪事实：1996年4月9日晚8时40分许，呼格吉勒图酒后窜至第一毛纺织厂宿舍57栋平房西侧的公共厕所处窥探后，闯入女厕所，对杨某某

（女）采用威胁、捂嘴、扼颈等暴力手段强行将其拖到隔墙上，扒开衣裤进行流氓猥亵……杨某某因其扼颈窒息当场死亡。

很快，呼格吉勒图被判处死刑。"4·09"命案从案发到6月10日呼格吉勒图被枪决，仅仅62天就被"从重从快"地画上了句号。

赵志红的四份口供重现"4·09"厕所命案经过

赵志红落入法网后，先后四次向警方供述在呼市毛纺大院厕所内奸杀一名受害妇女的详细经过（"4·09"案件）。

2005年10月27日，呼和浩特市公安局赛罕分局刑警，在天泽大厦8611房间对赵志红进行了第一次审讯。赵志红在这次审讯中供述了17起案件，其中第16起案件是"4·09"厕所命案。

发生"4·09"命案的厕所地处毛纺大院，远离灯光闪亮的马路，而早春的呼和浩特市，晚上8点多钟天色已近漆黑，公厕内没有照明灯光。即便如此，赵志红对一些细节诸如厕所方位、内部结构，被害人身高、年龄、扼颈方式、尸体摆放位置……甚至奸尸都有清晰肯定的记忆。在本次供述的最后，赵志红特意"提醒"审讯人员："有的具体时间可能不准，你们自己再查查吧。"

两天后的10月29日，内蒙古自治区公安厅刑警总队的办案人员在同一地点再次提审赵志红。这次赵志红进一步确认公厕是"南北走向、女厕在北"，通过扼颈碰触被害人头发判断她"留着短发"，并表示作案后"怕露馅，就根本没敢打听"。

2005年10月30日，赵志红开始实地指认"4·09"案件的作案现场。尽管10年前的那个公厕已被推倒，原址上早就盖起了楼群，赵志红竟然在该楼群的一个拐角处，准确地指认出了"4·09"命案的现场位置。

2005年11月11日，内蒙古公安厅刑警总队民警与呼市公安局刑警支队民警第三次提审赵志红。对于"4·09"命案，他补充供述了在黑暗中用手感觉被害人"穿着秋裤"。

作案细节最为详尽的一份笔录，出现在2005年12月26日。赵志红向公安厅刑警总队副总队长和另外一名民警供述："1996年4月，具体哪天忘了。路过烟厂，急着小便，找到那个公厕。听到女厕有高跟鞋的声音，判断是年轻女子，于是径直冲进女厕。两人刚好照面，我扑上去让她身贴着墙，用双手大拇指平行卡她喉咙。五六分钟后，她没了呼吸。我用右胳膊夹着她，放到靠内侧的坑位隔墙上，扶着她的腰，强奸了十几分钟……她皮肤细腻，很年轻。我身高1米63，她比我矮，1米55到1米60的样子，体重八九十斤。"

谁是呼和浩特市"4·09"厕所命案的真凶？

自治区公安厅刑警总队打黑支队负责人说："赵志红是我审的。'4·09'命案的现场我复查了3次。呼格吉勒图没有作案时间，前后差了将近一小时。发案时间超不过8点10分，被害妇女7点50分离开饭店，走到厕所用不了5分钟，方便也超不过5分钟。呼格吉勒图到现场应该是8点40分。呼格吉勒图说的细节明显有差错，在当时能见度比较低的情况下，赵志红的表述、过程说的都与作案现场相符，包括受害女性的身高、头发、着装也都对。"

该负责人1985年就开始从事刑侦工作。他回忆："赵志红供出'4·09'命案时我愣了：怀疑他乱供。我停止审讯，把他带出了审讯室。在外面又供出奸杀后埋在炼油厂西边坑里的那个妇女，我问他能不能找到尸体？他说能。到了埋尸地点，他指着说'到了，就埋这了'。结果一挖就出来，当时这起命案没立，是个隐案。看来没有乱供。呼市毛纺大院的'4·09'命案，我带着赵志红去了3次现场，厕所的位置和现场细节说得很清楚。审到最后，我说到底是不是你干的，他说100%是我干的。"

赵志红供出"4·09"命案后，自治区政法委组成"4·09"案件核查组，对案件进行复查。核查组副组长、政法委执法督查室主任说："核查组的工作已经结束，核查组有意见有定论，但这不是最后的法律结论，法律结论得体现到法院的判决书或是裁定书上。"

自治区政法委副书记说："核查组已经有了结论。调查结论以法律的术语讲，当年判处呼格吉勒图死刑的证据明显不足，用老百姓的话说是冤案。但政法委不能改判，得走法律程序。我们要求自治区高级法院复查，向最高人民法院汇报，两家成立复查组，然后走法律程序。"

有人担心错杀呼格吉勒图成为永久冤案

自治区政法委核查组关于"4·09"命案的调查结论早已作出，但令人忧虑的是11月28日公诉机关起诉"杀人狂魔"赵志红时，只诉了9条人命，唯独漏掉了"4·09"命案。

呼格吉勒图的父亲李三仁，是一位退休多年的纺织工。他与爱人从2005年11月获悉"4·09"命案另有凶手后，拖着病躯每天奔走于自治区人大、政法委、高院、高检、公安厅等部门，希望查明真相。2006年6月，老两口在自治区未得到答复后，又踏上了进京上访路。

李家老街坊陈某看着呼格吉勒图长大。"呼格吉勒图特别懂事，经常帮着父母干家务。听说他杀人，毛纺大院的人都不信。当时我们几十个老邻居联名给司法机关上过《意见书》，没管用。"她说："这次听说抓住了真凶，可复查了半天没动静了。我看他们想把事儿捂住，要不赵志红杀了10个人怎能起诉9个?!"

编者：我们看到，在您发出第二篇报道以后，仅过了十多天，就发出了第三篇报道。这是怎么回事儿呢？

汤计：这篇报道完全是一个意外收获。第二篇报道写出后的第八天，也就是2006年的12月20日，我获得一封凶手赵志红从监狱递出来的"偿命申请书"复印件。在这个关键时刻，赵志红的"偿命申请书"非常重要。所以，我赶紧把这封"偿命申请书"一字不改地发了一篇报道。这封"偿命申请书"递到我手里，还让我深深地感受到了人民警察崇高的法治精神和法律信仰。而这种对法律的信仰和敬畏，正是建设法治社会和依法治国所提倡的。

编者：接下来汤老师的这篇报道，将赵志红的"偿命申请书"一字不改地发了出来。这种大巧若拙的手法，既是在写作体例上的创新，也符合新闻报道客观、公正、真实、准确的要求。

"杀人狂魔"赵志红从狱中递出"偿命"申请

12月5日，内蒙古自治区的"杀人狂魔"赵志红从监狱递出一份偿命申请书，质疑公诉机关"不知何故，只字不提我在呼市一毛家属院的公厕命案"——

尊敬的高级人民检察院检察官，您们好！

我是"2·25"系列杀人案罪犯赵志红，我于2006年11月28日已开庭审理完毕。其中有1996年4月18日（准确时间是4月9日）发生在呼市一毛家属院公厕（的）杀人案，不知何故，公诉机关在庭审时只字未提！因此案确实是我所为，且被害人确已死亡！

我在被捕之后，经政府教育，在生命尽头找回了做人的良知，复苏了人性！本着"自己做事、自己负责"的态度！积极配合政府彻查自己的罪行！现特向贵院申请派专人重新落实、彻查此案！还死者以公道！还冤者以清白！还法律以公正！还世人以明白！让我没有遗憾的（地）面对自己的生命结局！

综上所诉（述），希望此事能得到贵院领导的关注，并给予批准和大力支持！

特此申请

谢谢！

呼市第一看守所二中队十四号

罪犯赵志红　2006年12月5日

据了解，10年作案21起、奸杀10名妇女的内蒙古自治区"杀人狂魔"赵志红，11月28日在呼和浩特市中级人民法院接受了不公开审理。由于公诉机关在起诉书中只讲赵志红奸杀9人，没有提及另外一名受害妇女，引起了政法界人士的广泛质疑。

编者：第二篇和第三篇报道这么密集地发出去，是否延缓了赵志红案的审理？

汤计：这两篇报道发出去以后，最高检和最高法直接下令将正在审理的赵志红案休庭了，起到了"枪下留人"的作用。使得赵志红——这个呼格案的关键证人——没有被杀掉。为呼格吉勒图最后的平反，起到了至关重要的作用。

编者：之后，您还在新华社的有关刊物上，发表了两篇关于呼格吉勒图案的详细报道。

汤计：当时，为了扩大影响，进一步推动呼格案的进程，我把呼格案的相关材料详细地梳理了一遍，写了这两篇报道。

死刑犯呼格吉勒图被错杀？

——呼市 1996 年"4·09"流氓杀人案件透析（上）

最近，10 年间作案 21 起、奸杀 10 名妇女的"杀人狂魔"赵志红供述的一起强奸杀人案，引起了呼和浩特市民的强烈关注。因为，这起发生在 1996 年 4 月 9 日，被警方称为"4·09"流氓杀人案的凶手呼格吉勒图，已于 10 年前执行枪决，如今怎么又冒出一个"凶手"？

死刑犯呼格吉勒图被错杀？

呼格吉勒图，男，蒙古族，生于 1977 年 8 月 9 日，原呼和浩特卷烟厂工人，家住呼和浩特市新城区内蒙古第一毛纺厂宿舍院。1996 年 4 月 9 日晚 9 时许，在呼和浩特市内蒙古第一毛纺厂平房宿舍大院 57 栋西侧的公共厕所内发现一具半裸女尸，呼格吉勒图是报案人。

三天后，呼格吉勒图因涉嫌故意杀人罪被呼和浩特市公安局新城区分局收容审查，5 月 10 日转捕。5 月 23 日，呼和浩特市中级人民法院以故意杀人罪判处呼格吉勒图死刑，剥夺政治权利终身，以流氓罪判处有期徒刑五年。决定执行死刑，剥夺政治权利终身。

呼格吉勒图当庭否认杀人，对一审判决表示不服，并于次日提起上诉。6月5日，内蒙古自治区高级人民法院驳回其上诉，维持原判。6月10日上午，呼格吉勒图被执行枪决，时年18岁。

从1996年4月9日至6月10日，仅仅62天该案就被"从重从快"地画上句号。谁也没有料到，10年后这个句号却因另一起特大系列强奸抢劫杀人案件的告破而变成了巨大的问号。

2005年10月23日，被内蒙古人痛斥为"杀人狂魔"的赵志红落入法网。1996年4月至2005年7月，赵志红在内蒙古呼和浩特市与乌兰察布市流窜作案21起，共有10名女性被其强奸杀害，最年幼者只有12岁。

赵志红对"末日来临"早有准备，比较配合警方，因此审讯进行得很顺利。当赵志红主动交代了他犯罪生涯中的第一起强奸杀人案时，警方大吃一惊："这是1996年呼和浩特市的'4·09'流氓杀人案啊，该案凶手呼格吉勒图已被执行枪决10年了！"

2005年10月24日，呼格吉勒图当年的辩护律师，突然被警方询问："呼格吉勒图判死刑时年龄是否有问题？"相隔一天，该律师将此事通知了呼市玉泉区文体局局长哈达，他是呼格吉勒图的表哥。哈达说："接到律师的电话，我真的高兴极了。这10年来，我心里一直有个谜团：我表弟去报案，怎么就变成了杀人犯？"

李氏夫妇走上上访路

由于呼格吉勒图的父亲李三仁在2005年10月28日进行胆结石摘除手术，哈达暂时没有把这一消息告诉表叔李三仁。10月29日下午3时，哈达被自治区公安厅"赵志红专案组"约到紫微饭店，与他谈话的是刑警总队副总队长。

这位副总队长同样询问了呼格吉勒图的"年龄问题"，并透露相关单位将对"4·09"进行复查与回访。哈达说："走出专案组我就想，我表弟（呼格吉勒图）一定是被冤杀了。"约谈哈达的当天，警方对10年前的案发现场进行了复勘。2005年10月30日，由"杀人狂魔"赵志红给警方带路，指认"4·09"案发现场。

赵志红左转右绕，四处参照，结果出人意料。十年前的那个公厕已被推倒，原址上早就盖起了楼群，赵志红竟然在该楼群的一个拐角处，准确地指认出了"4·09"案发现场的方位。

"一毛"宿舍大院的很多老住户看到了这一幕：警方在"老公厕"周围，对着镣铐在身的赵志红摄像、拍照……他们立刻纷纷猜测，"李三仁家的二小子，不是真的被冤杀了吧?!"

李三仁11月5日术后出院。为了尽量减少对他术后的身心影响，哈达和街坊们直到11月7日，才陆续将"年龄问题"、"复查回访"、"指认现场"等信息，一点点地告诉他和妻子尚爱云、大儿子昭勒格图。

李家人将此信息称为"喜讯般的噩耗"。从2005年11月中旬开始，李三仁夫妇含着悲愤每天奔走于自治区人大、高级法院、检察院、公安厅以及呼和浩特市公安局、中级法院、检察院等机关，要求"为儿子申冤"。

但那时，相关部门并没有把已经执行死刑的"呼格吉勒图"列为复查对象，因此始终未与李三仁夫妇正式沟通，更不会有明确的答复。

12月，新华社针对"4·09"案件存在的疑点发了相关报道。很快，中央有关领导做出重要批示，自治区党委政法委就此成立了"4·09"案件复核组。

由于"4·09"案件复核组在前期复核中始终将公检法三家的严密自查作为重点，李三仁夫妇去了解情况时不是被婉拒就是被回避，李三仁遂于2006年5月25日只身前往北京上访。

"杀人狂魔"的四份供述

2006年5月，记者曾查阅了"杀人狂魔"赵志红针对"4·09"案件的四份供述笔录。

第一份是赵志红落网后第四天，即2005年10月27日由呼和浩特市公安局赛罕分局刑警讯问的笔录。

在本次5个多小时的审讯中，赵志红主动交代了17起强奸杀人案件，其中第29页笔录记载的第16起案件即是"4·09"强奸杀人案。"想到哪儿就说到哪儿吧"，那天审讯一开始他就说，"快十年了，作了那么多案子，时间顺序难免会颠倒，但所有作案的细节还大致记得清楚，我会描述完整的。"

"4·09"案件现场是一处远离马路的公厕，置身一片颇具规模的平房家属区；而早春的呼和浩特市，晚上8点多钟，天色已近漆黑，那个公厕内没有一丝灯光。即便如此，赵志红除了把作案时间错记为"1996年夏天的一个晚上，大约10点左右以外"，其余细节诸如厕所方位、内部结构，被害人身高、年龄，扼颈方式，尸体摆放位置……都有清晰肯定的记忆。在本次供述的最后，赵志红特意"提醒"警方，"有的具体时间可能不准，你们自己再查查吧。"

两天后的10月29日，警方第二次就"4·09"案件提审了赵志红。这次他回忆作案时间是"96年夏天大约五六月份"，并进一步确认公厕是"南北走向、女厕在北"，通过扼颈碰触被害人头发判断她"留着短发"，并表示作案后"怕露馅，根本没敢打听"。

本次审讯后的第二天，即10月30日，赵志红带着警察准确地寻到了已被高大楼群部分覆盖的公厕（"4·09"案发原址）。11月11日，警方第三次就"4·09"案件提审了赵志红，赵志红又补充供述了在黑暗中用手触摸时，感觉被害人"穿着秋裤"，而自己当天是骑自行车顺着"呼市二中—五四商场—烟厂路口—钢铁材料厂出租房"的路线回的家。

赵志红作案细节最为详尽的一份笔录出现在12月26日。那天，赵志红向警方供述："1996年4月，具体哪天忘了。路过烟厂，急着小便，找到那个公厕。听到女厕有高跟鞋的声音，判断是年轻女子，于是径直冲进女厕。两人刚好照面，我扑上去让她身贴着墙，用双手大拇指平行卡她喉咙，双脚蹬地用力。五六分钟后，她没了呼吸。我用右胳膊夹着她，放到靠内侧的坑位隔断墙上，扶着她的腰强奸了十几分钟……我身高1米63，她比我矮，1米55到1米60的样子，体重八九十斤。我穿40（号）的鞋，鞋底是用输送带做的。”

赵志红再次强调，“作案后，我再没去过那儿，也没打听过案子。”

死者对生者的拷问：谁是真凶？

—— 呼市 1996 年 "4·09" 流氓杀人案件透析（下）

"杀人狂魔"赵志红供述"4·09"案件之后，有关单位立即封存了
10 年前呼格吉勒图"版本"的"4·09"案件全部卷宗，随后严格控制在
复核专案组特许的范围内"解密"。

蛛丝马迹

但也有两次"公开泄密"：2005 年 12 月 16 日的《内蒙古法制报》、
12 月 29 日的《北方新报》，分别刊发了《赵志红案侦破始末》和《杀人
恶魔的心路历程》；两篇报道都链接了"21 起大案回放"，其中均记录：
"1996 年夏季的一天，在呼市赛罕区一厕所内，赵志红强奸杀害一名女
青年。"

记者经多方努力，只见到了部分"4·09"案件的案发现场以及死者
照片。通过照片体现的尸体位置、脖颈勒痕、死者发式与着装以及公厕方
位、构造，均与赵志红的四次供述吻合，而且照片上死者的身体裸露部分
未见血迹、血痕。

2006 年 6 月 5 日下午 2 时，记者在警方和检察机关的帮助下，在呼和
浩特市第一看守所见到了"杀人狂魔"赵志红。在一个多小时的采访行将
结束时，记者两次追问赵志红，"你保证对警方的所有供述都是真实的表
达吗？"他非常肯定地回答："全部真实。"

近日，记者连续两天前往原第一毛纺厂宿舍大院（现为山丹小区），
走访了十余位大院的老住户，他们均证实，那个公厕从建成到被拆，只发
生过一起"强奸杀人案"（指"4·09"）。

在"4·09"案发现场附近的一个杂货铺，记者采访了 40 多岁的店主
陈某。"去年 10 月 29 日，有两个警察来向我打听，这个商店西面以前是

不是有个公厕。"她说:"第二天,就来了两辆警车,赵志红下车看看四周,给那些照相的警察们指着公厕的位置说'就在那儿'。我当时就想,肯定把李三仁的二小子杀错了。刚好有个警察我认识,就问他。他说'赵志红说那个女的是他杀的'。"

邻里,警察与证人

陈某看着呼格吉勒图长大。她回忆说:"他特别懂事、有礼貌,经常帮着父母干家务。听说他杀人,毛纺大院的人都不信。当时我们几十个老邻居曾经联名给司法机关上过《意见书》,没管用。"

令人诧异的是陈某接受记者采访不久,"麻烦事"便接踵而来。6月7日,他的小商店门前来了两辆面包车,车上下来六名自称警察的人。三人门外三人门内地堵住商店,也不出示证件,只是一味地高声放话:"别瞎说八道,真假难说呢。"

两天后,又来了几名"警察"找陈某,他们"耐心"地给她做工作:"上面领导那么多,你还要在这里长期生活,为什么非要得罪人呢?"转天,在某企业保卫处任职的陈某的丈夫,也莫名其妙地被领导找去:"劝劝你家媳妇别瞎掺和,就算李家二小子平了反,对你们又有啥好处呢?"

然而,"麻烦事"挡不住热心人。毛纺大院的老邻居纷纷回忆呼格吉勒图生前的厚道、腼腆,虽然胆小却乐于助人。赵某和吕某两位街坊,甚至出具"书面材料",以证明呼格吉勒图是个"一贯遵纪守法的好孩子"。

但真正在法律层面可为呼格吉勒图作证的,是他的生前好友闫峰。因为闫峰被内蒙古高级人民法院视作"4·09"案件的两名重要证人之一。闫峰与呼格吉勒图同岁,两人于1995年进入呼和浩特市卷烟厂做临时工。

今年1月14日,沉默了近十年的闫峰写下一份《关于"4·09"案件的经过》:"1996年4月9日晚8时左右,我请呼格吉勒图到烟厂南面一个小饭馆晚餐,9时左右吃完。饭后我让他去买泡泡糖,我先回车间。十几分钟后,他回车间拉上我到了公厕附近。他说回家取钥匙时,听到女厕所有人喊叫,肯定出事了,让我陪他进去看看。这时来了两个老太太进女厕，一会儿就出来朝南走了。他担心女厕所有事，我俩决定进去。站在门口，他躲在我身后，我先向里喊了两声壮胆，再打开火机，看见女尸。我俩转身就跑，他要去报案，我说别了，他非要报。我俩翻过栅栏到路口的治安岗亭，他跑进去拉着警察就往外走，我说我先回车间，他让我给他请个假。十点多，我被带到新城公安分局，待了一夜。有一回在分局，我通过门缝，看到他戴着头盔被铐在暖气上，那是我最后一次见到他。"

闫峰的《经过》所陈述的"晚九点左右吃完饭"，与两审法院判决中一致认定的"……被告于当晚八时四十分许……到公厕外窥测后，进入女厕……"在时间上存在一定差距。

黑白之间

而闫峰提到的"两个老太太"中的申某，也正是呼格吉勒图被判死刑的重要证人。6月4日，她接受了记者的采访。她只记得那天晚上，她和"牌友"一起上厕所时，"看见对面模模糊糊站着两个男的，进去发现隔墙上有个年轻女人，又看不清又不敢仔细看"。于是，申某马上赶回家，落实自己女儿安全在家之后，同样赶去那个治安岗亭报了案。

相比较闫峰与申某的简单陈述，1996年4月20日的《呼和浩特晚报》上刊发的《"四·九"女尸案侦破记》，就相当富有传奇的文学色彩了。此时案发才11天，呼格吉勒图作为犯罪嫌疑人尚未被批捕。

但《呼和浩特晚报》的这篇报道，却被文中的当事人闫峰斥为"颠倒黑白"。闫峰气愤地说："明明我们是正大光明去报案，为什么要写'看着忙碌的公安干警，和层层围观者，两个报案人想溜了'；明明是我不想报案而呼格吉勒图坚持报案，为什么写成我非要报案而他不得不跟着；明明我俩9点左右才吃完饭，为什么要写'我先蹲在女厕所挨门的第一个坑位，假装大便……大约八点半钟，见一个女的进来……我就扑过去'?!"

《"四·九"女尸案侦破记》记载，呼和浩特市公安局"新城分局刑警队技术室对呼格吉勒图的指缝污垢进行了采样，进行理化检验。市局和自治区公安厅进行了严格的鉴定。最后证明其指缝余留血样与被害者咽喉被掐破处的血样完全吻合。"李三仁告诉记者，呼格吉勒图与被害人的血型均为 O 型。

令人奇怪的是，这样一起严重的性侵害案件，警方似乎没有提取死者的阴道分泌物进行 DNA 检测，公安部在 1996 年有了 DNA 检测技术。如果该案确系赵志红所为，只需做一次检测就不会导致可能的错杀了。

"4·09"案件的真凶到底是谁，相信随着案件复核组工作的深入，真相终会大白于天下。

编者：这两篇报道，非常令人震撼、令人痛心……它们全方位地再现了呼格冤案的发生和形成，既是"呐喊"，更是"控诉"。汤老师，这两篇报道发出去以后，一定会有很大的反响吧？

汤计：最直接的反响就是，作为国内发行量最大的新闻周刊，《瞭望》新闻周刊的总编辑看完这两篇报道以后表示：对于这样的冤假错案，我们要敢于冲破阻碍晒在阳光下，充分体现出我们新华人"人民至上"敢于担当的精神。并立即安排记者与我共同采写了一篇有关呼格冤案的公开报道，于 2007 年 2 月在《瞭望》新闻周刊上发表。

疑犯递出"偿命申请"，拷问十年冤案[①]

2006 年 12 月 5 日，赵志红从看守所递出"偿命申请书"的时候，这起十年前的悲剧并没有完结，反而因此平添了几分荒诞的色彩。

赵志红是"2·25"系列强奸、抢劫、杀人案的疑犯。一年之前被警方擒获，经查共作案 21 起、奸杀妇女 10 名；日前，呼和浩特市中级人民法院对其进行了不公开审理。

但是，由于公诉机关在起诉书中只讲赵志红奸杀 9 人，没有提及另外一名受害妇女，不仅引起了政法界人士的质疑，就连赵志红本人也从看守

---

① 合作者董瑞丰。

所中递出"偿命申请",提出"自己做事、自己负责",请求派专人重查此案,"还死者以公道,还冤者以清白"。

冤者名叫呼格吉勒图,十年之前因为被"侦破"的那起命案被执行死刑。

对这类涉嫌错判的案件,来自高层的要求很明确:可组织有经验的法院院长及法官"异地接访,换人接办"。

陈年错案浮出水面

悲剧发生在 1996 年 4 月 9 日晚 9 时许,在呼和浩特市第一毛纺厂宿舍大院 57 栋西侧的公共厕所内发现一具半裸女尸,警方很快"侦破"此案。捕获的犯罪嫌疑人名叫呼格吉勒图,刚满 18 岁,家住毛纺大院 65 栋。他也是"4·09"案件的报案人。

呼和浩特和自治区两级法院都认定呼格吉勒图犯了故意杀人罪,很快,呼格吉勒图被判处死刑。"4·09"命案从案发到 6 月 10 日呼格吉勒图被枪决,仅仅 62 天就被"从重从快"地画上了句号。

到了 2005 年 10 月,赵志红因"2·25"系列强奸、抢劫、杀人案落入法网,先后四次向警方供述当年在呼市毛纺大院厕所内奸杀一名受害妇女,即"4·09"案件的详细经过。

呼和浩特市公安局和内蒙古自治区公安厅负责审讯赵志红的民警告诉记者,2005 年 10 月 27 日到 12 月 26 日间多次提审,赵志红都承认自己是"4·09"厕所命案的凶手,并先后供认、指认了诸如厕所方位、内部结构,被害人身高、年龄、扼颈方式、尸体摆放位置等大量只有凶手才能知道的细节……

法院"一审"之后,赵志红递出"偿命申请",称自己"被捕之后,经政府教育,在生命尽头找回了做人的良知",要求重查此案,"让我没有遗憾地面对自己的生命结局"。

究竟谁是真凶?

赵志红的主动供述令警方大为震惊。

在赵志红供出"4·09"命案后,自治区政法委组成了以政法委副书记为组长的"4·09"案件核查组,对案件进行复查。核查组副组长、政法委执法督查室主任姜某说:"核查组的工作已经结束,核查组有意见有定论,但这不是最后的法律结论,法律结论得体现到法院的判决书或是裁定书上。"

自治区政法委核查组关于"4·09"命案的调查结论早已做出,但令人忧虑的是 11 月 28 日公诉机关起诉赵志红时,只诉了 9 条人命,唯独漏掉了"4·09"命案。

"法院对'4·09'案件没有说法,我们没法起诉。"呼和浩特市人民检察院公诉处处长贾某告诉《瞭望》新闻周刊。记者两次与自治区高级人民法院联系,希望高院领导就"4·09"案件有个积极回应。然而,自治区高级人民法院有关人士的态度暧昧,拒绝接受采访。

"有新的证据证明原判决、裁定认定的事实确有错误的,法院应当重新审判。"北京大学刑诉法专业博士生褚某说。他告诉记者,依照《中华人民共和国刑事诉讼法》第 205 条,对于这起十年前的"生效判决",有三个途径重启再审程序:一是做出判决的人民法院,将已经发生法律效力的判决提交本院审判委员会处理;二是最高人民法院提审或者指令下级人民法院再审;三是最高人民检察院按照审判监督程序向最高人民法院提出抗诉。

赵志红杀人案的开审使核查组副组长姜某非常着急。"12 月 4 日,我跟宋副书记说,赵志红即使判了死刑,也不能执行,执行了就麻烦了。必须使'4·09'案子有个法律结论。错了咱们就纠正,没错也得有个理由!"

呼格吉勒图的父亲李三仁,是一位退休多年的纺织工。他与爱人从 2005 年 11 月获悉"4·09"命案另有凶手后,拖着病躯每天奔走于自治区人大、政法委、高院、高检、公安厅等部门,希望查明真相。2006 年 6

月，老两口在自治区得不到答复后，又踏上了进京上访路。

内蒙古英南律师事务所主任张某说："赵志红一旦被杀，死无对证，呼格吉勒图就会白死了。"

错案本可能避免

"核查组已经有了结论，以法律的术语讲，当年判处呼格吉勒图死刑的证据明显不足，用老百姓的话说就是冤案。"内蒙古自治区政法委副书记说，"但政法委不能改判，得走法律程序。"

中国青年政治学院法律系主任林教授告诉记者："在最高法收回死刑核准权之前，死刑案件的二审程序往往与复核程序合二为一，死刑复核程序没有发挥应有的监督作用。"

此前，死刑核准权部分下放地方高级法院20多年，在对震慑犯罪、维护社会治安起到了不可忽视作用的同时，也导致了死刑核准程序上的简化和量刑标准上的不统一，甚至在一些时候成了滋生冤假错案的土壤。

据知情人士介绍，最高人民法院以往核准的死刑案件中，纠错、改判的比率相当高。佘祥林案、李久明案、杜培武案、滕兴善案等等，这些冤假错案都曾震惊全国，并推动了最高人民法院从2007年1月1日起统一行使死刑核准权，使慎杀少杀的死刑原则在实践中得到更多体现。

与此同时，最高人民法院新闻发言人也指出，最高法统一行使死刑核准权后，要依法严厉惩罚危害国家安全犯罪、恐怖犯罪和黑社会性质组织犯罪；依法严厉惩处爆炸、杀人、抢劫、绑架、毒品等严重危害社会治安的犯罪；依法从严惩处贪污、贿赂等严重经济犯罪。

这一举措，有利于发挥死刑复核的应有作用，是对司法程序的严格和完善，为避免冤案错案又增加了一道保险。

"两个月就完结一起死刑案件，时间非常仓促。"林教授说。据他介绍，虽然法律条文没有对结案时间下限进行规定，但一般来讲，整个程序包括拘留、逮捕、侦查、起诉、一审、二审以及复核等一系列环节，不考虑任何的耽误和延长问题，通常至少需要半年至一年的时间，"除非明显压缩审判程序，刻意从快"。

剥夺一个人生命权的死刑，应该是过程最严格、最缜密的司法手段。虽然怎样严格的司法程序都不可能根绝错案产生，但法律界也存在这样的共识：法律剥夺一个人生命的过程越复杂，通常也就意味着当事人的合法权利能够得到最大限度的伸张，更意味着冤假错案的几率将被降到最低。

"做一个不太恰当的比方：迟到的正义是非正义，来得太快的'正义'也未必就是正义，本身甚至可能带来更大的恶。"林教授说。

在此意义上，法律程序不仅仅是实现实体公正的工具和形式，其本身也具有独立的、不可随意损害的公正价值。尊重和保障严格的司法程序，维护法律程序本身的独立价值，是最大限度避免冤案发生的根本途径，也是中国走向法治国家的必然选择。

编者： 这么一篇重量级的报道在《瞭望》新闻周刊刊出，是不是在社会上激起了巨大的波澜？

汤计： 因为是首次披露，所以当时在社会上引起了很大的反响，被很多网站转载，在网络上引起很大轰动。同时，这篇报道也吸引了众多的媒体来采访和报道呼格案。从此，越来越多的媒体开始真正地介入呼格冤案。

编者： 众多媒体的介入，对于推动呼格案的立案再审应该会起到很好的推动作用吧？

汤计： 是的，我们说"新闻是推动社会进步与发展的动力"，道理就在于此。这里我要特别阐明一个思想：全面推动依法治国，必须加强党对司法领域的领导，因为党是人民群众根本利益的代表。呼格冤案的平反昭雪，就是舆论监督与党内监督的经典案例。呼格案是由内蒙古自治区党委政法委组成调查组进行复查的，这个调查组由法学专家、侦查专家等组成，经过半年多的调查、复核，得出了公正的结论：呼格案是冤案，真正的凶手是赵志红。这个结论的得出，是建立在科学和法律基础上的。正是这一党内的有效监督，才促成了最终在法律上的正确结论的得出。

编者： 澄清呼格案这个陈年冤案，要排除许多阻力，不断地寻找推动呼格案解决的积极力量。

汤计： 要相信我们党内的正能量，要相信司法队伍里的正能量……一个优秀的记者要善于通过采访集聚各种正能量，并最终把正能量由小溪流汇聚成江河。我在采访呼格案时，就是把公安干警、检察官、律师、法官、政法委领导等各种意见建议集结成大家的共识。比如，我到自治区人民检察院听取检察长的意见，检察长对于推动呼格冤案的平反态度是非常明确的。他认为呼格案证据漏洞百出，应该坚持"疑罪从无"的新的司法理念，由法院立案再审宣判呼格吉勒图无罪。当时，内蒙古高院的领导不认为呼格案有冤情，坚决不启动再审程序。面对这种情况，我个人简单地认为：只要检察院抗诉，法院就得开庭再审并平反。检察长却认为，现在的法院不在"状态"，如果硬抗诉，法院就会维持原判，这边对呼格案维持原判，那边把赵志红判处死刑，呼格案就会永远成为冤案了。所以，检察长建议，呼格案应该由最高检抗诉，由最高人民法院指定跨省区异地审理。于是，2007 年 11 月 28 日，我写出了第四篇报道。

编者： 您的这篇报道，就是在当时检察长建议的启发下写出来的？

汤计： 我的第四篇稿件的灵感就是这么来的。为了写好这篇稿件，我又进一步深入地采访了律师、公安干警、法院领导以及检察院方面的相关人员，把司法界关于呼格案的呼吁给反映了出来。

编者： 就是接下来这篇稿子。

内蒙古法律界人士建议跨省区异地审理呼格吉勒图案件

由公安机关逮捕"杀人狂魔"赵志红后引发的呼格吉勒图"错判"死刑案，尽管中央领导同志批示、最高人民法院数次过问，但案件的复核工作至今原地踏步，不仅严重影响惩治杀人罪犯，而且在社会上造成了不良影响。内蒙古法律界人士建议最高人民法院启动跨省区"异地审理"程序审理赵志红杀人案件和复核呼格吉勒图杀人案件。

逮捕了一个现形系列杀人犯　引出一起陈年"错案"

1996年4月9日晚9时许,在呼和浩特市第一毛纺厂宿舍大院57栋西侧的公共厕所内发现一具半裸女尸,警方将此案定为"4·09"杀人案。警方很快将家住呼和浩特市第一毛纺厂家属院的呼格吉勒图作为犯罪嫌疑人捕获,这年他刚满18岁,是"4·09"案件的报案人。

62天后,呼格吉勒图被呼和浩特市中级人民法院和自治区高级人民法院以故意杀人罪判处死刑。呼和浩特市公安局副局长说:"从呼格吉勒图案件的卷宗看,当时,除了呼和浩特市人民检察院一位姓彭的检察官对此案有异议外,其余公、检、法的办案人员包括其父母,对呼格吉勒图的死刑判决都未提出异议。"

2005年10月,赵志红因"2·25"系列强奸、抢劫、杀人案落入法网,赵犯先后四次向警方供述当年在呼和浩特市第一毛纺厂家属院厕所内奸杀一名受害妇女,即"4·09"案件的详细经过。2006年12月5日,赵志红在呼和浩特市中级人民法院一审开庭后,由于公诉机关在起诉书中只讲赵志红奸杀了9人,没有提及"4·09"案件中的另外一名受害妇女,便从看守所递出"偿命申请":称自己"被捕之后,经政府教育,在生命尽头找回了做人的良知",提出"自己做事、自己负责",请求派专人重查此案,"还死者以公道,还冤者以清白","让我没有遗憾地面对自己的生命结局"。

赵志红的供述惊动了最高法院

在赵志红供出"4·09"命案后,自治区政法委组成了"4·09"案件核查组,对案件进行复查。复查的结果是当年判处呼格吉勒图死刑的证据明显不足。自治区政法委有关负责同志说:"判处呼格吉勒图死刑的证据确实不足。"他认为,核查组的工作已经结束,核查组有意见有定论,但这不是最后的法律结论，法律结论得体现到法院的判决书或裁定书上。

赵志红从狱中递出"偿命申请书"，引起了最高人民法院的关注。据自治区高级人民法院有关人士披露，最高人民法院曾经派专人到内蒙古自治区高级人民法院了解情况。然而，时至今日，赵志红案件和呼格吉勒图案件的审判工作毫无进展。自治区公安厅刑侦总队有关负责人披露："法院要求我们提取赵志红在'4·09'案件的犯罪物证，我们经过反复调查核实，已经做出明确结论：赵志红就是'4·09'案件的真凶。"

呼和浩特市中级人民法院有关负责人说，目前仅有赵志红的口供，没有犯罪物证，所以不能认定"4·09"案件的真凶就是赵志红；不能认定赵志红是"4·09"案件的真凶，也就不存在呼格吉勒图的错判问题。自治区两级法院的这一观点，使赵志红案件的审判与呼格吉勒图案件至今搁浅。

呼格吉勒图是否错杀不应由赵志红是不是"4·09"案件真凶确定

内蒙古河洋律师事务所律师××认为，呼格吉勒图是否错杀，不应该由赵志红是不是"4·09"案件的真凶来确定。她说："只能说赵志红对'4·09'案件的供述，促使有关部门开始复核呼格吉勒图的死刑判决。而复核的结果是，当年判处呼格吉勒图死刑的证据明显不足。证据不足，就应该对呼格吉勒图提起再审。"

内蒙古自治区人民检察院有关负责同志认为，现在看来判处呼格吉勒图死刑的证据不足，证据不足就是案件存有疑问。按照今天的"疑罪从无"司法理念，呼格吉勒图应该获得无罪判决。他说："按照审判监督程序，检察机关应该就呼格吉勒图案件提起抗诉，但从目前情况看，如果最高法不采取跨省区异地审理，很难有一个正确的审判结果。"他觉得让公安机关提取赵志红十年前在"4·09"案件中的犯罪物证，确实是一件很不现实的事情。

×律师认为，当年审理此案的法官如今已是呼和浩特市或自治区高级人民法院刑事审判庭的庭长了，在内蒙古审理此案却有困难。根据《刑事诉讼法》第205条第2款之规定，最高人民法院应将此案提审或指定其他省区的人民法院审理，以维护司法公正。

"有新的证据证明原判决、裁定认定的事实确有错误的，法院应当重新审判。"北京大学刑诉法专业博士生褚某说。他认为，依照《中华人民共和国刑事诉讼法》第205条，对于这起十年前的"生效判决"，有三个途径重启再审程序：一是做出判决的人民法院，将已经发生法律效力的判决提交本院审判委员会处理；二是最高人民法院提审或者指令下级人民法院再审；三是最高人民检察院按照审判监督程序向最高人民法院提出抗诉。

编者：那呼格案当时为什么没有进行跨地区异地审理呢？

汤计：当时的情况是，受害人呼格的父母并不同意跨地区异地审理。按照相关法律规定，跨省区异地审理必须由受害人的父母提出。当时，由于种种原因，我不能把自己当时做了什么告诉呼格父母，乃至内蒙古高院有关领导就异地审理问题征求呼格父母的意见——是否同意呼格案跨地区异地审理？他们觉得，内蒙古高院自己做错的事都不认账，拿到外地的法院审理就能认错了？万一"官官相护"做出一个与内蒙古政法委结论不一样的判决，他们反映问题告状都不方便了。呼格的父母坚决不同意异地跨省区审理。

现在看来，呼格父母的想法虽然简单，但更符合实际。如果真的跨地区异地审理了，脱离了内蒙古一大批支持呼格冤案平反的公、检、法、政法委和新闻媒体的力量，也许呼格案的再审判决不见得会是今天的结果。从2008年到2011年，呼格案虽然在徘徊中等待了3年，但是，随着内蒙古自治区高级人民法院主要领导的更替，沉寂多年的呼格冤案终于见了阳光。2011年1月，内蒙古自治区政法委原常务副书记胡毅峰在担任自治区人大秘书长3年后，升任自治区高级人民法院院长。他在政法委副书记任上就是呼格冤案平反的积极推动者，他升任内蒙古高院无疑对呼格冤案带来了曙光。

编者：为了迎接这道曙光，为了让这缕曙光照射到呼格案，汤计老师于2011年5月采写这篇报道，为胡毅峰院长推动呼格案平反提供了一个很好的抓手。

呼格吉勒图冤案复核 6 年后陷入僵局
网民企盼让真凶早日伏法①

近日，一段讲述 16 年前一桩强奸杀人案件的凤凰卫视视频在网络上狂转：案发后 62 天，报案人被枪决，破案者受嘉奖；十年后，真凶出现，"冤死鬼"却难以昭雪；又过了六年，早该到阴间报到的真凶仍在阳间……网民质疑，为何一桩已经"查明"的错杀冤案平反如此艰难？是否还有什么幕后故事不为人知？网友"一歌部衣"的留言囊括着网民们的心声："我们什么时候才能看到真相？"带着网民的疑问，记者对这桩错杀命案进行了再次调查。

一起命案：毙了一个凶手，十年后又冒出一个凶手，究竟谁是真凶？

悲剧发生在 1996 年 4 月 9 日晚 9 时许，在呼和浩特市第一毛纺厂宿舍大院 57 栋西侧的公共厕所内发现一具半裸女尸，警方称这起强奸杀人案为"4·09"命案，并且在极短的时间内"侦破"了此案。捕获的犯罪嫌疑人名叫呼格吉勒图，刚满 18 岁，家住毛纺大院 65 栋。他也是"4·09"命案的报案人。

呼和浩特市和内蒙古自治区两级法院都认定呼格吉勒图犯了故意杀人罪，呼格吉勒图被判处死刑。"4·09"命案从案发到 6 月 10 日呼格吉勒图被枪决，仅仅 62 天就被"从重从快"地画上了句号。

但是，谁也不曾预料到，凶手伏法十年后，警方在侦破一起系列强奸、抢劫、杀人案时，又发现了一个"4·09"命案的凶手。

2005 年 10 月 23 日，"杀人狂魔"赵志红因"2·25"系列强奸、抢劫、杀人案落入法网，20 多起惊天大案随之开始真相大白。其中，赵志红先后四次向警方供述了当年在呼市毛纺大院厕所内奸杀一名受害妇女，

---

① 新华社呼和浩特 2011 年 5 月 5 日电，合作者林超。

即"4·09"案件的详细经过。

赵志红的供述令警方大为震惊,内蒙古警方对"4·09"命案迅速复查。负责审讯赵志红的民警告诉记者,从 2005 年 10 月 27 日到 12 月 26日,警方多次提审赵志红,赵都承认自己是"4·09"命案的凶手,并先后供认、指认了诸如厕所方位、内部结构、被害人身高、年龄、扼颈方式、尸体摆放位置等只有凶手才能知道的细节……

自治区公安厅原刑警总队打黑支队长说:"'4·09'命案的现场我复查了 3 次,呼格吉勒图没有作案时间,前后差了将近一小时。审到最后,我说到底是不是你干的,他说'百分之百是我干的'。"警方还根据赵志红的供述模拟了凶手作案过程,民警从凶手当地打工的地方,骑着自行车赶到案发现场,时间正好是赵志红交代的作案钟点。

呼和浩特公安局主管刑侦的原副局长赫某说,警方当时很慎重,请了公安部的知名专家吴国庆到内蒙古看赵志红的案卷,研判了这个案子,还请了全国知名的心理测试专家杨承勋给赵志红做了心理测试。吴国庆、杨承勋最后阅卷、研判的结论是:"4·09"命案是赵志红所为。

赫某介绍,为了更慎重起见,自治区公安厅的几个领导把这两份宗卷拿到公安部,让公安部的领导和专家重新研判。公安部刑侦局的分管局长,看完之后也认为,从两份宗卷来看案子的真凶是赵志红,赵志红要比呼格吉勒图作案的事实充足、清楚得多。

看起来事情已经有了定论,接下来的程序也似乎应该很明确:审判真凶、平反冤案、为死者昭雪。但是,这条艰难的平反之路一走就是六年,不仅"冤死鬼"未能昭雪,本该偿命的真凶也仍在阳间……

政法委调查有结论　法院坚持要"物证"　担心"死无对证"赵犯一审暂时休庭

网友"我不是蝗虫"说,一个人的生命没有了,总该有人出来负责吧。但是实际情况中,该站出来的人始终没有出现。

"4·09"冤死命案出现后,引起了有关领导同志的高度重视,并做出了复查此案的重要批示。2006 年 3 月，内蒙古政法委组成"4·09"命案核查组，对案件进行复查。"核查组已经有了结论，用法律的术语讲，当年判处呼格吉勒图死刑的证据明显不足，用老百姓的话说是冤案。"政法委一位领导说，"但政法委不能改判，得走法律程序。我们要求自治区高级法院复查，向最高人民法院汇报，两家成立复查组，然后走法律程序。"

虽然自治区政法委核查组对"4·09"命案的调查有了结论，但法院有异议。法院认为，公安机关对"4·09"命案的复查证据缺乏物证，没有物证支撑很难认定对呼格吉勒图的审判就是错案。2006 年的 11 月 28 日，公诉机关对赵志红正式提起公诉，检方的公诉书只诉了 9 桩人命案，漏掉了"4·09"命案。呼和浩特市人民检察院公诉处负责人的解释是"法院对'4·09'案件没有说法，我们没法起诉。"

对于"杀人狂魔"赵志红来讲，无论他背负几条人命都得死。但对于已决犯呼格吉勒图来说，如果法庭审判确认了赵志红是制造"4·09"命案的真凶，他就会被摘除背负了十余年的"流氓强奸杀人罪名"。若稀里糊涂地杀了赵志红，呼格吉勒图将永久沉冤九泉。

法院对赵志红杀人案的开庭，让自治区政法委核查组非常着急。2006 年 12 月 4 日，政法委核查组有关负责同志大声疾呼："赵志红即使判了死刑，也不能执行，执行了就麻烦。必须使'4·09'案子有个法律结论。错了咱们就纠正，没错也得有个理由！""赵志红一旦被杀，死无对证，呼格吉勒图就会白死了。"

在赵志红杀了九人还是十人尚无定论的情况下，法院就对赵志红进行开庭审理，再次引起了有关领导的高度关注。最终，在各方关注下，法院宣布对赵志红的一审"暂时"休庭。

赫某说，现在已经查明，当时给呼格吉勒图定罪的证据不足且事实不清。给呼格吉勒图定罪的证据仅仅是呼格吉勒图的手指缝里找到的一小点皮屑，做了一个血型化验，而且不是 DNA 检验，误差很大。而且，呼格吉勒图所交代的作案过程也不是很清楚。反过来说，当时给呼格吉勒图定罪的那些仅有的物证也已经过了保存期，灭失了，想找当时那些物证给赵志红定罪也不可能。

自治区人民检察院有关负责同志针对"4·09"命案的"物证"问题说,"4·09"命案已过十年,相关物证已经灭失。按照"疑罪从无"、"存疑不诉"的新的司法理念,对呼格吉勒图和赵志红分别作出"无罪认定"。

可惜,检方这一对各方都无伤害的折中建议,没有得到法院的支持。呼格吉勒图的父亲李三仁,母亲尚爱云自2005年11月获悉被毙了的儿子可能不是"流氓强奸犯"后,便拖着病躯每天奔走于自治区人大、政法委、高院、高检、公安厅等部门,希望查明真相。在奔走多年得不到答复后,老两口于2011年3月"两会"期间又一次进京上访。

赵志红案件一审"休庭"已近六年 "4·09"命案成烫手山芋谁也不愿再提

网友"我是你的橄榄油"说,靠杀害无辜的人命而升迁,现在真相大白,又阻止翻案还人清白?网友们纷纷质疑:为什么再审程序迟迟难以启动?

"4·09"命案成了各方不敢碰触的烫手山芋,倒是"杀人狂魔"赵志红不放弃,从监狱递出一份"偿命申请书"质疑公诉机关:"不知何故,只字不提我在呼市一毛家属院的公厕命案。"他说,我在被捕之后,经政府教育,在生命尽头找回了做人的良知,复苏了人性!申请派专人重新落实、彻查此案!还死者以公道!还冤者以清白!还法律以公正!还世人以明白!让我没有遗憾的(地)面对自己的生命结局!

"有新的证据证明原判决、裁定认定的事实确有错误的,法院应当重新审判。"北京市华联律师事务所内蒙古分所主任说,依照《中华人民共和国刑事诉讼法》第205条,有三个途径重启再审程序:一是做出判决的人民法院,将已经发生法律效力的判决提交本院审判委员会处理;二是最高人民法院提审或者指令下级人民法院再审;三是最高人民检察院按照审判监督程序向最高人民法院提出抗诉。

自治区公安厅有关负责人对记者说,当时出了这个事,先是自治区公安厅和呼市公安局自己组织了复核组，然后自治区政法委牵头，公检法又组织了复核组，自治区政法委又单独组织了一个复核组。他说："尽管我们对'4·09'案件进行了多次补充侦查，但是诉不出去，公诉机关说法院对'4·09'案件没说法，我们没办法起诉。结果，移送起诉卷从呼市公安局转到呼市赛罕区分局，最后又退回了公安厅。"

警方认为"4·09"案件难定夺问题在法院，最后的生杀大权在法院，"4·09"命案中已处决的凶手呼格吉勒图有新证显示判决存疑，法院应当通过再审做个裁定。现在公安经过几次复查，认为杀呼格吉勒图的证据不足、事实不清，法院应根据新证据做出最终裁定。结果，早就该判死刑的赵志红还活着，杀错了的判决也纠正不了。

据了解，针对"4·09"命案，最高人民法院也曾派人复查。赵志红专案组一位不愿披露姓名的警官说："看完了卷子兜一圈，没说什么也走了。最后留下什么意见，我们也不知道。政法委说要开公检法协调会，但至今没音信。我们都走完程序了，现在是诉不出去。"

某办案人员说："现在是谁也不愿意蹚这个雷，谁也不愿意去惹这个事。"尚爱云说，6年间他们一直在找公检法要说法。她说，公安说已经做完了调查，去找法院吧。法院说，当时公安做了这些材料，我们根据他们的材料判的死刑，不归我们负责，找哪儿哪推。

编者：呼格冤案的解决看来已经水到渠成了。为什么三年以后，您又写出了第六篇报道？

汤计：中国有句俗话，叫"好事多磨"。为一个已经枪决的死刑犯翻案，在新中国成立以来尚属首次，所以，呼格冤案的平反历程显得异常艰难。我介入此案已经历时9年，我从一个身体强壮的壮年汉子，变成了一个已届老年的即将退休的记者。如果此案不能在我的手里推动平反，我退休后很难交接给年轻记者。而且，我也会因此落下终生遗憾。

2014年6月，尽管在内蒙古自治区党委的坚决支持下，呼格冤案的平反程序已经启动。自治区党委政法委召集公、检、法三家执法机关开会研究了呼格案的立案再审问题，公、检、法三部门也在按照自治区党委的要求分别向自己的上级机关作了汇报。但是，我作为此案的报道记者，在国庆节后仍然没有得到呼格案立案再审的消息。恰好此时党的十八届四中全会召开，四中全会提出的全面依法治国精神，不仅激动着亿万人民的心，也激动着无数关心祖国法治进程的新闻记者的心。各路媒体再次聚焦内蒙古的呼格冤案，我也迅速跟踪采访，写出了最新的报道。这篇稿子在 2014 年 11 月 16 日发出去以后，11 月 20 号，内蒙古自治区高级人民法院便宣布对呼格案进行立案再审了。

"呼格吉勒图案" 舆情持续发酵网民呼吁尽快再审[①]

10 月 30 日以来，内蒙古"呼格吉勒图案"再度引发媒体及网民的广泛关注，网民对于该案缓慢的进展速度颇感不满。新华社记者多年追踪调查发现，尽管相关部门早在 8 年前已明确认定案件存在问题，但却迟迟未作定论。媒体及网民呼吁有关部门在法律规定的程序内，加快审理步伐，尽早启动再审程序。

部分媒体定性"冤案"　引发网民持续关注

《法制晚报》10 月 30 日刊发《内蒙古"呼格吉勒图冤杀案"即将启动重审程序》一文。

该文称，1996 年 4 月，年仅 18 岁的呼格吉勒图被认定为呼和浩特市毛纺厂"4·09"奸杀案的凶手。仅仅 62 天后，法院就判决呼格吉勒图死刑并立即执行。2005 年，内蒙古系列强奸杀人案凶手赵志红落网，他交代的第一起案件即为"4·09"奸杀案，从而引发多方对呼格吉勒图案的质疑。

---

① 新华社北京 2014 年 11 月 16 日电，合作者邹俭朴。

由于该文出现在十八届四中全会刚刚闭幕、全国上下掀起学习全会精神之际，因此立即引发舆论的高度关注。新浪、腾讯、网易、凤凰等200余家网络媒体迅速转载，网易、腾讯等网站参与评论的网民多达30余万人次。部分媒体冠以"冤杀"、"冤案"的报道，引发网民持续关注和情绪升级。

11月3日，《新文化报》刊发题为《内蒙古冤杀案八年未启重审程序如今为何出现转机？冤案重审背后：谁在推动 谁在久拖》的报道将舆情热度再次推向顶峰，该报道称，在"呼格吉勒图"案重审问题上，有人一直在推动，还有一股力量使得该案久拖不决。

该报道被近百家网络媒体转载，并被今日头条、网易、凤凰等众多新闻客户端以《内蒙古冤杀案重审背后：有力量使案件久拖不决》等标题加以推送，引发网民的进一步关注。

11月4日，《新京报》刊发题为《内蒙古18年前奸杀冤案关键证据莫名丢失》一文，引发新一轮评论高潮。

11月5日，搜狐网与搜狐客户端联动直播采访呼格吉勒图父母、大哥和代理律师。两个多小时的直播引发网民高度关注，最高峰达73万人同时参与互动。

舆情出现后，内蒙古自治区高级人民法院院长胡毅峰11月4日接受新华社记者采访时表示，该案目前正在依法按程序复查中，法院将坚持"实事求是、有错必纠"的原则，依法公正处理此案。"复查过程中，法院并没有遇到障碍和阻力。"他说。

多方期待尽快启动再审程序还原旧案真相

记者梳理发现，此次舆情出现后，部分媒体和绝大部分网民整体评论倾向负面，关注点主要集中在三个方面：一是既然没有阻力，再审为何一拖9年？主要证据还在吗？二是强烈呼吁再审后问责追究。三是感叹过去司法不公，担忧推进法治建设之难。

网民"不欺一售欺"说：真不知道这种冤案怎么就过了公、检、法这三关的，案件可以重审，但生命只有一次，建议严肃处理相关责任人，让法律走到正义的轨道上来。

红网评论称："呼格吉勒图案"真正让人感到悲愤的是，既然2005年就已出现"一案两凶"，经调查后，内蒙古自治区政法委领导也表态，证据不足，有杀错嫌疑，奈何一等就是八九年，才迎来启动重审的曙光？

一些网民认为，按照法律规定，司法机构作出回应，最多不能超过6个月。但9年未能启动再审，里面究竟潜藏着何种不为人知的"博弈"？冤案难申究竟难在哪？千万别让该案成为另一个"聂树斌案"。

《新文化报》文章认为，在"事实部分早已经明确，不存在任何悬念"的情况下，仅仅因为顾忌"多名责任人被追究刑责和党纪政纪处分"，便导致冤案重审长期受阻、迟迟不能得到纠正，不仅是对已被冤杀的呼格吉勒图家属的二次伤害，更是对司法公平正义以及基于此的司法公信力的二次伤害。

许多媒体及网民表示，刚刚通过的《中共中央关于全面推进依法治国若干重大问题的决定》，让全社会看到了司法改革的希望，但并不意味可以忽视以往的历史，在法律的规定之内，尽快公开透明地进行再审及严惩责任人，是形势所趋、人心所向，也是落实"依法治国"方针的最好行动。

《现代金报》评论说，尽管因为此案舆论非议重重，当地的政法部门饱受各方压力，但如果能够启动再审程序，那么我们依然要给予他们敬意。再审"呼格吉勒图案"，不仅表明当地相关司法部门有着直面真相的勇气，更是在利益与正义的天平上做出负责任的选择。

有媒体和网民认为，近年来，一批尘封多年的冤假错案经媒体报道后，陆续进入公众视野，洗刷冤屈的过程无不显得异常艰难，造成很大的社会影响，司法公信力不断受损。近期各地涉及司法问题的信访和网络爆料也日益增多，引发了网民的关注。在十八届四中全会发布了依法治国的纲领性文件之后，面对历史遗留的冤假错案和网络质疑，只有勇于纠正和敢于直面才能践行依法治国，修复社会对司法公正的信任。

对于"呼格吉勒图案"日益升温的舆情发展态势，媒体及网民建议：第一，要尽可能地公布案件相关调查进展情况，尽快启动重审程序，表达纠错决心；第二，案件审理中，应及时公开相关信息，用信息透明赢得公信力；第三，如再审无罪，应依法及时对受害人家属给予国家赔偿和人文关怀。

再审更需依法办案

从 2005 年赵志红落网开始，新华社记者便着手调查呼格吉勒图案的相关情况。曾先后多次反映情况，并得到中央领导同志的重视，但案件迟迟未决提醒相关部门，在案件再审中更需坚持依法办案。

记者采访了解到，中央领导同志对该案进行批示后，内蒙古自治区政法委曾组成案件复核组对案件进行调查，认定"呼格吉勒图案"存在问题。

公安部刑侦技术专家吴某说，他曾多次向公安部汇报过该案，相关方面要求公检法三家给出意见，而公安机关的意见早已经明确，关键的问题在法院。

一些法律界人士指出，从以往的案件来看，已做出生效判决的当地法院面临巨大的内部压力，很难自行启动再审程序。

一些政法系统人士表示，该案件事实部分早已经明确，几乎不存在任何悬念。但如果按照法律规定进行，必然就有多名责任人将被追究刑责和党纪政纪处分。而当年公检法三家单位的办案人都已经有了相应职务的调整，有的甚至已经升职或调迁，因此难度可想而知。

一些业内人士表示，现在舆论和社会高度关注，相关部门压力很大，但在处理呼格吉勒图案时，一定要坚持依法办案的原则，也只有依法办案才能经得起历史的检验。

呼和浩特市公安局原副局长赫某说，该案在办案过程中存在许多明显瑕疵，公检法均存在失职行为。他建议，在目前主要证物都已丢失的情况下，可以本着"疑罪从无"的原则处理该案，尽早还呼格吉勒图及其家人一个清白，同时可向外界传递依法治国的决心。

编者：汤计老师，您在 2014 年 11 月 16 日发出上面的这篇报道没过几天，也就是 11 月 20 日，内蒙古自治区高级人民法院就宣布呼格吉勒图案立案再审了。之后，不到一个月，也就是 2014 年 12 月 15 日，再审宣判呼格吉勒图无罪。我们注意到您在当天并没有写这条宣布无罪的主要新闻，而是写了一篇记者手记。

汤计：我写这篇《朴实的一家》记者手记，实际上是想告诉更多的读者，做一个遵纪守法的公民，过简简单单的生活，是一个人一生幸福的奠基石。我还想告诉那些整天挟洋自重的人，与中国普通的老百姓比起来，在爱我中华壮我国威上他们缺少了什么？我还想告诉那些大大小小的执政团队的成员们，我们的老百姓都是忠厚老实的良民，他们只是想有尊严地活着，即使人生遭遇了莫大的冤屈。

朴实的一家——记呼格吉勒图的父母兄弟①

15 日已是北国深冬，塞外青城呼和浩特市街头寒风凛冽。

8 时 30 分，内蒙古自治区高级人民法院向呼格吉勒图父母送达再审法律文书。再审认为原审事实不清，证据不足，撤销原判，宣告呼格吉勒图无罪。在场者无不为之动容。作为长期关注此案的一名老记者，我更想与人们分享我看到的李三仁夫妇及其家人的朴实。

"这是我们国家的事、我们家的事，你们别管了。"

11 月 20 日，内蒙古高院关于呼格吉勒图"流氓杀人案"立案再审的消息一公布，国内外媒体记者蜂拥而至，纷纷要求呼格吉勒图的父母李三仁夫妇接受采访。

依照常理，在法院已经立案再审的节骨眼上，李三仁夫妇借助媒体壮壮声势，接受中外记者采访，吐一吐积压多年的不快，绝对不会有人说长

---

① 新华社呼和浩特 2014 年 12 月 15 日电。

道短。

可是，老两口没有这样做，他们只是接受了国内媒体的采访。对国外媒体记者的采访要求，李三仁先表示一下感谢，然后便客气地说："这是我们国家的事、我们家的事，你们别管了。"至今，李三仁夫妇没有直接接受过外媒记者的采访。

法官诧异："就这点要求？"

内蒙古高院对呼格案宣布再审后，由刑三庭庭长孙炜等组成的合议庭于11月25日、12月3日两次开庭听取辩护人的法律意见。因为原审被告人呼格吉勒图已经死亡，根据刑事诉讼法有关规定，法院决定采取书面形式审理本案。

李三仁夫妇一开始担心书面审理不能给儿子一个公正判决。他们要求法院公开开庭，律师也要求传唤"有关"人员……法院与当事人出现了重大分歧。审理方式一旦改变，一个半月的法定时间能否完成再审？

12月2日下午，我焦急地来到李三仁家，做老两口的思想工作，劝他们按法院的安排审理……老两口没有坚持己见，听从了我的建议。3日下午，在第二次开庭中，他们在同意书面审理的意见书上签了字。

当天下午，合议庭宣布，12月8日是律师提交辩护词和家长提交诉求的最后时限。12月5日星期五中午，老两口没有让律师代笔，自己商量着写下了夫妻俩的共同心愿：请求法庭依法公正、公平地判决。

那天下午，李三仁挤公交车到法院，把这份"诉求"提交到法官手里。法官王学雷看着这份简单而又饱含期待的诉求眼睛湿润了，他诧异地问："就这点要求？"……是的，就这点要求，李三仁夫妇已经盼了9年。

哥哥："希望以后不要草率办案。"

连日来，有关呼格吉勒图案件的再审消息，不断在各大网站出现。很多网民跟帖要求问责，要求严惩当年的办案人。尚爱云对当年办案人员唯一的气话是："我不想看见他们！"

12 月 6 日晚上，应广东电视台新闻中心《社会纵横》栏目的邀请，我与李三仁以及他家长子昭力格图乘飞机前往广州，第二天在广东电视台演播大厅录制节目。同期参与的还有两位大学教授和一位新闻界人士。

节目的主题是"依法治国和错案纠正"。节目中间，第一次参加节目录制的昭力格图在主持人的追问下，回忆了参加万人公审大会，目睹弟弟被押赴刑场的惨痛记忆……当年，年仅 20 周岁的昭力格图，瞒着父母独自安葬了弟弟。

转眼，时光已经过去 18 年。回想起这段惨痛经历，昭力格图仍然泣不成声。但是，善良的父母孕育了善良的子女。节目录制到了尾声，主持人询问昭力格图：如果再审法庭宣判呼格无罪，你的诉求是什么？昭力格图说："希望公、检、法以后不要草率办案。"主持人进一步追问，你们没有别的要求了？沉默了好一阵子，昭力格图说："就这些。"

善良的家庭生活简单而快乐

昭力格图出生于 1975 年，是李三仁夫妇的长子；庆格勒图是李家的幼子，现年 35 岁。昭力格图育有一女，正在小学读书。李三仁夫妇的住宅是当年毛纺大院的拆迁安置房，楼房的建筑面积大约 50 余平方米。

李三仁的退休金每月 2000 多元，老伴尚爱云的退休金每月 1700 多元，昭力格图和庆格勒图都没有固定工作，但一家人生活得简单而快乐。李三仁的乐趣是每天牵着小狗溜达，老伴尚爱云的工作则是去学校接孙女。

5 日下午，我陪同广东电视台的记者去李家，不一会儿尚爱云从学校把孙女接回来。她给小孙女拎了一堆儿童食品，孙女边吃边向奶奶撒娇。

看到祖孙之间的融融之乐，我顺便询问了一下老两口的收入。尚爱云毫无保留地把夫妇俩的收入告诉了我。临了，她既疼爱又得意地点着孙女的鼻子说："我每月 1700 元，被她零敲碎打地花了一半儿。"李三仁也笑着说，老两口的工资够大家吃喝用了。

看着这对善良的老夫妻，我不由得想：如果不是意外丧子，他们的生活原本是多么简单、多么充实、多么快乐。他们的灵魂深处没有防范、没有算计、也没有怨恨。即使在当下，老两口乃至他们的两个儿子，也从未失去对党和政府的信任与期待。

　　编者：现在盘点一下，汤老师共计采写了9篇关于呼格案的报道。这9篇报道，将呼格冤案的形成、发展和推动解决，完整地呈现了出来。我们也深切地感受到了舆论监督的力量，正如汤计老师所说的，新闻是推动社会发展与进步的动力。正是由于他的这种坚持和"呐喊"，才使得呼格冤案的最终平反昭雪在我国司法史上具有了里程碑式的重大意义。

　　2015年1月，中共新华社党组决定，对在推动呼格吉勒图案重审中作出突出贡献的新华社内蒙古分社记者汤计予以表彰，记个人一等功。新华社社长、党组书记蔡名照在22日举行的记功表彰暨报告会上强调，要按照中央领导同志对新华社工作重要指示精神，大力弘扬深入实际调查研究的优良传统，不负党中央重托，不负人民群众期望，忠实履行新华社记者"喉舌"、"耳目"的职责使命。

　　在新华社报道长期推动下，2014年12月，内蒙古自治区高级人民法院经再审，撤销原判，判决18年前被判处死刑的呼格吉勒图无罪。从2005年发现呼格吉勒图案存在重大错判线索后，新华社内蒙古分社记者汤计秉持职业良知、坚守社会正义，坚持不懈采访，在总社、分社的坚定支持和共同努力下，通过翔实、准确、权威的报道有力推动了问题解决，最终使冤案得以昭雪。

　　蔡名照指出，在汤计同志身上，既凝结着新华社记者忠诚于党、情系人民的品格风范，也集中体现了新华社记者深入实际调查研究的传统作风，一定要继承发扬好这个优良传统。蔡名照强调，新华社记者要在深入实际调查研究中更加自觉地服务党和国家工作大局，要在深入实际调查研究中进一步弘扬"人民至上"理念，始终站稳群众立场，与人民群众打成一片，坚持尊重人民主体地位，大力唱响人民群众的创造者之歌。要在深入实际调查研究中不断锤炼符合新华社记者光荣称号的新闻品格和职业精神，把深入实际调查研究作为培养人才、锻炼队伍的重要途径，把提高调研能力水平作为增长才干的必修课，把深入实际调查研究作为业务考核的重要内容，在全社形成大兴调查研究之风的浓厚氛围。要在深入实际调查研究中坚定实事求是的信念，把实事求是作为一条红线，贯穿新闻工作的全过程各方面。新华社党组号召全社同志学习汤计同志"勿忘人民的新闻情怀"、"深入实际的采访作风"、"坚持原则的职业精神"、"不畏困难的宝贵品质"，不断提高报道的公信力传播力影响力。

呼格吉勒图墓志铭

呼格吉勒图，内蒙古呼和浩特人，一九七七年九月二十一日生。十八岁时，厄难倏降，蒙冤而死。

一九九六年四月九日夜，呼格闻呼救声，前往之，见一女子亡，即报案。呼格被疑为凶手，后不堪厉刑而屈招，被判死刑。六月十日，毙。

呼格负罪名而草葬于野，父母忍辱十年，哀状不可言。二零零五年十月，命案真凶现身，呼格之冤方显于天下，令华夏震惊，然案牍尘封无所动。又逾九年，内蒙古自治区高级人民法院再审，二零一四年十二月十五日宣布呼格无罪。

优良的司法，乃国民之福。呼格其生也短，其命也悲，惜无此福，然以生命警示手持司法权柄者，应重证据，不臆断，重人权，不擅权，不为一时政治之权宜而弃法治与公正。

今重葬呼格，意在求之，以慰冤魂。

特立此碑。

中国政法大学　江平　撰
二零一五年三月二十二日

三、呼格吉勒图案的沉思

历经 9 年的殚精竭虑，历经 9 年的不懈努力，历经 9 年的酸甜苦辣……冤死 18 年的呼格吉勒图，终于在 2014 年 12 月 15 日被法院宣告无罪。那一刻，我老泪纵横；那一刻，我阿弥陀佛；那一刻，我在心里默默地对那个游荡在天地间的冤魂说："孩子，泼在你身上的脏水洗干净了，你可以散尽留在人间的那腔怨气走了……"

再审宣判那天，宣判的法官们一走，我即建议呼格的父母把内蒙古自治区高级人民法院的再审判决书复印了 15 份，一是发给在场的媒体记者，二是让他们拿着判决书到呼格吉勒图的墓地大声宣读……这是法律的胜利，这是正义的伸张，这是真理的再现！

伴随着国家赔偿款的给付，伴随着执法执纪机关对相关责任人的问责，呼格冤案干净彻底的掩卷落定了。呼格冤案的彻底平反昭雪，从根本上讲是党的十八届四中全会精神的结晶。没有四中全会全面依法治国决定的推出，呼格冤案或许会继续拖延下去。就像一场足球赛，我把球从后场带到前场，在门前盘绕许久没有踢进去。关键时刻，我们的总书记习近平一脚把球踢进了球门。所以，18 年没有买过年画的呼格父母，今年的新春佳节特意买了一幅大大的年画。这幅名为《魅力中国》的年画，画的主人公是习近平总书记。呼格的母亲说，没有四中全会的依法治国，呼格的案子平反不了，我们老两口会含恨离开这个世界。她说："现在每天一进家门，看见习主席，就高兴。"

老百姓不会讲官话，但他们有真情实感。我们的治国理政者，我们执政团队的大小官员，都应该将法律作为崇高信仰，将法治思维作为行为准则。而那些握有生杀大权的司法者，更要信仰法治、坚守法治，做知法、懂法、守法、护法的执法人，绝对不能"端着司法的饭碗，去砸法律的锅灶"。

习近平总书记殷切地希望"政法战线要肩扛公正天平、手持正义之剑，以实际行动维护社会公平正义，让人民群众切实感受到公平正义就在身边。"呼格冤案一路走来，我深切地感受到，法律的生命力就在于伸张正义，法治的公信力就在于维护公正。而在商品经济高度发达的时代，在灯红酒绿充满了各种诱惑的社会，以公开促公正、以透明保廉洁，以党内监督、民主监督和舆论监督等多重监督相结合，推动公、检、法各机关真正实现阳光下司法尤为重要。

党对政法工作的领导很重要，真正实现阳光下的司法很重要。呼格冤案的平反昭雪，如果没有内蒙古党委政法委组织公、检、法相关人员的调查，如果没有内蒙古党委政法委对呼格冤案的调查结论，呼格冤案的平反昭雪就不会有重要的法理、事实基础。呼格冤案的平反昭雪，充分说明党对政法工作领导的重要性。党是人民利益的根本代表，党的一切行为都是为人民服务。当执法者滥用职权、玩弄法律、以法谋私时，党就会以纪律监督之剑维护人民群众的合法权益。

阳光司法舆论监督很重要。如果司法权不受监督，就会变成绝对权力和腐败权力。有人说舆论监督很容易演变成舆论审判，而我作为从事政法报道 30 年的老记者，认为这种说法既不严谨也很伪善。新闻单位没有审判权何来审判？一个是非明、方向清、路子正的法官，何惧舆论说三道四？以呼格冤案的平反为例，如果舆论能够审判，我作为新华社记者，在我的新闻稿件中，早就宣判呼格吉勒图无罪了，何需等待 9 年多，由法院来宣判？舆论监督是我国法治进程的催化剂。

司法人员虽然普遍接受过法学教育的洗礼，但是，这并不代表他们学习了法律就有了崇高的法律信仰，学习了法律就有了"百毒不侵"的金刚不坏身。相反，公、检、法是各方利益的博弈场所，尤其法官作为社会公平正义最后一道防线的守护者，他们时刻面临着"利益博弈"者的"围猎"。经不住金钱美色的诱惑，就会变成博弈者的"猎物"。社会上流传多年的"大盖帽两头翘，吃完原告吃被告"就充分反映了这一现实。司法机关唯有主动接受监督，唯有阳光下司法，让暗箱操作没有空间，司法腐败才能无法藏身。

建设法治中国，让人民群众在每一个司法案件中都感受到公平正义，就要防范冤假错案，做到疑案必查，错案必纠，不放走一个坏人，更不冤枉一个好人。这需要建设一支以法律为崇高信仰、以法治为行为准则的法官队伍，这是我国全面依法治国的根本保证，也是我国全面深化改革、全面从严治党、全面建成小康社会的法律保证。

十八届四中全会通过的《中共中央关于全面推进依法治国若干重大问题的决定》具有划时代的重大意义。四中全会提出的以审判为中心的诉讼制度的改革，赋予了每一个法官神圣而崇高的权力，我们的法官一定要有崇高的法律信仰、严谨的法治思维，还要有至善的职业道德。蔡元培先生说："若无德，则虽体魄智力发达，适足助其为恶。"道德之于法官、之于司法，都具有基础性意义，一个优秀法律工作者做人做事第一位的是崇德修身。

赠人玫瑰，手有余香。呼格冤案平反昭雪了，当年制造这起冤假错案的执法人员，约有 30 人被追究刑责、党纪和政纪。呼和浩特市公安局原副局长冯志明，因在呼格冤案中涉嫌职务犯罪被检察机关依法逮捕。检察机关在侦办中，还发现冯志明涉嫌严重经济犯罪问题，随后冯志明的爱人也因涉案其中被抓捕。而另外两个主要办案人员，自从 2005 年杀人凶手赵志红供出呼和浩特第一毛纺厂家属院女厕所的命案，自治区党委政法委呼格冤案调查组、自治区公安厅呼格冤案调查组、自治区高级人民法院呼格冤案调查组找其谈话询问后，或许因为这些年压力过大或其他原因，相继于 2012 年、2013 年罹患癌症去世。这说明，一个人做了亏心事，你可以欺瞒天下人心，但是，永远欺瞒不了自己的良心，良心的谴责最难熬。而我作为呼格冤案平反的主要推动者，从始至终都没有想过自己会怎样。我只是觉得快退休了，退休之前一定要把这起冤案画个句号。否则，我对不起党的培养、对不起人民的信任、对不起"新华社记者"这个光荣称号。呼格冤案平反后，党和政府给了我巨大的荣誉。我先是被新华社党组记个人一等功，成为新华社建社 80 余年来第一个获此荣誉的记者；接着经中共中央宣传部批准、中华全国新闻工作者协会单独为我召开会议，授予我"全国优秀新闻工作者"荣誉称号；之后，在 2015 年的全国劳动模范和先进工作者表彰大会上，我被中共中央和国务院授予"全国先进工作者"荣誉称号。我讲这些并非要贬低谁或炫耀自己，而是想告诉读者"种瓜得瓜、种豆得豆"的因果定律。诸恶莫做、众善奉行，至善方能至伟！

为官要永葆初心与素心

——王木匠"神话"的破灭

一、什么是"王木匠"诈骗案?

2001年2月,一位自称是"郑泽"的港商,打着"香港金鹰国际集团股份有限公司"的旗号,与宁夏回族自治区政府签订了将宁夏宾馆建成宁夏第一座五星级酒店的合同。该项目号称总投资30亿元,合同期为3年。但随后,该项目竟变成了烂尾工程。即使在宁夏方面给金鹰集团以种种优惠政策的情况下,金鹰集团也在仅仅建起宁夏宾馆地面主体后,再无力于后期建设。

2005年3月,郑泽又跑到内蒙古呼和浩特市,提出在该市的商业繁华区建设"我国西北地区第一高楼"——金鹰国际CBD。楼高169米,建筑面积63.5万平方米,投资53亿元,两年建成。郑泽的"大手笔"立即引起呼和浩特市政府的高度重视,当年被列为向2007年内蒙古自治区成立60周年献礼项目。为了保证工程进度,政府各部门要"特事特办"。

2005年5月17日,随着一声闷响,呼和浩特市政府旧楼连同崭新的呼和浩特公安局指挥中心大楼一起轰然倒地。这是内蒙古规模最大的一项爆破工程,被当地媒体称为"西北地区第一爆"。之后,其他一些建筑也相继拆除,郑泽得到了呼和浩特市中山西路黄金地段的50多亩土地。

尽管获得了种种不可思议的优惠政策,"实力雄厚"的金鹰公司却无资注入,"西北地区第一高楼"也很快沦为烂尾工程。同时,由于从事非法集资活动,郑泽和金鹰集团很快引起了媒体和警方的注意与调查。

经调查发现,"郑泽"原名王细牛,1958年生于湖北孝感,小学文化,13岁学木匠,1974年成为农场木工,当地人都叫他"王木匠"。"王木匠"于1984年跳出农场闯荡世界。1998年9月因涉嫌虚报注册资本罪被南京市警方刑事拘留，1999年2月取保候审。2000年，"王木匠"往石家庄市迁了假户口，改名"郑泽"，年龄缩小11岁。警方还发现"王木匠"有6个名字：王细牛、王亚伟、王世伟、舒兵、王伟、郑泽，而且每个名字都注册了一家公司。"王木匠"娶了5个"老婆"，其中有4名女子为其生子。

2006年12月31日，内蒙古警方以涉嫌非法吸收公众存款罪对王细牛正式立案。2007年2月2日，王细牛被公安机关依法刑事拘留。3月9日，内蒙古自治区人民检察院依法批准逮捕王细牛。

2008年11月，宁夏回族自治区高级人民法院二审宣判，王细牛因合同诈骗罪被判处无期徒刑、剥夺政治权利终身，并处没收个人全部财产。

一个只有小学文化的木匠，何以在数年时间内，在宁夏、内蒙古两地兴风作浪，导演如此大的惊天诈骗案？"王木匠"究竟是谁？他的真面目怎样被一步一步揭穿？他在整个案件中，采用了什么"高明"的作案手法？宁夏和内蒙古两地的相关部门怎样中了"王木匠"的圈套？这起大案的破获又给世人留下了怎样的警示和思考？

对"王木匠"诈骗案的系列报道，是一个成功的舆论监督的案例。我们在编辑《职责与真相》这本书时，与采写"王木匠"诈骗案系列报道的主要作者汤计老师进行了对话，请他还原了"王木匠"诈骗案的始末。

二、还原"王木匠"诈骗案

编者： 我们在编辑"王木匠"诈骗案系列报道时注意到，从2005年5月实施"西北第一爆"，到2006年12月10日，您撰写的第一篇有关"王木匠"诈骗案的新闻报道刊发，中间间隔了一年半多的时间。这段时间您一直在进行调查采访吗？

汤计： 当年呼和浩特市政府为了建设金鹰CBD项目而实施的"西北第一爆"，其实在政府内部就引起了不小的争议，很多市、局级领导不赞成在商业繁华地段建设CBD大型商务区。但市委和市政府主要领导为了政绩形象工程，不顾众人的反对盲目上马。但是，由于对投资方的资信状况缺乏深入调查了解，项目一上马开工就败象显现。尽管呼和浩特市政府给了种种优惠政策，金鹰CBD项目进展却非常缓慢，以致最后成了烂尾工程。2006年8月，呼和浩特市部分公务员和群众纷纷给新华社写信举报此事，新华社领导将举报信批转到内蒙古分社，分社党组决定由社长吴国清同志挂帅，由我带领一名实习记者调查此事。经过长达3个月的调查取证，我们于2006年12月10日，写出并刊发了第一篇有关"王木匠"诈骗案的报道。

编者： 您能简单介绍一下当初的采访情况吗？

汤计： 我接受任务后，开始走访呼和浩特市政府有关领导，并在走访"聊天"中探讨金鹰CBD项目的建设与进展。那些天，我不仅穿梭于市级领导中，还来往于有关委、办、局领导间……可以说收获颇丰，我得到了很多重要资料和相关证据。采访中，我发现一个高科技现代化装备的呼和浩特市公安局指挥大楼被炸以后，打击犯罪维持社会治安的公安机关不仅变成了"聋子瞎子"，而且，主要业务处室被分散在19处租地方办公。公安机关的战斗力大幅下降，公安干警违纪违法现象大幅增长。而"王木匠"承诺的建设新的呼市公安局110指挥中心大楼，何日建成投入使用没人能说清楚。

我的调查采访行动，不久就被流传开来。时任呼和浩特市市长汤爱军紧急约见分社社长吴国清，强烈要求新华社停止调查采访。现在可以披露一些采访细节，我记得汤爱军到内蒙古分社前，国清社长与我合计了一下，我们认为这是一次采访机会，市长自己送上门来了，就要抓住机会采访一些敏感问题。为了把握好这次难得的采访机会，我们与国清社长专门研究设置了一些"话题"，由国清同志在单独对话中不动声色地抛出。

我的采访行动得到了自治区公安厅打击经济犯罪总队的大力支持。由于当时自治区特殊的政治生态，公安机关在调查这一案件时，遭遇到了前所未有的阻力。正当公安机关手握"王木匠"的犯罪证据，却无法立案打击犯罪的关键时刻，新华社记者的采访行动引起了他们的注意，公安机关积极主动地与新华社联系，一方面把他们掌握的"王木匠"的有关犯罪线索和证据提供给新华社，另一方面积极帮助新华社记者进一步深入采访调查。这个时候我越发体会到，作为党和国家的耳目喉舌，新华社必须担当的责任和使命。

编者：您说得太好了。下面我们就来看一下汤老师有关"王木匠"诈骗案的第一篇报道。

呼和浩特市金鹰 CBD 建设项目涉嫌诈骗风险和隐患大[①]

呼和浩特市（以下简称呼市）号称"招商引资标志性建筑"的"金鹰国际 CBD（中央商务区）项目"存在欺诈、违约、非法社会集资、官商不分等问题，已经暴露出投资人为皮包公司、工程资金难以为继面临烂尾、非法集资活动加剧、资金出逃等迹象，社会反响强烈，隐患和风险很大。

宁夏 CBD 烂尾工程又复制到了呼和浩特市

近年来，一个叫"郑泽"的人，在宁夏、内蒙古两个自治区首府分别投资建设 30 多亿元、53 亿元的中央商务区——CBD 项目，主要采取哄骗建筑施工单位和原材料供应商垫资、政府投入、社会集资和预售楼盘等办法筹资，工程均出现严重拖期、无法如期兑现而成为烂尾的现象，社会议论纷纷，严重影响到政府形象和社会稳定。新华社记者就此进行了调查。

2001 年 2 月 8 日，郑泽打着"香港金鹰国际集团股份有限公司"的旗号，与宁夏回族自治区政府签订了将宁夏宾馆建成宁夏第一座五星级酒店的合同。而直到当年 8 月 15 日，郑泽才在宁夏回族自治区工商局注册了所谓中外合资的"金鹰国际集团股份有限公司"，据宁夏商业银行调查，只是将 500 万元人民币从北京市往银川市倒了十次账而已，注册资金根本

[①] 新华社 2006 年 12 月 10 日刊发，合作者吴国清。

没有如数到账。

号称总投资 30 亿元的"西部首座 CBD 航母"——宁夏宾馆项目，原合同为 3 年建成，但至今 6 年了还没有建成，社会集资款和预售楼款不能兑现，曾引起银川市集资市民的多次上访和静坐示威，已经成为银川市的一大社会稳定隐患。为此，郑泽曾被宁夏回族自治区公安厅通缉，但有自治区领导出面进行了保护。为解套，宁夏方面给金鹰集团以土地开发等种种优惠政策，帮助开发商业区、住宅区，以筹资完成宁夏宾馆项目。但金鹰集团在仅仅建起宁夏宾馆地面主体后，就无力于后期建设，又跑到内蒙古"忽悠"呼市政府炸掉了市中心刚建成使用才两年多的公安局指挥中心大楼等，于 2005 年 6 月 16 日开工建设所谓"西北地区第一高楼"、"目前中国单体体量最大的建筑"——"现代化大型中央商务区"。并表示工程两年完成，呼市政府也把这项工程列为 2007 年向自治区成立 60 周年的献礼项目。

然而，一年多来，金鹰集团没有资金履行合同；仅仅是靠收缴的施工企业的保证金和建筑企业的几亿元垫付款运作，不仅无钱支付 CBD 项目建设企业的资金，连被炸毁的市公安局指挥中心大楼的建设协议也无法兑现，用地、拆迁等费用都由呼市政府代垫。截至今年 11 月底，设计建筑高度 169 米的 CBD，只露出地面几米就因无资金扯皮而各标段相继时停时建，不能正常施工，有的标段还因出现坍塌事故而被建筑管理部门勒令停工。被"套牢"的呼市领导，还强打着精神像宁夏一样继续给金鹰国际集团开放一切绿灯予以扶持，扩大土地开发面积、投入资金帮助建设，连市公安局指挥中心大楼也由市政府直接承接建设。而金鹰 CBD 刚打地基就开始违规有奖销售楼盘，最近又以销售购房卡为名向社会非法集资。虽然金鹰集团在呼市地区集资多少无法查证，但调查显示，有 2000 多万元资金被其抽逃。

目前，呼市不少干部和建筑专家对金鹰集团失去信心，认为这个 CBD 项目已经无法如期建成，成了第二个宁夏 CBD 烂尾项目。

"郑泽"其人和金鹰国际集团真相

对"郑泽"和金鹰国际集团的调查结果更令人吃惊。身份证户籍为河北省石家庄市、出生时间为1969年6月21日的"郑泽",真实名字叫王细牛,生于1958年12月30日,是湖北省孝感市龙感湖农场的一名农工。王细牛是接父亲的班到农场卫生院当木匠的,至今户口还在当地。只是2000年往石家庄市迁了份假户口,改名"郑泽",并将年龄缩小11岁。

王细牛于1984年辞职,1985年与当地女青年高慧芬同居,生有一个儿子,儿子1岁时与高慧芬分手。据了解,王细牛辞职后在江西省九江开办过旱冰场,1990年到江苏省南京市开办过招待所、酒店,还租店铺卖过服装,1997年后到北京当建筑包工头,都是先挣后赔,没有多少积蓄。且在北京与一女人重婚。

王细牛并非港商。据调查,香港起名"金鹰"或"金鹰国际集团公司"的注册企业有120多家。王细牛认识香港金鹰国际集团公司的一个投资人,在宁夏注册公司时便假冒香港金鹰国际投资公司。经调查,这个在香港用塞拉利昂护照注册的金鹰国际集团有限责任公司,是2000年9月29日注册的,注册资金为1万元港币。合伙人一个是持塞拉利昂护照的华人王亚伟,出资6000元港币;另一个是持港澳通行证的石家庄市人田玮,出资4000元港币。公司无地址、无人员,留的电话是一家中介公司的电话,纯属"皮包"公司。

2005年初,在金鹰集团宁夏项目已成烂尾局面时,王细牛又到呼市投资。4月23日,与呼市政府签约建设CBD项目。呼市政府要求有关部门"特事特办、手续从简",给金鹰集团注册。由于资料不全,自治区工商局不予注册,市政府便下令呼市工商局予以注册。市工商局在领导的压力下,只同意注册半年,时间从6月8日起。然而,早在5月17日,市政府就帮助金鹰集团炸毁了市公安局大楼和市政中心大楼。2006年年初,工商企业年检时,因手续不全,市工商局依法对金鹰集团不予年检。但是,在市领导的干预下,呼市工商局又将金鹰集团的营业执照核准延期为

50年！而且，在办理手续时，金鹰集团不提供任何资料，涉及个人信息和签字的地方一律没填。

骗术是如何奏效的

王细牛文化不高，既无资金又无建树，为什么能从宁夏骗到内蒙古，把一些党政领导玩转了，不惜代价地为其行骗大开绿灯？有关人士分析有如下原因：

一是王细牛抓住了一些地方领导在"经营城市"中急于造亮点、贪大求洋、盲目冒进的心理，以帮助建设"西部第一高楼"、"中国单体体量最大的建筑"项目为诱饵，骗取了少数领导的支持，利用政府行为与领导权力，推动本来不可行的项目建设。

二是以《协议》做套，把地方领导和自己绑在一辆战车上，胁迫少数领导围着项目转。王细牛在银川市和呼市都是先"忽悠"政府炸掉市中心的标志性建筑，造成较大社会影响，形成"郑泽不急政府急"的局面，领导只能大开绿灯，要啥给啥。

三是对外打着与政府合作的旗号大肆非法集资、骗钱。王细牛在银川市和呼市的建设项目，基本都是政府出地皮、帮助拆迁、给予优惠政策，建筑企业垫资建设，连建筑材料都是金鹰唆使材料供应商向银行贷款后再转供自己的。据预估，仅呼市垫付金鹰集团的土地、拆迁费用及各种优惠，价值已不下5亿元了。建筑企业的垫资也达4亿多元。而金鹰的集资款数额和去向不清。其在银川市集资2亿多元没能兑现，到呼市又故伎重演，采取售楼重奖和出售钻石卡（10万元）、白金卡（5万元）和黄金卡（2万元）、重奖"宝马"汽车为诱惑向社会集资。以10%的高息吸引市民投资，当场返还第一年的利率。

据调查，金鹰集团在呼市共有5个账户，截至今年8月份的资料显示，共发生资金6900万元，其中，施工单位垫资4100万元，合伙人投入1200万元，挪用回民区财政局企业挖潜改造资金630万元。这些钱，有4300万元用在了工程上，2100万元已经被抽逃。

四是借当地媒体做虚假广告和宣传造势，骗取市民的信任。金鹰进入呼市后，首先是在当地媒体上铺天盖地搞宣传、做欠费广告，虚张声势。由于拖欠广告费，目前各媒体已经拒绝为金鹰做广告。

五是伪装"大款"傍领导，欺诈蒙骗。王细牛进出都带"保镖"；到呼市签约时，故意租了新城宾馆一套一天8万元的国宾楼，楼道里站了几名彪形大汉；金鹰CBD项目开工当天，找来二三十名留着小平头的"保镖"，开来一辆加长凯迪拉克轿车停在工地中央显摆。王细牛声称父亲是台湾国民党元老，利用北京市的一些湖北籍离休老将军，甚至托关系宴请前来呼市视察工作的中央领导，借以抬高身价。

据测算，金鹰CBD进展到七层以上就需要投资十几亿元，而金鹰连投资1亿多元安置呼市公安局的钱都拿不出，根本无力投入几十亿完成CBD项目。知情人建议尽快对王细牛以及银川市和呼和浩特市的两个CBD项目进行清理，防止造成更大损失，影响社会稳定和政府形象。因案件涉及两地的个别省级领导，建议中纪委介入调查。

值得警惕的是，王细牛在报章上宣传说要在5个民族自治区各建一个CBD，最近已经开始在乌鲁木齐市和南宁市活动，又在上演诱骗政府上当的行径。

编者："王木匠"原本计划连环诈骗，把我国五大少数民族自治区骗个遍。从这篇报道里我们看到，在"王木匠"来到呼和浩特以前，宁夏的CBD项目早就已经烂尾了，这样的信息呼和浩特方面不可能不知道。但为什么同样的剧本会在呼和浩特重演？

汤计：就像我在上面这篇报道中所分析的，"王木匠"除了会伪装自己，同时利用媒体大肆炒作，他还善于揣摩分析一些领导人的心理。他在与领导人的交往中，善于察言观色，专门投其所好。但是，我们认真究其根源，问题还是出在领导人自身思想品质上。如果不是他们好大喜功、急于求成，他们也不会被"王木匠"给忽悠了；如果不是因为他们内心的贪欲，他们也不会被"王木匠"给收买了。所以说，当领导的一定要保持"两心"。一是保持好初心，人之初性本善，做官拥有善念，想的一定是民生，做的一定是惠民，而不是标榜自己的政绩。所以说"不忘初心方得始终"。二是秉持素心做人做官，不被胡思乱想、欲望杂念所左右，这样才能头脑冷静、心明眼亮，遇事能有正确决断。

编者：与汤计老师一席谈，真的很有收获。不仅当领导的要保持好"两心"，我们寻常人也应该保持好"两心"。您的这篇报道发出以后，呼和浩特市政府应该认清"王木匠"的真面目了，他们有没有终止与"王木匠"的合同？

汤计：这篇报道发出以后，虽然引起了党中央和自治区领导的重视，但呼和浩特市政府并没有采取行动终止与"王木匠"的合作。"王木匠"诈骗活动仍在持续。为此，在18天以后，我们又发出了第二篇揭露"王木匠"行骗的报道。

编者：领导千万不要为了"面子"丢了"里子"。原本想通过CBD这样的"面子工程"搞政绩，因为缺乏必要的调查研究，到最后既丢了"面子"又丢了"里子"。下面即是汤计老师的第二篇调查报道。

呼和浩特市政府替开发商堵窟窿引起干部群众不满[①]

呼和浩特市政府炸掉耗资近2亿元、新建才2年多的市公安局指挥中心大楼、改建号称"西北第一高楼"的金鹰CBD工程（中央商务区），时近两年了，开发商承诺的新建公安局指挥中心大楼无力兑现，作为补救之策，市政府竟大度地替开发商承建公安局大楼。这种政府替开发商堵窟窿的行为，引起了当地干部群众的不满。

2005年5月17日凌晨5时26分，随着一声闷响，呼和浩特市政府旧楼连同崭新的公安局指挥中心大楼一起轰然倒地。这是内蒙古规模最大的

---

① 新华社2006年12月21日刊发，合作者吴国清。

一项爆破工程，被当地媒体称为"西北第一爆"。急着进行"西北第一爆"，为的是要建"西北第一楼"，这是呼市政府"经营城市"的举措之一。"看着崭新的指挥中心大楼变成废墟，我们打心眼儿里痛。"市公安局一位老干警说。

市公安局指挥中心大楼是2002年底建成并投入使用的。有知情人士说，当年盖楼时拖欠的工程款，至今还有4000万元没还清。爆破前，市政府向全体市民发了《通告》，说这两幢大楼（包括原市政中心办公楼）拆毁后，将"计划投资53亿元"建成169米高的西北地区第一高楼——金鹰国际CBD工程（中央商务区），并由金鹰国际集团投资1.5亿元给呼市公安局建一座15层的新指挥中心大楼。

然而，现在不仅金鹰国际CBD工程遥遥无期，连金鹰国际集团承诺投资复建的呼市公安局指挥中心大楼（号称交钥匙工程），也演变成了政府征地、拆迁、建楼。对市委、市政府如此不计成本地与开发商"合作"，当地干部群众议论纷纷。

据了解，呼市公安局指挥中心大楼被炸掉后，金鹰国际集团本应按协议在市政府新规划地新建公安局指挥中心大楼，承担征地、拆迁和建楼的所有费用。但是，金鹰国际集团无钱履行《协议》，公安局的新楼址迟迟不能完成拆迁、建楼计划，市公安局的上千名干警至今"无家可归"。

而呼和浩特市却格外容忍有明显诈骗行径的金鹰国际集团，为了平息社会舆论，市里硬是让回民区政府垫资3000万元完成了公安局指挥中心大楼的拆迁；在金鹰国际集团不能按照《协议》支付北京住总建筑集团公司工程款、公安局指挥中心大楼建到第5层就停工时，市政府于2006年10月16日又与金鹰国际集团签订了一个补充协议：将呼市公安局指挥中心大楼工程建设改为由乙方（市政府）负责，原甲方（金鹰国际集团）与北京住总签订的建筑施工合同，由乙方全部负责履行并承担责任。甲方不再承担迁建工程建设施工的任何责任。

这个补充协议规定："甲方支付乙方1.5亿元人民币，具体支付方式为2006年12月31日前支付8000万元（2006年10月25日前支付1000

万元，2006 年 11 月 30 日前支付 2000 万元，2006 年 12 月 31 日前支付 5000 万元），2007 年 4 月 30 日前支付 3100 万元，2007 年 5 月 31 日前支付 3900 万元。"

"从这个补充协议看，至 2007 年 5 月 31 日，金鹰国际集团应该向市政府支付总额为 1.5 亿元的指挥中心大楼建设费用。"呼市公安局有关部门负责人忧虑地说："时至 12 月 19 日，金鹰国际集团只付了 300 多万元的前期工程费用。金鹰国际集团跟北京住总签合同说垫资建到第 5 层之后付款，但建到 5 层后金鹰国际勉强给了 100 万元支票，到银行一查还是空头支票。这个事儿公安局内部反响强烈，没办法，市政府给了北京住总 1000 万元盖到 10 层。现在市政府把指挥中心大楼接下来了，估计能封顶了。"

有业内人士谈到呼市政府与金鹰国际集团签订的补充协议时说："这个协议实际上是市里给自己解套，有了这个工程转让协议，市政府才能名正言顺地给公安局投资建设指挥中心大楼，才能平息社会的不满舆论。至于金鹰国际集团，如果不能按协议给政府支付 1.5 亿元，那也只是拖欠政府的，公安局的指挥中心大楼建设进度不会再受影响了。但是，政府拿纳税人的钱给开发商补窟窿，深层次的原因究竟是什么？"

记者了解到，被炸掉的呼市公安局指挥中心大楼，装备非常现代化，整个大楼光设备就花了 2000 多万元。"原指挥中心大楼第 11 层有大屏幕，有卫星接收系统，呼市地区党政机关的主要路口都能监视，银行的押款车、110 的巡逻车在道路上行驶，无论走到哪里都能在屏幕上显示。"呼市公安局刑警支队有关负责人说："这个指挥系统与全国联网，可以查询到每个人的信息，网上一查名字就知道你的户籍、有无犯罪记录。现在，一下炸回到了落后状态。"

呼市公安局指挥中心大楼和其他办公大楼被拆除后，整个公安系统的办公地被裂解为十几个地方，而且大部分是租房办公。以刑警支队为例，100 多号人租了内蒙古民航宾馆两层楼办公，年租金 50 万元。支队有关领导说："市财政局按人头 1 人 1 年给 900 元办公费，这点经费办公都不够，哪能付得起房租。去年给不了房租，人家说房租不给钱，水电费得给吧？我们连水电费也给不了，人家就在大冬天给停了3天水电，我们只好放了3天假。最后市局给了人家20万元，才恢复水电供给。今年的费用还没给人家呢。"

自治区公安厅刑侦总队一位不愿披露姓名的负责同志说："被炸掉的呼市公安局指挥中心大楼，几年前建楼时也有规划部门的认可、也是为了给公安干警改善办公条件、为了给城市增加亮丽的风景才建的。呼市领导一拍脑门，建起没3年的大楼说炸就炸了，这是科学决策吗？我看是不把手里的权和国家的钱当回事。"

蹊跷的是，金鹰国际集团老板郑泽（真实姓名叫王细牛），在呼市"空手套白狼"还拥有了很多特权，似乎成了最有权势的老板。郑泽坐的汽车挂着警车牌照，而且在街上横冲直撞，没人敢管。据交警介绍。一次，郑泽的车闯了红灯，被执勤民警拦住，但郑泽下车竟然扇了立正敬礼的民警一耳光，还口出狂言："我撤了你的职！"令人惊奇的是，呼市领导不为秉公执法的民警做主，居然批评公安干警破坏招商引资环境。

呼市公安局回民区分局时任副局长反映，2005年7月22日，中央领导来内蒙古视察工作，当时的勤务规格是一级警备加强，也就是全线上警。除了交警，各分局全是便衣。他说："中央领导路过的呼市四毛十字路口到大北门十字路口这一段由我负责。下午4点多，金鹰国际集团的老板郑泽和两个保镖在首府广场下面步行，其中一个保镖由于抢道，被急于上班的饭店配菜员的自行车碰到了腿。保镖把这个小孩拉下来就打。值勤民警上去制止，郑泽就和民警打起来。我跟郑泽讲，我们是回民分局的干警，我是副局长，正在执行一级警备任务，等车队过去之后咱们再说。他出言不逊，说要免了我的职，还打了我一拳。因为首长的车队马上要过来，我让民警把他们带到中山西路派出所。没想到这么一件正常执法的小事，不到半个小时，市局的两个局领导来了。过了一个小时，连市政府的分管市长也来了。反成了公安执法人员的不是。"

呼和浩特市政府一位不愿披露姓名的干部说："大家百思不解的是，

金鹰国际集团的老板郑泽既没钱又无赖，谁都看出是个骗子，为什么市领导那么看重？还奉为上宾，给予特权？不惜拿公共财力堵窟窿？上级领导部门应该查一查。"

编者：汤计老师，这篇报道发出去以后，对当地政府领导有没有触动？

汤计：这篇报道发出去以后，引起了上至党中央、国务院，下至地方政府的高度重视。公安部直接挂牌立案，组成包括公安部经侦局北京直属总队、内蒙古自治区公安厅经侦总队和宁夏回族自治区公安厅经侦总队的专案组。2007 年 1 月 27 日，呼和浩特市政府决定解除与"王木匠"的合作协议。

编者：既然已经解除了合同，为什么您又紧接着发出了第三篇报道呢？

汤计："王木匠"被逮捕后，广大群众要求对案子进行彻查。新华社记者有责任、有义务把广大干部和人民群众的心声反映给党中央。所以，我们根据人民群众的强烈要求，写出了第三篇调查报道。

内蒙古一些干部群众要求对呼和浩特 金鹰 CBD 的问题依法进行彻查[①]

连日来，自治区一些部门和厅局的领导、呼和浩特市的不少干部群众纷纷以打电话、写信、匿名举报等形式向新华社内蒙古分社反映，目前呼和浩特金鹰 CBD 问题的处理与中央领导的要求和群众的期盼距离较大。自治区将呼和浩特市的问题交给呼和浩特市来解决，而呼和浩特市主要领导又把问题交给所谓的金鹰国际集团来解决，这些应对措施"不切实际"，还"有大事化小、轻描淡写的嫌疑"。

自治区政法部门的一些干部群众反映，对违法犯罪问题只能交给公检

---

① 新华社 2007 年 1 月 20 日刊发，合作者吴国清。

法部门来依法查处，而不能依靠当事部门和当事人来解决。呼和浩特金鹰CBD的建设问题，从决策到建设过程，违法犯罪问题明显，犯罪证据充足，政法机关包括公安部都早已关注，而迟迟不能动手，关键问题就是涉及省级领导，涉及地方领导缺乏科学发展观的盲目政绩追求。这些问题，只有上级机关介入才能有效解决。

自治区公安部门的一位同志反映，所谓金鹰国际集团的负责人郑泽，只是一个农场木匠，就靠"父亲是国民党元老"、"有香港汇丰银行支持"、"有中央领导支持"之类的假话、大话，就能一连拿下两个自治区的一些省级领导，甘心为其当保护伞、马前卒吗？真让人不可思议，值得认真反思和追查，这背后问题及其警示意义将不可低估。

呼和浩特市一位中层干部在来信中反映：大骗子公司——金鹰国际集团先后在没给一分钱的前提下，强拆了近1亿元的呼和浩特市公安局大楼（不包括2000多万元的公安科技设备）、1亿多元的市政府旧办公楼，市城发公司为代拆迁龙海大厦花费了1亿多元，仅拆迁费一项回民区就垫付了2000多万元，呼市公安局在赛罕区陶浩板村（公安大楼新址）的拆迁费就达8000多万元，公安局家属楼180户的拆迁费近4000多万元……再加上土地费，至少六亿四千多万元的国有资产就这样白白流失，而且，其中不少挪用的是市里的公用和事业资金，这么严重的问题呼和浩特市怎么会自己查处自己？

一些干部群众反映，呼和浩特市委主要领导贪大求洋，在骗子们的忽悠下，头脑发热地建中国最大的连体建筑，技术和可行性论证都不过关，即便建起这座建筑，也后患很多。呼和浩特市一位熟悉城市规划的干部说："金鹰CBD一旦建成，呼和浩特市市中心的交通就可能瘫痪。尤其是作为商业区的中山西路的交通阻塞是不可想象的。金鹰CBD坐落在全市最繁华的商业街十字路口，总建筑面积63.5万平方米，大楼一旦建起将有几万人入住，加上接待往来的人，每天将有十几万人出入，还有大量的车辆出进，又紧靠马路建设，没有地面停车场。那将是一场人为的灾难！"

税务部门的同志反映，按照国家税法规定，建筑企业一旦开工，必须按照大楼总投资的 3.5% 交纳建筑税，而且绝不容许"先征后退"。金鹰 CBD 的总建筑面积是 63.5 万平方米，计划总投资 53 亿元，应交纳建筑税 1.85 亿多元，而金鹰集团交纳的建筑税不足 1500 万元。他说："就这么点建筑税，市政府也是先征后退。不仅违反国家税法给开发商这么优惠的政策，还虚增了财政收入，深层次的问题是什么？中央有关部门应该深查细究。"

呼和浩特市公安局有关负责人和内蒙古建筑系统的一些专家认为，市委、市政府应对金鹰国际集团商业欺诈的措施不切实际。一是关于要求金鹰国际集团出售银川市现有的烂尾工程宁夏 CBD 中心、写字楼、商场、金鹰国际村，把资金转移到呼和浩特市盖大楼的对策，他们认为："这是一个欺骗自治区和中央领导的措施，金鹰国际集团在宁夏的楼盘，地是政府的，资金基本上是社会集资和建筑企业垫款，开发商只是个皮包公司，怎么能卖掉后将钱拿到呼和浩特来？"二是关于金鹰国际集团无力建设呼和浩特 CBD 中心和支付土地补偿金时，市政府将依法解除同金鹰国际集团的合同关系，将再转让其他业务的对策。建筑专家认为："金鹰国际集团已经多次违约，市委、市政府怎么至今不拍卖？再说，即便是其他业主建设，也得先追究前任业主的诈骗罪、有关领导的渎职罪后才可以进行！不能文过饰非，让犯罪分子逃避法律的制裁。"

呼和浩特市委一位干部反映，2005 年 1 月 5 日下午，时任呼和浩特市市委书记在全市副处级以上干部会上通报金鹰国际集团的问题时，回避了市委和市政府的渎职问题和金鹰国际集团的诈骗犯罪，只是轻描淡写地说，郑泽（真名王细牛）的性格特别古怪，不爱贷款（编者注：实际是资信差，银行不给贷款）、不懂抵押。郑泽有两大毛病，一是脾气不好人品一般，周围的人很难和他合作，导致他唱独角戏；二是宏观决策水平不高。该领导甚至还说，前两天中央的一位领导给我打招呼，让我给郑泽宽限几天。我们商量了一下，宽限期定在春节前后。金鹰 CBD 听起来很复杂，但是呼市不会损伤一分钱……凭我们的智商是不会受骗的。"明明受骗了，损失很大，还在掩耳盗铃。"这位干部忧虑地说："当时参加会议的干部，发出一片哄堂大笑。市委书记满脸通红，不知有何感想。"

据了解，公安部门已经对郑泽及其金鹰国际集团展开调查，并掌握了其大量犯罪事实，但由于呼和浩特市不积极配合，调查难度较大。而呼和浩特市仍不能正视自己的决策失误问题，还在千方百计地试图将大事化小。

呼和浩特市的不少中层干部认为，金鹰国际集团的问题，既有企业涉嫌合同诈骗、虚假注册犯罪等问题，也有市里主要领导插手房地产开发、滥用职权、渎职等问题。他们建议中央有关部门要尽快介入查处，避免大事化小、造成更大损失。

编者： "王木匠"诈骗案涉及的部门很多。

汤计： 在对"王木匠"案件的深度采访中，我除了得到多位中央领导同志的支持以外，还直接得到了呼和浩特市各主要部门中层及以上领导干部的大力支持。这些部门包括城建、税务、工商、公安等，他们及时向新华社反映最新情况，直接推动了我的采访工作顺利进行。

编者： 经过了这么长时间的调查，"王木匠"是不是也到了该认罪服法的时候了？

汤计： 在 2006 年 12 月 31 日，内蒙古警方就已经对"王木匠"进行立案调查。对于王木匠诈骗案的来龙去脉已经了如指掌。但警方在调查过程中发现，其中除了经济犯罪外，还涉及职务犯罪，这就需要党的纪检监察部门介入。因此，为了整体推动案件的解决，防止在案件办理过程中，出现只办刑事案件而忽略职务犯罪的情况，我们又经过调查采访，写出了第四篇报道。

呼和浩特："木匠"演绎的"西北第一高楼"神话破灭
广大干部群众要彻查责任人 [①]

由于涉嫌合同诈骗、非法集资等犯罪，号称"西北第一高楼"——呼

---

① 新华社 2007 年 2 月 14 日刊发，合作者吴国清。

和浩特市"金鹰国际CBD（中央商务区）项目"原业主、金鹰国际集团有限责任公司董事长"郑泽"及其妻子已被内蒙古公安厅依法拘留。

据了解，2006年12月10日、28日和2007年1月28日，新华社分别刊发《呼和浩特市金鹰CBD建设项目涉嫌诈骗风险和隐患大》《呼和浩特市政府替开发商堵窟窿引起干部群众不满》和《内蒙古一些干部群众要求对呼和浩特金鹰CBD的问题依法进行彻查》的报道后，国家发改委、公安部、建设部等分别派出稽查人员对公安部挂牌督办、内蒙古自治区公安厅组成专案组刘呼巾金鹰国际CBD依法进行调查。

1月29日下午5时，根据国家发改委稽查组的意见，中共呼和浩特第十届委员会召开2007年第一次书记办公会议，会议决定解除市政府与金鹰国际集团签订的《CBD中心项目协议》，解除原《CBD中心项目协议》确定的权利义务关系，并抓紧通过招商引资引进有能力的开发企业投资建设，确保项目尽快建成。

2月6日，呼和浩特市有关部门通过当地媒体发布消息称，金鹰国际集团已经无法继续投资建设呼和浩特金鹰国际CBD项目，经过协商，金鹰国际集团放弃金鹰国际CBD项目投资建设权利。鉴于此，呼和浩特市政府于2007年1月29日解除了与金鹰国际集团建设CBD项目的合作协议。自治区公安厅随即依法将郑泽刑事拘留。至此，"郑泽"演绎两年的"西北第一高楼"神话破灭。

公安部门的调查证明，"郑泽"的真名叫王细牛，真实身份是湖北省孝感市龙感湖农场的一名农工。王细牛是接父亲的班到农场卫生院当木匠的，至今户口还在当地，在当地有家室，只是2000年往石家庄市迁了假户口，改名"郑泽"，并将年龄缩小了11岁。王细牛也并非外商，其"香港金鹰国际集团股份有限公司"实际上只是一个无地址、无人员、无实业的"三无"皮包公司。

2001年，王细牛在银川成立公司，忽悠宁夏回族自治区政府建所谓CBD项目，非法集资、坑害建筑单位，结果六年了还没有竣工。2005年，王细牛又打着"香港金鹰国际集团股份有限公司"的旗号，"忽悠"呼和浩特市政府炸掉了市中心刚建成、投入使用仅2年多的市公安局指挥中心大楼等，于2005年6月16日开工建设所谓"计划投资53亿元"、169米高的西北地区第一高楼——金鹰国际CBD工程，并表示工程两年完成，呼市政府也把这项工程列为2007年向自治区成立60周年献礼的项目。

然而，将近两年时间，金鹰国际集团因缺乏资金无法履行合同，仅仅是靠收缴的施工企业的保证金和建筑企业的几亿元垫付款运作，不仅无钱支付CBD项目建设企业的建设资金，连被炸毁的市公安局指挥中心大楼的重建协议也无法兑现，用地、拆迁等费用都由市政府代垫，而其非法集资的上亿元款项还被转移不知去向。截至目前，设计建筑高度169米的CBD项目，只露出地面几米就因无资金而各标段相继停建，有的标段还因出现坍塌事故而被建筑管理部门勒令停工。

目前，王细牛及其重婚妻子"冯嫒"均被刑拘。"冯嫒"也是假名，真名叫田玮，是广州军区副营职干部，多年来一直伙同王细牛行骗。据查，王细牛在银川市非法集资2亿多元，在呼和浩特市非法集资近亿元，除少部分用在工程上和挥霍了外，大部分资金不知去向。警方搜查了王细牛在北京的三处住宅，只发现十几个假身份证和几十个空存折，钱都已被转移。王细牛目前态度顽固，只有田玮初步交代有一辆宝马车和一辆宾利车。

连日来，媒体纷纷披露王细牛在呼和浩特市行骗的丑闻后，不少干部群众在网上呼吁，或向媒体致电致函反映，要彻查相关责任人。内蒙古地震局行政执法监察总队通过内蒙古《北方新报》指出，呼和浩特金鹰国际CBD项目严重违犯《防震减灾法》和《内蒙古自治区防震减灾条例》，该工程项目至今未开展工程场地地震安全性评价，存在严重安全隐患。呼和浩特市公安局一位老干警说："呼和浩特市领导为追求政绩，一意孤行，严重浪费纳税人的钱财，给国家和群众造成重大损失，在社会上造成这么大的丑闻，应该依据领导干部问责制追究有关领导的责任。"呼和浩特市建设部门一位老同志认为，金鹰CBD神话破灭和"郑泽"被抓，仅仅是金鹰CBD问题的冰山一角，应该深究深层次的问题。

编者：我们编辑您的新闻作品时发现，自从 2007 年 3 月 9 日，内蒙古自治区人民检察院依法对"王木匠"等人批准逮捕以后，您在时隔一年半多时间里没有追踪此案，直到 2008 年 9 月以后，您才发出了有关"王木匠"案的新的报道？

汤计："王木匠"被公安机关正式逮捕后，案件转入侦查阶段。案件正在侦办中，为了不干扰公安机关查办案件，在这个阶段我们没有跟踪报道。到了 2008 年 8 月，"王木匠"案件经过一年半时间的侦查，公安机关正式将案件移送检察机关准备起诉，公安部向新华社发出邀请，希望派出记者对此案继续采访报道。于是，我与吴国清同志应邀进入公安部经侦局北京总队的办案基地，通过翻阅副卷对"王木匠"诈骗案进行全方位采访。之后，于 2008 年 9 月 8 日、15 日、17 日连发三篇报道。

"金鹰国际集团"合同诈骗宁夏内蒙古两地政府案宣判[①]

由公安部直接查办的"金鹰国际集团"合同诈骗案，近日在宁夏回族自治区银川市中级人民法院公开宣判，主犯王细牛犯合同诈骗罪被判处无期徒刑、剥夺政治权利终身，并处没收个人全部财产；同案犯田玮（郑泽妻、又名冯媛）、徐冰等 6 名被告人也分别被一审法院判处 12 年至 3 年不等的有期徒刑。至此，一度轰动全国的"王木匠"诈骗政府案，随着主要犯罪嫌疑人的获刑而画上了句号。

"小木匠"　编织"西北第一高楼"神话者

2005 年 3 月，呼和浩特市来了一位名叫"郑泽"的港商，自称香港金鹰国际集团投资有限责任公司（以下简称金鹰公司）董事局主席。此人出手不凡，要在呼和浩特市商业繁华区投资 53 亿元建设 169 米高、建筑

---

① 新华社 2008 年 9 月 8 日刊发，合作者吴国清。

面积为 63.5 万平方米的西北地区第一高楼——金鹰国际 CBD（中央商务区），声言两年建成。呼市政府当年就把这项工程列为向 2007 年自治区成立 60 周年献礼项目，重点保证，一路绿灯。

同年 5 月 17 日凌晨 5 时 26 分，被官方称作"西北第一爆"的定向爆破起爆：一声闷响，新建仅 4 年、楼高 11 层、面积 1.6 万多平方米的市公安局指挥大楼被炸掉了。接着，原市政府大楼、龙海商厦、第一人民医院保健楼、市公安局的三栋宿舍楼也相继拆除……"郑泽"没有"出血"就忽悠政府在寸土寸金的呼市中山西路黄金地段拆出了 50 多亩土地。

为了保证工程进度，政府还对金鹰公司开启了"特事特办"的绿灯：违规为其在工商部门注册、办理《工程规划许可证》《土地规划许可证》《房地产开发资质证书》《施工许可证》《土地使用权证》……

但事与愿违，尽管政府给了金鹰公司种种不可思议的优惠政策，实力雄厚的金鹰公司却无资注入、"西北第一高楼"难以梦圆，甚至还非法集资，这引起了社会的质疑与警方的注意。内蒙古公安厅经侦总队副总队长说，根据群众的反映，我们比对分析了当时的各种情报信息，咋看"郑泽"也不像是正儿八经的商人。

警方深入调查发现，"郑泽"原名王细牛，1958 年生于湖北省黄梅县龙感湖农场，自幼父母双亡，读了五年小学，13 岁学木匠，1974 年成为农场木工，当地人都叫他"王木匠"。"王木匠"于 1984 年跳出农场闯荡世界，开过舞厅、旱冰场，办过招待所、经营过酒店，均一事无成，还官司缠身。1998 年 9 月因涉嫌虚报注册资本罪被南京市警方刑拘，1999 年 2 月取保候审。2000 年，"王木匠"往石家庄市迁了假户口，改名"郑泽"，年龄缩小 11 岁。警方还发现"王木匠"有 6 个名字：王细牛、王亚伟、王世伟、舒兵、王伟、郑泽。而且每个名字都注册了一家公司、娶了 5 个"老婆"，其中有 4 名女子为其生子。

"王木匠"如何摇身变"港商"　虚构事实骗政府

尤其令警方惊愕的是"王木匠"的香港金鹰公司，居然是一家无办公场所、无资金、无工作人员的"三无"公司。1999年底，"郑泽"利用西部地区政府招商引资、发展当地经济的良好愿望，向宁夏回族自治区政府大肆吹嘘其经济实力，欺骗宁夏政府与其洽谈宁夏宾馆改造项目。

2000年9月，王细牛伙同田玮出资1万元港币，通过香港人梁某的代理公司，以塞拉利昂人王亚伟的身份在港注册成立了香港金鹰国际集团投资有限公司，使自己披上了港商外衣。同时，王细牛采用"空头迁户"的方式将本人户口户籍从湖北省龙感湖农场迁至河北省石家庄市桥西区，通过户籍民警冯秀京（田玮母亲、郑的岳母）办理了名字叫"郑泽"的身份证。

为了进一步骗取宁夏政府的信任，掩盖自身没有资金和履约能力的事实，王细牛又向宁夏政府办公厅和自治区外经贸委提交了伪造的汇丰银行资信证明，将汇丰银行出具的资信证明中的资信实力"港币五位数（万元）偏下，美元四位数（千元）偏上"套改为"港币八位数（千万元）偏下，美元七位数（百万元）偏上"。

2001年2月28日，王细牛代表香港金鹰公司与宁夏政府办公厅和宁夏宾馆签订《引资改造宁夏宾馆合同》，约定香港金鹰公司出资4.6亿元人民币，宁夏政府出地皮，改造宁夏宾馆及其南侧地段（A区）。7月21日，又签订了《引资开发合同书》，约定成立中外合作经营企业"宁夏中天房地产开发有限公司"，宁夏政府提供建设用地，香港金鹰出资3.8亿元合作开发宁夏会堂东侧地段（B区）、宁夏政府大院后边住宅区（C区）、宁夏政府农场及周边地段（D区）。当天，又签订了《引资改造宁夏宾馆补充合同书（一）》，约定新增加沈阿大、史林法、冯媛为股东，注册成立金鹰国际集团股份有限公司，注册资金1.2亿元人民币，宁夏政府出地皮。8月15日宁夏金鹰公司注册成立，王细牛任董事长。

然而，王细牛虽然骗取了宁夏政府土地，自身却没有注册资金。为了解决注册资金问题，王细牛将先期收到的沈阿大、史林法的投资款从宁夏金鹰公司打到北京田玮的账户上，由田玮在"黑市"换成美元后，冒充投资款通过香港金鹰公司投回宁夏公司、委托中介机构隐瞒事实真相，出具虚假验资报告等多种手段，实现了验资注册。自 2001 年 9 月至 2004 年 2 月，宁夏金鹰公司五期验资显示收到注册资本 1.82 亿多元，实际上只收到沈阿大、史林法投资款 0.287 亿元。由此，王细牛、田玮骗取了宁夏政府总价值 2 亿多元的土地使用权。

有了土地使用权，王细牛采取招标不开标、开标后不退还投标保证金的办法骗了 32 家投标单位投标保证金 2075 万元；通过虚构贷款主体、房屋置换按揭等方式，骗取工商银行宁夏分行东城区支行以及农业银行宁夏分行新市区支行贷款 179 笔约 1.09 亿元；骗取 149 家企业的工程款和材料款共计 3.8 亿多元；以 8% 至 10% 的高息为诱饵，向 5604 名客户非法集资约 3.18 亿元。

宁夏工程成烂尾　王细牛又将黑手伸向呼和浩特

由于王细牛根本没有资金投入，宁夏的建筑工程搞了 5 年仍是一个框架。为了弥补宁夏断裂的资金链，王细牛又将黑手伸向呼和浩特市。2005 年 5 月，王细牛利用同样的欺骗手段，承诺投入 53 亿元人民币、建设 169 米高、建筑面积 63.5 万平方米的西部第一高楼——金鹰国际 CBD 中心，欺骗呼市政府与其签订合同，并把 CBD 项目作为内蒙古自治区 60 周年大庆献礼工程。

在赢得呼市政府的信任后，王细牛于同年 6 月 9 日注册成立了金鹰国际集团（内蒙古）有限公司，又在无资质、无资金、审批程序不完备等情况下，炸掉了呼市公安局指挥中心大楼等建筑物，骗取了市政府 4.59 亿多元的土地使用权，强行开工建设金鹰国际 CBD 项目。在项目实施过程中，王细牛伙同徐冰、严生等犯罪分子继续采取各种手段实施合同诈骗行为，骗取相关被害人资金：其中通过销售贵宾卡的手段骗取人民币 388 万元，通过预售房屋的手段骗取人民币 7800 余万元，通过先支付投标、履约保证金后开工的手段骗取投标单位人民币 4680 余万元，通过让 6 家施工企业垫资入场的手段骗取垫资款 2.12 亿多元，通过拖欠 20 家材料供应单位货款的手段骗取人民币 950 万元，加上土地费共计骗取人民币 8.1 亿多元。

王细牛在宁夏、内蒙古两地大肆进行合同诈骗的行为引起了中央领导同志的高度关注，先后多次在新华社的有关报道上作出重要批示。王细牛意识到诈骗行为即将败露，便一边与政府谈判、周旋，一边与境外企业秘密协商股权转让，要求将转让金打入其指定的境外账户。同时，他委托北京某出国咨询公司为自己和田玮办理投资移民手续，指使公司人员隐匿、转移、销毁财会账目、文件资料、电脑硬盘、公司印鉴等物证。

一审法院查明，从 2001 年 9 月至 2007 年 1 月，王细牛先后将宁夏金鹰公司和内蒙古金鹰公司的 9400 余万元资金汇到北京个人银行账户；2001 年 10 月至 2005 年 10 月，王细牛将宁夏金鹰公司的 1450 余万元用于购买宝马、宾利、奔驰等多辆高级轿车、江诗丹顿等名牌手表（每块价值60 万元）和购置房产等。

一审法院认为，被告人王细牛以非法占有为目的，在不具备履行合同能力的情况下，采用在香港注册"三无"公司、虚报注册资金、伪造资信证明，开具假发票冲抵个人借款等方式骗取宁夏宾馆改造项目，继而在宁夏、内蒙古两地实施合同诈骗，且数额特别巨大，影响极为恶劣，故依法判处其无期徒刑。

编者：" 王木匠 " 诈骗案，虽然随着主要涉案人员的判刑而宣告结束。但从 " 王木匠 " 作案本身和整个案件的侦破过程来看，还是有很多经验教训需要总结思考的。

汤计：从案件的侦破角度来说，这起案件的成功侦办为打击经济犯罪提供了不少经验。在采访调查过程中，我在专案组与办案民警的接触中发现，我们的办案民警真的很了不起，他们那种锲而不舍的作风很令人敬佩。拿一个细节来说吧，" 王木匠 " 的老婆田玮，把宁夏政府的投资辗转腾挪，转移到北京换成美元，再转至香港返回宁夏冒充自己的投资，美元是通过黑市的 " 黄牛 "（炒卖外币的人）兑换的。我们的办案民警在侦办过程中，硬是在最短的时间内找到了和田玮交易过的全部"黄牛",从而掌握了可靠的证据,直接推动了整个案件的侦破。

编者:从中我们也看到了公安干警在办案过程中那种"大海里捞针"、不放过一丝一毫线索的执着精神。如果呼和浩特市的主要领导有这种深入实际、刨根究底的调查精神,"王木匠"的诈骗行为还能得逞吗?整个事件也许是另外一种结果了。汤计老师的这篇报道对公安干警在案件侦办中表现出的过硬作风给予了高度赞扬与肯定。

"金鹰公司"合同诈骗案的成功侦办
为新时期打击经济犯罪提供了经验①

公安部门侦办假港商王细牛等 7 名犯罪分子合同诈骗宁夏回族自治区区政府与内蒙古呼和浩特市政府案件,既惩处了犯罪分子,又保全了国家财产不流失,为新时期依法打击经济犯罪提供了范例,其成功的经验值得重视和推广。

——"重罪"吸收"轻罪"的法律认定得到了检法两家的支持。

内蒙古英南律师事务所主任认为,新时期的经济犯罪往往打着改革开放的旗号,穿着经济开发的外衣,利用一些地方领导急于出政绩的心理,钻政策的空子,具有一定的隐蔽性和打击难度。他说:"据我所知,以合同诈骗罪诉讼成功的,金鹰案件在国内尚属首例。"

王细牛就是打着开发西部的幌子大玩空手道的。在侦办这类案件时,如何既能惩处犯罪又能保全国家财产,警方确实需要见识与高超的办案艺术。据介绍,金鹰公司经济犯罪案,涉嫌非法吸收社会公众存款罪、虚假广告罪、虚假注册资本罪、合同诈骗罪,为了快速立案,警方先以涉嫌非法吸收公众存款罪一项罪名立案,巧妙地实现了快速立案快速侦办。

但是,非法集资、虚假广告、虚假注资等罪名,都无法剥夺犯罪分子

---

① 新华社 2008 年 9 月 15 日刊发,合作者吴国清。

的资产。公安部二局直属北京总队副总队长说，剥夺不了资产，受害人的合法权益就得不到保护。

为了确保国家资产不流失，警方必须从取证难度最大、最难认定的"合同诈骗罪"入手。公安部二局副局长兼直属北京总队队长要求严查金鹰公司资金流向，他说，资金问题必须四脚落地，从资金流向看犯罪嫌疑人到底有没有投资！

以资金流向作为侦办案件的主攻方向，打准了犯罪分子的要害。公安部二局直属北京总队 4 队队长说，资金流向涉及宁夏、内蒙古、北京等地的 50 多个银行网点，我们在银行取证 200 多次，调取了约 2000 多笔银行凭证，查证了 130 多个个人银行账号，准确地掌握了金鹰公司实施合同诈骗的犯罪事实。

据介绍，"郑泽"在宁夏的投资只有 6 万元食宿费用，所谓香港金鹰公司的投资，是他把宁夏金鹰公司股东沈阿大、史林法的 2970 万元资金汇往北京，在北京黑市换成 380 万美元，将美元汇往香港，再从香港把美元汇回宁夏。公安部二局直属北京总队为了查清其虚假投资的犯罪事实，派出警员在外汇黑市大海捞针，耗时 5 个月找到了 33 名黑市交易证人，取得了第一手关键证据。

金鹰公司以合同诈骗宁夏回族自治区区政府和呼市政府的犯罪要件成立，警方及时邀请最高检和最高法有关专家开会研讨，很快形成了以涉嫌合同诈骗罪移送起诉的共识，非法集资、虚假注资、虚假广告等都是为了合同诈骗而使用的犯罪手段。

尽管王细牛拒不招供，但警方的证据互相印证，一审法院几乎在犯罪嫌疑人零口供的情况下作了有罪判决。在法庭上，控辩双方举证答辩后，王细牛瘫坐在椅子上连声惊呼"我死定了！"

——公安部二局直属北京总队直接介入案件侦办工作，有效地排除了诸多干扰，解决了内蒙古、宁夏两地公安机关立案难的问题。

2005 年 5 月 17 日，王细牛（化名郑泽）忽悠呼市政府炸掉市公安局指挥大楼等建筑后，声言要在呼和浩特市的商业中心投资53亿元、打造总建筑面积63.5万平方米、中国最大的建筑单体CBD、169米高的西部地区第一高楼。新建仅四年的市公安局指挥大楼被炸掉后，呼市社会舆论哗然。

同年6月，针对当时社会上对金鹰公司以及"郑泽"的各种反映，内蒙古警方展开了秘密调查，并且基本查清了"郑泽"的真实身份和家庭情况，发现了其伪造身份以及数次违法犯罪、逃避打击的行为。

根据调查情况，内蒙古警方对呼市CBD工程进行了风险分析。警方认为：一、犯罪嫌疑人"郑泽"有可能逃匿；二、"郑泽"没有履约能力，呼市CBD必成"烂尾工程"；三、在呼市CBD工程会给社会造成不稳定。但是，由于金鹰公司与呼市政府捆绑在一起，代表呼市一方的领导既是自治区党委常委又是呼市主要领导，内蒙古警方的立案建议没有得到当地党委和政府的回应。

2006年12月，新华社以"呼和浩特市金鹰CBD建设项目涉嫌诈骗风险和隐患大"、"呼和浩特市政府替开发商堵窟窿引起干部群众不满"、"内蒙古一些干部群众要求对呼和浩特金鹰CBD的问题依法进行彻查"为题发出的多篇报道引起了中央领导的关注。

公安部二局立即派出一位副局长入内蒙古了解案情，并邀请有关法律专家对金鹰案件进行分析论证，一致认为金鹰公司与"郑泽"等人涉嫌经济犯罪。公安部向内蒙古警方下达了立案通知。"金鹰案件"专案组办案人员说，公安部的立案通知一下，地方公安机关就突破了难立案的瓶颈。

据介绍，"郑泽"及其金鹰公司从2001年至2007年，先后在宁夏、内蒙古两地作案，而且犯罪手段雷同。办案人员说，我们调查发现，"金鹰案件"宁夏是源头，内蒙古是尾巴，两地案件是一个整体。但是，内蒙古立案后，宁夏回族自治区政府却主张民事协调，这使得内蒙古警方无法去宁夏调查取证。公安部得知这一情况后，立即向宁夏警方下发立案查办通知，使难以立案的宁夏警方迅速立案。

内蒙古与宁夏两地"金鹰案件"专案组成立后，公安部责成二局直属北京总队参与"金鹰案件"的督导、侦办、协调、指挥工作。专案组一名警员说，公安部对"金鹰案件"统一领导、统一指挥，内蒙古与宁夏两地分工办案，这个方法极大地排除了"干扰"，加快了案件侦办进度。

据了解，金鹰合同诈骗案的一方是两地政府，警方的调查取证工作涉及副省级干部3人、正厅级干部6人、副厅级干部9人。为了取证，内蒙古警方多次给两地政府致函，但两地政府置之不理，甚至个别官员态度蛮横，说办案人员的级别不够。对政府官员取证受阻，侦查工作一度停滞。2007年7月，公安部迅速将部督办、两地分别侦办变更为公安部二局直属北京总队牵头，统一组织、统一指挥、分别立案、合并侦查，并从宁夏、内蒙古、公安部二局直属北京总队抽调了20名干警组成联合专案组。

联合专案组以公安部名义组成两地政府调查组，顺利完成对两地政府部门涉案的18名自治区党委、政府官员的调查取证工作，成功取得了金鹰公司及"郑泽"等人欺骗政府的重要证据。专案组警员说，公安部二局直属北京总队牵头办案，做了许多地方警察难以办到的事。

据介绍，金鹰公司为了掩盖其没有投资的真相，不惜高额汇费把非法占有的资金从宁夏、内蒙古、北京和香港等地频繁流转，流转资金上亿元。由于资金查证工作量大，又涉及香港等地，地方警察要在有限的侦查期限内彻底查清资金流向很困难。直属北京总队协调银监局、人民银行反洗钱中心、国际刑警组织、香港警方，很快就查清了"郑泽"将宁夏公司资金汇往北京、在北京黑市换成美元汇往香港、再从香港把美元汇回宁夏的虚假投资事实。

——警方的预警建议发挥了经侦工作的参谋职能，紧急出手防止了3000万元现金流失。

2006年8月，王细牛意识到犯罪行为即将败露，他一边委托北京某中介公司为其办理全家移民加拿大手续，一边开始秘密协商转让金鹰公司股权，企图套取资金后逃往国外。

2007年2月1日，密切监控金鹰公司的警方发现王细牛正将公司大额资金由内蒙古转往北京的个人账户。"种种迹象显示，犯罪嫌疑人王细牛准备逃匿。""金鹰案件"专案组警员说，恰在此时，已经与金鹰集团签订了解除合作协议的呼市政府，却在解除协议中承诺给王细牛的金鹰公司补偿7000万元，并在5天时间内首付3000万元。

面对这一重大案情，警方立即向自治区党委和政府领导发出预警建议，并通知呼市政府不和金鹰公司谈判，不再给金鹰公司打1分钱，不再和金鹰公司签订任何协议！这一预警建议迅速中止了呼市政府的错误做法，防止了国有资产的流失。

王细牛被警方逮捕后，1年多没有领到工资的400多名民工和参与了非法集资的近6000名群众开始在宁夏和呼市政府上访。为了维护社会稳定，警方又多次出面向两地政府建议，由政府垫资先行解决了涉及群众利益的问题。

严密的羁押监管也为案件侦破提供了保证。据介绍，王细牛被逮捕后，警方选择了相对隐蔽的内蒙古安全厅看守所，采取12名武警战士"双警双岗"、"面对面"的24小时看押，杜绝了任何串供、通风报信情况的发生。王细牛哀叹："公安把我关在一个连苍蝇都飞不进来的地方，要不我早出去了。"

公安部与地方公安机关"上下联动"打击经济犯罪的新思路，成功地打掉了以王细牛为首的长达10年的经济犯罪活动团伙，挽回直接经济损失13亿元，避免经济损失17亿元。同时，为两地政府依法处置CBD工程提供了法律依据，很好地维护了众多受骗企业和群众的合法利益。

编者：在编辑汤计老师的新闻作品，乃至与汤计老师的对话中，我们能够真真切切地感受到一个新华社记者的魅力与担当，真真切切地感受到一个优秀新闻记者身上散发出的正能量。新闻记者要向社会传播正能量，首先自己身上要有足够的正能量。读他的新闻作品，我们触摸到了他所秉持的那种"新闻是推动社会发展和进步的动力"，领略到了他的那种人民利益至上、国家利益至上的新闻格局和新闻品格。请看汤计老师关于"王木匠"案件的第七篇报道，真的是在层层剥茧，从不同角度在告诉人们，生活中会发生什么，工作中会发生什么，将"王木匠"案件给人的警示和思考淋漓尽致地呈现了出来。读汤计老师的作品，就像在读人生的字典，每个人都可以从中受用。顶级新闻作品就是这样产生的。

"王木匠"诈骗两地政府案留下多少警示与思考[①]

一个只有小学文化程度的木匠，将银川、呼和浩特两座城市搅得风生水起，这起近乎"天方夜谭"似的诈骗案留下多少警示与思考?!

"王木匠"的诈骗术：抓住领导的弱点，就能搅动一座城市

一个木匠有多大道行，能把两个地区的政府蒙骗？犯罪分子王细牛供称："阿基米德说过，如果给他一个支点，他能撬动地球。我的定律是：抓住一个政府领导的弱点，我就能搅动一座城市。"

那么，"王木匠"是如何行骗的呢？

一些领导爱"攀富结贵"，"王木匠"就骑着"大象"招摇过市。到呼和浩特市"投资"时，他的表演秀可以说到了极致：坐着加长凯迪拉克轿车，跟着8位保镖——保镖一色的黑西服、小平头、黑墨镜，以8万元一天包住了五星级宾馆的一个楼层，楼道还有保镖把守……每有领导造访，他时不时地一伸手，身后保镖立马递上一支古巴雪茄，"咔"的一下为其点火。

一些领导喜好做"大事"，"王木匠"就在"大"字上做文章。领导好大喜功，他便以"大投资"、"大项目"投其所好。在银川他一张嘴投资36亿元、在呼和浩特涨到53亿元；做的项目更玄，"第一高"、"CBD"。"这叫抱大领导打大旗号发大财。"王木匠供称，别看有些领导职务高，其实他们没经历过商场险恶。记者采访中还发现警方与"王木匠"有一段更

---

① 新华社2008年9月17日刊发，合作者吴国清。

经典的对话：警方：啥叫 CBD 项目？王细牛：我也不知道，这是外国名，我的秘书知道啥意思。

一些领导喜欢商界名人，"王木匠"就给自己罩了一身光环。中国房地产领先企业，中国房地产百强企业，中国建筑行业信用 AAA 级单位，中国优秀工程、西部开发杰出贡献奖、世界杰出人士、全球 100 位华商品牌人物、爱国企业家……王细牛不仅花钱买了 70 余道光环罩在自己身上，而且还用 200 万元赃款捐助公益事业。

一些领导顾忌面子，"王木匠"就先把他们引上一条贼船，再"同舟共济"。他抓住一些领导急于出政绩的心理，以"大项目"吸引领导上钩，再以"大破坏"把领导绑上一条战船，不由你不听他差遣。

警方的调查表明，王细牛在宁夏以 36 亿元虚假投资忽悠了政府价值 2 亿元的土地，实际上他和妻子冯媛除了最初拿到宁夏的 6 万元食宿费用外，没有 1 分钱投资。香港金鹰公司与冯媛的投资款都是股东沈阿大和史林法的投资款几经周转后，变成了香港金鹰公司和冯媛的投资款。王、冯二犯以"空手道"冒充投资，领导发现上当又顾忌面子，只好硬着头皮支持他往下干。

王细牛在呼和浩特忽悠政府炸掉公安局指挥大楼后，新楼动了锹土就没了影子，在两年时间里公安局没有办公场所，分散租赁了几十个地方，干警们怨声载道。于是，"木匠不急政府急"的局面出现了：政府垫钱垫料帮着建，到最后干脆全盘接过来替"王木匠"建；明明"王木匠"无资金建设"西北第一高楼"成为事实了，政府却又垫资金又返还建筑税，还无偿供水供气供电，不惜一切代价地帮助其往起拱楼。

个别政府领导不可思议的做法

呼和浩特金鹰 CBD 项目和市公安局新指挥大楼建设陷入困境后，照理说是王细牛及其金鹰公司违犯了合约，呼市政府完全可以依照我国现行合同法规与金鹰公司解除合作关系。

但是，呼市政府却与王细牛签订了一个令人难以置信的协议：2007

年1月31日，呼市政府想请海亮集团托盘，与王细牛谈判解除合作协议时，王细牛以"坚决不退出"为砝码，要挟政府至少"补偿"3000万元。为了摆脱王细牛及其金鹰公司，呼市政府居然答应5天内给其划拨3000万元。

2005年，呼市政府炸掉市公安局指挥大楼后，社会上响起一片质疑声："假港商"、"大骗子"……面对整个社会的质疑声浪，许多已经中标的建筑企业开始退却。没有建筑企业垫资，金鹰CBD就难以破土动工。王细牛请建筑施工单位领导到内蒙古饭店的"金顶大帐"吃饭，还邀请呼和浩特市某领导亲自出面作陪。席间，这位领导拍着王细牛的肩膀说，小郑（王细牛当时叫郑泽）是很有实力的啊，你们怕什么？结果，许多施工企业因此被骗。

检方指控，王细牛在呼市骗了中建三局装饰公司、中国国安信息科技公司、上海通用机械（集团）物资公司等25家投标单位4688余万元投标、履约保证金，还骗了中铁十七局、中建八局、江苏华建等6家施工企业的垫资款2.2亿多元，拖欠大同水泥厂、山西地兴岩土工程公司等20家材料供应单位货款950万元。江苏华建呼市项目部负责人说："我不承认华建上了'王木匠'的当，我们是上了呼市政府的当！"

内蒙古金鹰公司只有建筑行业暂定资质证书，按照我国的现行建筑法规，暂定资质证书只具备建筑三层楼的资格，根本不具备建设高层楼房的资质。所以，内蒙古金鹰公司的"西北第一高楼"项目始终没有得到自治区建设厅的批准，也没有得到内蒙古地震局的批准。"金鹰案件"专案组警员王某说，实际上这是一个违法上马项目。

警方的调查表明，呼市金鹰CBD项目，立项没有经过论证，可研性论证报告是王细牛花了1万元，找了一家只有两个工作人员的咨询公司，用了不到3天时间编造的。项目的环评报告书没有做，工程降水、消防措施、防震论证等都没有按国家规定做。呼市的行政部门在市领导的"特事特办"压力下，依法审批全线失守，很多行政审批手续王细牛连表都没填，政府部门就给把手续办了。王某说，这个工程最大的安全隐患是没有完整的设计图，设计院设计一层施工企业建一层。他说："海亮集团接盘后，我们曾经要求海亮集团邀请国内建筑专家鉴定论证，并把鉴定论证结果向社会公布。但是，海亮集团至今没有向社会公布鉴定结果。"

南京市警方"放水"　滥评比活动为骗子罩光

警方的调查显示，1997 年 3 月，王细牛（当时的名字叫王亚伟）伙同工商银行南京莫愁路分理处原主任吴霞（后在宁夏金鹰公司供职，化名吴倩），以"提供空头转账支票和虚假验资证明"方式，在江苏省南京市经济开发区成立"南京国亚联贸易商城有限公司"，租赁南京市中山东路18 号 1 至 5 层营业楼。期间，王细牛忽悠兴宁公司为国亚联公司担保，在江苏省农行、上海浦东发展银行南京分行、交通银行南京分行共计贷款1660 万元。至 1998 年 8 月，国亚联公司欠兴宁公司担保到期贷款 1100 万元（法院从兴宁公司强制执行），租赁费 361 万元，水电费 18 万元。

王细牛及其国亚联公司的违法行为不仅引发众多经营户集体上访，而且也引起当地舆论震动。南京各媒体以"'国亚联'问题乱如麻——欠下巨额债务　主要负责人失踪"、"我们给'国亚联'坑惨了"等为题纷纷发表报道。1998 年 9 月 12 日，南京市公安局根据群众举报，以涉嫌虚假注册资本罪将王细牛刑事拘留。但令人奇怪的是，南京警方没有将这一案件移送起诉，而于 1999 年 2 月 15 日对王细牛变更强制措施为取保候审。之后，王细牛在其岳母冯秀京（石家庄市桥西区派出所户籍民警）的帮助下，更名为"王伟"、"郑泽"，逃离南京进入宁夏、内蒙古行骗。

记者在采访中还发现，一些单位的滥评比现象，为王细牛行骗罩光。2005 年 5 月，尽管王细牛在宁夏的 CBD 项目已经成为烂尾楼，但中国企业改革与发展研究会和中华工商时报仍然向金鹰国际集团股份公司颁发了"中国诚信示范单位"荣誉证书。证书称：鉴于你单位在企业诚信建设中所作出的贡献，经研究，决定在中国诚信企业高峰论坛上授予你单位"中国诚信示范单位"荣誉称号。而"建设部中国建筑文化中心"2005 年 1月颁发的"五星"奖牌更荒唐，烂尾楼工程居然获得了"中国优秀工程"，奖牌上赫然写着"金鹰国际集团股份有限公司·金鹰国际 CBD 中心·金鹰国际村·中国优秀工程"。中国社会科学院城市发展与环境研究中心和中国城市标志楼盘年度金榜活动组委会，在 2005 年 1 月还授予宁夏金鹰国际 CBD 中心"2004 中国西部国际 CBD 标志性商务中心特别金奖"。

编者：汤计老师关于"王木匠"诈骗案的系列新闻调查，全方位、宏观地展现了案件的来龙去脉。它像电影、像电视，将画面一幕幕地呈现在受众面前。最后，汤计老师重新对"王木匠"案件进行了梳理，定名为"'神话'的破灭——'王木匠'行骗记"，正式向全社会公开披露这起惊天大案。据我们了解，新华社播发这篇长篇通讯后，不仅被国内 300 余家报纸、电视、广播电台和近千家网站采用，而且迅速引起国内舆论的广泛关注。

"王木匠事件"的采访与报道，留下了许多宝贵财富。2014 年 8 月 16 日，内蒙古自治区纪委宣布，呼和浩特市原市长汤爱军涉嫌严重违纪违法接受组织调查。这也许是"王木匠事件"的后续效应吧。

"神话"的破灭——"王木匠"行骗记①

（一）

2005 年 3 月，内蒙古呼和浩特市来了一位名叫"郑泽"的港商，自称香港金鹰国际集团投资有限责任公司董事局主席，他带来了一个"神话"般的辉煌构想：在呼市商业繁华区盖"西北第一高楼"——金鹰国际 CBD（中央商务区）。楼高 169 米，建筑面积 63.5 万平方米，投资 53 亿元，两年建成。

这一"大手笔"立即引起呼市政府重视，当年就被列为向 2007 年内蒙古自治区成立 60 周年献礼项目。为了保证工程进度，当地采取了一系

---

① 新华社 2008 年 11 月 17 日刊发，合作者李柯勇。

列"非常动作"。

2005年5月17日凌晨，一声闷响，刚建成四年的呼市公安局11层指挥大楼被炸掉了，目的是给"西北第一高楼"腾地方。这次定向爆破也被称作"西北第一爆"。

接着，原市政府大楼、龙海商厦、第一人民医院保健楼、市公安局的三栋宿舍楼相继拆除，"郑泽"在呼市中山西路黄金地段得到了50多亩土地。

由于"特事特办"，金鹰公司在呼市办事几乎是一路绿灯，很快就违规在工商部门注册、办理了《工程规划许可证》《土地规划许可证》《房地产开发资质证书》《施工许可证》《土地使用权证》。

然而，尽管获得了种种不可思议的优惠政策，"实力雄厚"的金鹰公司却无资注入，"西北第一高楼"很快成了烂摊子，甚至还非法集资，这引起了社会的质疑与警方的注意。

内蒙古警方有关负责人说："根据群众的反映，我们比对分析了当时的各种情报信息，咋看'郑泽'也不像是正儿八经的商人。"

随着警方调查的展开，"神话"破灭了，一个令人瞠目结舌的骗局却浮出水面……

（二）

"郑泽"原名王细牛，1958年生于湖北省黄梅县龙感湖农场，读了五年小学，13岁学木匠，1974年成为农场木工，当地人都叫他"王木匠"。"王木匠"于1984年跳出农场闯荡世界，开过舞厅、旱冰场，办过招待所，经营过酒店，均一事无成，还官司缠身。

1998年9月，他因涉嫌虚报注册资本罪被南京市警方刑拘，第二年取保候审。2000年，"王木匠"往河北省石家庄市迁了假户口，改名"郑泽"，年龄缩小11岁。警方发现，"王木匠"有6个名字：王细牛、王亚伟、王世伟、舒兵、王伟、郑泽。每个名字都注册了一家公司，娶了5个"老婆"，其中有4个"老婆"给他生了孩子。

香港金鹰公司真相如何呢？这原来是一家 1 万元港币注册的"三无"公司，无办公场所，无资金，无工作人员。

2001 年 2 月，王细牛得知宁夏回族自治区政府想改造宁夏宾馆，于是前往宁夏，许诺出资 4.56 亿元改造宁夏宾馆，合作建设"宁夏国际村"，与区政府办公厅签订了引资合同。同年 7 月 21 日，双方又签订协议成立中外合资企业，宁夏提供建设用地，金鹰公司出资 3.8 亿元，合作开发自治区政府周边农场等地段。

拿到了土地，金鹰公司当然没钱投入，但是"王木匠"有办法，他用"空手套白狼"的方式，展开了一系列令人眼花缭乱的诈骗行动。

他采取招标不开标、开标后不退还投标保证金的办法，骗了 32 家投标单位投标保证金 2075 万元；通过虚构贷款主体、房屋置换按揭等方式，骗取中国工商银行宁夏分行银川东城区支行以及中国农业银行宁夏分行银川新市区支行贷款 179 笔约 1.09 亿元；骗取 149 家企业的工程款和材料款共计约 3.8 亿元；以 20% 的高息为诱饵，非法向银川市民集资约 3.18 亿元。

钱到手了，"王木匠"却无心盖房。五年过去了，"宁夏国际村"还只搭了个框架。

"宁夏国际村"资金链断裂后，"王木匠"的目光又盯上了呼和浩特。他在呼市的骗术几乎是宁夏的翻版：2005 年 5 月，他骗取了呼市政府 4.59 亿元的土地使用权，强行开工建设金鹰国际 CBD 项目。在项目实施过程中，他骗取工程商垫资款 2.2 亿元、材料供应商 2219.1 万元、投标单位保证金 4659 万元、预售房屋资金 7759 万元。加上非法集资和土地费，合计诈骗了 8.1 亿多元。

屡骗得手，"王木匠"的胃口更大了。他以赊欠广告费的方式，在内蒙古大小媒体铺天盖地地宣传一个更为华丽的"肥皂泡"：要在中国五个少数民族自治区首府各建一个"CBD"。他开始在南宁、乌鲁木齐等地活动，企图以相同的骗术来弥补呼和浩特与银川市的断裂资金链。

警方调查表明，王细牛在宁夏、呼和浩特骗了 17.58 亿元。虽然两地的工程项目都成了烂尾楼，但他自己的腰包却鼓了起来。2001 年 9 月至 2007 年 1 月，他把骗来的 9400 余万元汇至北京个人账户，并挥霍了其中 1456 万元。他买了宝马、宾利、奔驰等高档轿车，戴上了江诗丹顿名牌手表，还购置了房产。

（三）

一个木匠有多大道行，能把两个地区的政府蒙骗？王细牛对此颇有心得。他供述说："阿基米德说过，如果给他一个支点，他能撬动地球。我的定律是：抓住一个政府领导的弱点，我就能搅动一座城市。"

综观"王木匠"的骗术要旨，可以用四个字来概括：投其所好。

有人爱"攀富结贵"，王细牛就进行奢华表演。到呼市"投资"时，他坐着加长凯迪拉克轿车，跟着 8 名保镖。保镖一色的黑西服、小平头、戴墨镜。他以 8 万元一天的价格，包住了五星级宾馆的一个楼层，楼道还有保镖把守。每有领导造访，他一伸手，身后保镖立马递上一支古巴雪茄，"咔"地一下为其点燃。

有人喜好"大手笔"，王细牛就在"大"字上做文章。他一张嘴就是"大投资"，在银川声称投资 36 亿元，在呼市涨到了 53 亿元。做的项目更是不厌其大，"第一高""CBD"都是他的招牌。

"这叫抱大领导打大旗号发大财。"王木匠供称，别看有些领导职务高，其实他们没经历过商场险恶。

警方与"王木匠"有一段经典对话。警方："啥叫 CBD 项目？"王细牛："我也不知道，这是外国名，我的秘书知道啥意思。"

有人喜欢商界名人，"王木匠"就给自己罩了一身光环。"中国房地产领先企业""中国房地产百强企业""中国建筑行业信用 AAA 级单位""中国优秀工程""西部开发杰出贡献奖""世界杰出人士""全球 100 位华商品牌人物""爱国企业家"……王细牛花钱买了 70 余道光环戴在自己头上。

深谙骗术的"王木匠"，在包装自己嘴脸时向来不惜重金。他一面大肆行骗，一面以"郑泽公益救助基金会"之名向四川省仪陇县捐助扶贫款100万元，又以"金鹰国际投资公司总裁郑泽"之名向四川省巴中市捐赠100万元，用于社会公益事业。

在他看来，没有什么是用钱买不到的。尽管他在宁夏坑骗了政府、银行、建筑企业和数千集资群众，中国企业改革与发展研究会仍在2005年5月召开的"中国诚信企业高峰论坛上"向金鹰公司颁发了"中国诚信示范单位"荣誉证书。宁夏的CBD烂尾楼工程居然获得了原建设部中国建筑文化中心颁发的"中国优秀工程"奖牌。中国城市标志楼盘年度金榜活动组委会还授予宁夏CBD烂尾楼"2004中国西部国际CBD标志性商务中心特别金奖"。

令人惊奇的是，个别领导也跟着这个骗子"忽悠"。2005年，呼市炸掉市公安局指挥大楼后，社会上响起一片"假港商""大骗子"的质疑声，许多已经中标的建筑企业开始退却。

没有建筑企业垫资，金鹰CBD就难以破土动工。王细牛请建筑施工单位领导到内蒙古饭店的"金顶大帐"吃饭，他邀请当地一位领导出面作陪。席间，这位领导拍着"王木匠"的肩膀说："小郑（王细牛当时叫郑泽）是很有实力的啊，你们怕什么？"

结果，王细牛在呼市骗了中建三局装饰公司等25家投标单位4688万余元投标、履约保证金，还骗了中铁十七局等6家施工企业的垫资款2.2亿多元，拖欠大同水泥厂等20家材料供应单位货款950万元。

（四）

"利诱"只是"王木匠"骗术的一面，另一面则是"威逼"。他总是先以"大项目"吸引人上钩，再以"大破坏"把对方绑上一条战船，不由你不听他差遣。

在宁夏，王细牛以36亿元投资为诱饵，"忽悠"政府拆了宁夏宾馆，骗取土地使用权，然后委托中介机构出具隐瞒重要事实的验资报告，套取公司自有资金，在黑市换成美元后打入香港金鹰公司账户，再作为金鹰公司投资款打回宁夏的验资账户，以"空手道"冒充投资。少数领导发现上当又顾忌面子，只好打掉牙往肚里吞，硬着头皮支持他往下干。

在呼市，炸掉公安局指挥大楼后，新楼动了几锹土就没了影子。在两年时间里，呼市公安局的办公场所分散租赁了十几处……于是，"木匠不急政府急"的局面出现了：市里垫钱垫料帮着建，到最后干脆全盘接过来替他建。眼看"王木匠"无钱建设"西北第一高楼"已成事实，政府也只能想方设法帮他往起拱楼。

上了"王木匠"的贼船想下来都难。面对多方压力，为摆脱金鹰CBD项目和市公安局新指挥大楼的建设困境，2007年1月31日，呼市想与王细牛解除合作协议，另请有实力的企业解套。但王细牛索要"船票"：至少3000万元"补偿"，否则，坚决不退出。

不过，精于算计的王细牛，咋也没算到警方下手这么快，更没想到公安部直接介入案件侦办。早在2006年12月31日，内蒙古警方在公安部的直接指挥下，以涉嫌非法吸收公众存款罪对其正式立案，并向自治区党委和政府主要领导发出了预警通报。

王细牛意识到罪行即将败露，秘密与境外企业协商转让金鹰公司股权，并紧急办理全家移民加拿大手续，企图套取资金后逃往国外。同时，为掩盖犯罪事实，他一边转移、隐匿、销毁公司财会账目、文件资料、电脑硬盘等，一边将公司大额资金由呼市转往北京的个人账户。

"种种迹象显示'王木匠'准备逃匿。"公安部办案人员说，"恰在此时，呼市政府要给金鹰公司拨3000万元补偿金。为了防止国有资产进一步流失，我们决定提前抓捕主要犯罪嫌疑人。"

由于警方出手及时，王细牛从深圳定做的准备在呼市进行非法集资的3万张贵宾卡被缴获。据介绍，这些贵宾卡一旦售出，老百姓的17亿元血汗钱将被王细牛收入囊中。

即便如此，不包括施工企业、材料商和政府的被骗资金，以及拖欠数百名农民工一年的工资，仍有百余名呼和浩特市民的8000多万元资金被王细牛非法吸收。而在宁夏，王细牛向5000余名自然人非法募集资金达

3.24 亿元。

近日，宁夏回族自治区高级人民法院二审宣判，王细牛因合同诈骗罪被判处无期徒刑、剥夺政治权利终身，并处没收个人全部财产。

骗子是落网了，然而人们却不由得深思：一个只有小学文化程度、漏洞百出的骗子，为何能在数年内"呼风唤雨"，导演了这起"天方夜谭"般的诈骗大案？

编者：*静心阅读汤计老师有关王细牛（"王木匠"）诈骗案的系列新闻调查，让我们看到了一个新华社记者履行新闻监督职责的全过程。这9篇报道，从发现新闻线索，开始揭露王细牛的真实面貌、骗人伎俩，到王细牛被公安机关立案抓捕，乃至最后法庭对王细牛绳之以法的完整收官，全方位地呈现了新华社记者作为党的"耳目"、"喉舌"的特殊功能。读汤计老师的新闻作品，感受新华社记者对党的忠诚。"心为民所系，责为民所担，魂为民所立"。这是新华社记者汤计的人生格言，也是他从事新闻工作的坚定信仰。新华社记者，为了维护党和国家的利益，维护人民群众的利益，他们敢于向社会上形形色色的假恶丑现象亮剑。*

三、"王木匠"诈骗案的思考

有人说"人生如戏、戏如人生"，王细牛的表演以无期徒刑收场。王细牛的阿基米德定律，却给后人留下了无尽的思考。一个仅有小学文化的木匠，怎么会有在社会上"呼风唤雨"的道行？他在接受办案人员审问时，还得意洋洋地说："阿基米德说过，如果给他一个支点，他能撬动地球。我的定律是：抓住一个政府领导的弱点，我就能搅动一座城市。"这是他总结的"骗子定律"。他的秘诀是先"拿下"政府官员，让官员成为他行骗的道具。其骗术高就高在巧妙地利用政府的公信力，使自己成为一些官员的座上宾。

一些领导为什么会成为骗子的道具？主要是被王细牛抓住了身上的弱

点——"政绩饥渴症"。王细牛如此"牛气"地诈骗，关键在于地方政府和官员好大喜功的政绩观，腐败不堪的官僚主义作风。其实，王细牛并没有什么"牛"的资本，开始也不"牛"，可以说一事无成，官司缠身。但在宁夏和呼和浩特"牛气十足"，关键是抓住了地方官员急于出政绩、急于上大项目的心理。53亿元巨额投资、"西北第一高楼"的空头支票，在地方政府那里升级为"2007年内蒙古自治区成立60周年献礼项目"，背后是地方官员凭借形象工程、政绩工程飞黄腾达的欲望。

王细牛能蒙骗众多企业和群众，在于一些地方官员的撑腰和摇旗呐喊。在社会上对王细牛的骗局有所警觉时，一些官员还在不同场合为其撑腰造势，导致更多的企业和群众上当受骗。一些领导在发现王细牛行骗后之所以不举报、不制止，就是因为自己已沦落为王细牛施展骗术的"道具"。王细牛的胡作非为，还在于地方政府和官员对国家和人民财产的不负责任的工作态度。地方政府在没有对王细牛及其公司做深入调查的情况下，就轻率地炸掉了刚建4年的市公安局11层指挥大楼为其项目让路，充分暴露了他们滥用职权的官僚主义作风。

虽然闹剧结束了，但王细牛的"骗子定律"依然值得各级领导干部自省。王细牛的"阿基米德定律"，应成为一个反面教材，血的教训。各级领导一定要深刻理解"政之所兴在顺民心，政之所废在逆民心"。干事创业一定要树立正确的政绩观，要做到"民之所好好之，民之所恶恶之"。一切工作的出发点与立足点，都要自觉从人民利益出发，绝不能为了树立个人形象，搞华而不实、劳民伤财的"形象工程"、"政绩工程"。唯有如此，才能让王细牛的"阿基米德定律"失去生存的土壤。

"雾里看花"更要擦亮双眼

——戳穿"万里大造林"的真面目

一、什么是"万里大造林"案?

2003 年,内蒙古万里大造林公司在内蒙古通辽市注册登记。该企业在通辽市、兴安盟和赤峰市等地租赁了近百万亩沙地、草场和耕地,种植速生丰产杨树并向社会出售活立木,每亩活立木的公开售价为 2660 元,并承诺:8 年后每亩林地可成材 12 立方,10 年后每亩林地可成材 15 立方。万里大造林公司还先后在黑龙江、辽宁、吉林、河北、山东等省市区组建了几十家分公司,销售人员万余名。

2002 年 9 月至 2007 年 8 月期间,万里大造林公司通过传销方式向黑龙江、吉林、辽宁、北京、河北、山东、安徽等 12 个省市区的 3 万余名零散投资人出售林地 43 万多亩,非法经营额达 12.79 亿元。

2007 年 8 月 22 日,内蒙古公安厅经侦总队经过缜密侦查,以涉嫌非法经营罪和非法集资诈骗罪,将万里大造林公司董事长陈相贵、总经理刘艳英、副总经理陈成(陈相贵之子)刑拘,并把公司账户冻结。

2007 年 9 月 28 日,陈相贵和刘艳英因涉嫌非法经营罪,被内蒙古自治区人民检察院正式批准逮捕。

2007 年 12 月 24 日,新华社播发长篇通讯《万里大造林还是万里大坑人》,向社会公开披露万里大造林事件。

2008 年 4 月 28 日,陈相贵等万里大造林公司嫌犯被移送内蒙古自治区人民检察院审查起诉。

2008 年 12 月 31 日,内蒙古包头市中级人民法院对"万里大造林"案作出一审判决:主犯陈相贵以非法经营罪判处有期徒刑 11 年,并处没收个人财产 2 亿元；主犯刘艳英以非法经营罪判处有期徒刑 9 年，并处没收个人财产 1.5 亿元。两人均表示不服，并向内蒙古自治区高级人民法院提出上诉。

2009 年 4 月 9 日，内蒙古自治区高级人民法院对"万里大造林"案件作出终审裁定，维持包头市中级人民法院的一审判决结果。

二、还原"万里大造林"案

编者：您是在什么情况下介入"万里大造林"案报道的？

汤计："万里大造林"案是当年国务院处置非法集资办公室（以下简称处非办），研究决定处理的几个以造林为幌子进行非法集资扰乱金融秩序的案件之一。是由国务院处非办直接下令，由内蒙古公安厅查处的案件。公安机关在侦查中发现，万里大造林公司虽然宣传的是"托管造林"，但其转包草原的形式不符合法律规定，营销手段不规范，其注册经营范围为"林业技术、林业咨询服务"，没有"林地、林木流转即活立林销售"的经营权限，却从事流转的经销业务，涉嫌超范围经营等问题。8 月 22 日，陈相贵等 3 名高管被捕后，全国仍有 100 个分公司在运转。当时正是党的"十七大"召开前夕，由于万里大造林公司集资群众特别多，而政府还没有来得及公布接管企业、应对集资群众的措施，担心会出现群众挤兑现金的情况并进而引发群体性事件。与此同时，万里大造林公司的传销骨干，开始在舆论和社会上制造一些混乱。因此，新华社有义务、有责任跟进这个案子；另外，公安机关也需要新华社为他们办案提供舆论支持，跟进案情的报道。所以，我当时受分社领导安排，开始深入调查这个案子。并根据当时的情况，写出了第一篇调查报道。

编者：据我们了解，当时不少媒体不计后果的报道这个案子，给公安机关办案造成了很大被动。新华社的这篇报道，达到了以正视听的作用。

"万里大造林"公司 3 名高管被刑拘后亟待开展善后工作[①]

连日来，内蒙古万里大造林公司（以下简称万里大造林公司）3 名高管被公安机关刑拘、公司账户被冻结的消息传至部分客户及公司员工后，内蒙古、吉林、黑龙江、辽宁、山东等地的"客户代表"及万里大造林公司"员工代表"先后向"万里大造林公司专案组"和通辽市政府等部门致函或上访，声称公司账户被冻结致人员工资不能发放，陈相贵被刑拘致公司不能正常运转，给客户和员工生活、工作带来严重影响，广大客户代表将与众多客户集体进北京讨公道。公安人员建议应尽快开展善后工作，防止发生群体性事件。

据内蒙古自治区公安厅有关负责人介绍，根据公安部的立案通知和自治区领导的批示精神，内蒙古公安厅经侦总队经过缜密侦查，于 8 月 22 日至 23 日，以涉嫌非法经营罪和非法集资诈骗罪，将万里大造林公司董事长陈相贵、总经理刘艳英、副总经理陈成（陈相贵之子）刑拘，并把公司账户冻结。

内蒙古万里大造林公司是 2003 年在内蒙古通辽市注册登记的一家造林企业。通辽市林业局有关负责人称，这样的造林企业在通辽市有 40 多家，而内蒙古万里大造林公司最大。万里大造林公司自成立以来，在内蒙古自治区的兴安盟、通辽市和赤峰市的广大农村和牧区租赁了百余万亩沙地、草场和耕地，种植速生丰产杨树并向社会出售。从 2004 年春季至今共种植速生丰产杨树约 70 多万亩，已向社会零散投资人销售了约 11.4 亿多元的林地。

据了解，万里大造林公司成立以来，先后在黑龙江、吉林、辽宁、北京、河北、山东、河南、安徽等省市区组建了几十家分公司，销售人员万余人。此外，万里大造林公司的林地 70%以上集中在内蒙古东部的通辽市、兴安盟和赤峰市，公司管理人员和林地管护人员约有 1 万余人，且大

[①]　新华社呼和浩特 2007 年 9 月 3 日电。

多数是当地农牧民或复转军人（不少人是临时雇用的）。

内蒙古公安厅经侦总队办案人员说："万里大造林公司机构庞大、员工众多、涉案金额巨大、受害群众约 3 万人，各方利益攸关，善后工作若不能及时跟进，会引发群体性事件。"

据介绍，内蒙古自治区政府初步确定 9 月 5 日召开由自治区政法委、维护稳定办公室、处置非法集资领导小组办公室、信访局、宣传部、公检法、金融办、农牧业厅、林业厅、工商局、通辽市委和政府等参加的协调会议，会议着重解决三大问题：加强对案件侦办工作的领导，统一各部门对案件的思想认识；落实责任、确保稳定；依法打击、全力追赃。

内蒙古公安厅经侦总队万里大造林专案组办案人员说，目前，内蒙古万里大造林总公司的经营场所还未查封，公安机关一旦查封之后就会出现以下问题：一是清产核资与审计问题，二是公司内部上万名员工的去留问题，三是 3 万名购林群众要求赔偿的问题，四是 70 多万亩林地的管护问题，五是涉及其他省市的善后处置工作，需要中央有关部门协调当地政府进行处理，六是林业部门要尽快组织专家，对万里大造林公司向客户承诺的"8 年每亩林地蓄材 12 立方米"进行技术评估。他说："这些问题急需中央有关部委出面协调各级政府拿出切实可行的应对措施，解决善后问题。"

内蒙古公安厅经侦总队万里大造林公司专案组有关办案人员建议，国务院处置非法集资办公室与公安部组成一个工作组指导案件的侦办工作，同时希望检察机关提前介入引导案件侦查工作。

编者：汤老师，在万里大造林公司高管被正式批捕后，您又马上发出了新的报道。

汤计：当时的情况非常复杂。对万里大造林公司涉案人员采取强制措施，是由公安部统一指挥的。但当时有些省区采取了行动，有些却没有跟上。虽然陈相贵等 3 名高管被抓了，但有些分公司的传销骨干仍然逍遥法外。他们多次煽动组织群众集会、上访，造成了多起群体性事件。另外，某律师事务所的律师，以及某小品作家等，借助博客等网络途径发表声明，替万里大造林公司和犯罪嫌疑人陈相贵辩护、煽动群众、攻击政府，造成了非常严重的负面影响。为了稳定群众情绪和社会安定，我又及时发出了第二篇调查报道。

编者：汤计老师在第二篇报道里，建议并呼吁尽快开展"万里大造林"案的维稳善后工作。

万里大造林公司两高管正式批捕　维稳工作亟待加强[①]

因涉嫌非法经营罪，内蒙古万里大造林有限责任公司（以下简称万里大造林公司）董事长陈相贵、总经理刘艳英，9月28日被内蒙古自治区人民检察院正式批准逮捕。此前，内蒙古自治区公安厅经侦总队因陈相贵和刘艳英涉嫌非法经营罪和集资诈骗罪，于8月22日、23日分别对其采取了刑事拘留的强制措施。

据内蒙古自治区公安厅有关负责人介绍，万里大造林公司是2003年在内蒙古通辽市注册登记的一家造林企业，该企业以每亩每年5元、8元、30元不等的价格，在通辽市、兴安盟、赤峰市和呼伦贝尔市租赁了近百万亩沙地、草场和耕地，种植速生丰产杨树并向社会出售活立木，每亩活立木的公开售价为2660元。万里大造林公司向社会公开承诺：8年后每亩林地可成材12立方，10年后每亩林地可成材15立方。在这样一个美丽的致富梦想蛊惑下，黑龙江、吉林、辽宁、北京、河北、山东、河南、安徽等省市区的3万余名零散投资人向万里大造林公司购买了约11.8亿多元的林地。

万里大造林公司的非法经营活动，不仅严重破坏了正常金融秩序，而且给社会稳定带来了极大风险。万里大造林公司涉嫌非法集资案被国务院确定为全国重点查处的非法集资三大案件之一。该案涉案人员多、涉及地区多、涉及群众多、涉案金额大、社会影响大，办好此案对于维护社会稳

[①] 新华社呼和浩特2007年9月29日电。

定，保护群众利益，消除社会隐患和经济风险具有重要意义。

但从目前情况看，有几个方面的工作亟待加强：一是通辽市政府尚未按照自治区政府有关万里大造林公司专题会议精神成立相应的领导机构，抽调专人依法接管万里大造林公司在通辽市的现有林地，以确保林地面积不减少、不损失；二是正面舆论引导工作尚未开展，购林群众仍然坚信他们的林地8年后可产速生杨12立方米；三是向集资群众做好解释、接待、补偿方面的前期准备工作尚未开展；四是对万里大造林公司数千名非涉案人员尚无妥善安置处理意见。

目前，由自治区公安厅牵头，专案组正在对涉案公司的所有经营场所资产进行依法查封、冻结、扣押；依法追缴主要犯罪嫌疑人及涉案人员的个人非法所得。万里大造林公司的近70万亩林地的管护，仍靠公司部分高管人员在维持。部分林地的水井设施已遭破坏、护林人员已开始流失。

万里大造林公司董事长陈相贵、总经理刘艳英被公安机关采取强制措施以后，先是小品作家×××以"名誉副董事长"身份在网上发表"致万里公司员工及客户的一封公开信"，他声称"陈相贵、刘艳英带领公司走的是一条利国利民的阳光大道……百万亩沙地变绿洲，再过4年就到了第一个采伐期，我希望我们公司能活到轮伐期，到时最保守的估计按每棵树胸径15公分计算，我们最保守的评估不会低于40个亿。"

×××声明之后，某律师事务所律师在自己的"博客"里声称为万里大造林公司的所有客户代言，向政府讨回公道。此后，全国各地的购林群众开始登录该博客，还有千余名购林群众委托该律师向政府讨说法。这名律师很快成了网上名人，"正义"的化身。他的"博客"也成了国内购林群众联络或抨击政府的场所。

有关办案人员忧虑地说："目前购林群众对陈相贵、刘艳英被捕的信息处于似信非信的状态，他们的神经仍然麻醉于万里大造林公司制造的'购林发财'神话里，一旦陈相贵、刘艳英正式被捕的消息公布，发财神话破灭，当地政府部门又无完善的补偿方案，引发的后果将十分严重。"

编者：汤老师，我们发现在您采写的报道中，还有揭露万里大造林公司设计勒索陷阱的报道。

汤计：2007年10月，我开始深入到"万里大造林"案专案组，进行调查采访。在调查中我发现，有些受骗的群众中间看清了陈相贵的真面目，便去万里大造林公司，想要回之前集资入股的钱。对于这些想断自己财路的人，陈相贵在公司里成立了一个法务部，专门找了一些打手和劣迹斑斑的人，给他们罗织罪名。让他们哑巴吃黄连——有苦说不出。

编者：在这篇报道里，还有一个让人匪夷所思的地方，那就是在陈相贵已经被刑拘，"万里大造林"案已经由公安部统一指挥办理的情况下，受害人仍然被移送检察院起诉。

万里大造林公司设"勒索"陷阱利诱一退林客户入狱①

因涉嫌非法经营罪，正被公安机关查办中的内蒙古万里大造林公司（以下简称万里公司），又发现新的"犯罪"现象：设"勒索"陷阱，利诱一退林客户落"法网"。

记者近日从有关部门获得一封署名为贾某某的退休妇女来信，信中举报万里公司董事长陈相贵、总经理刘艳英被公安机关逮捕前，曾经于2007年5月9日把其丈夫焦某某"利诱"至内蒙古自治区通辽市，而后由通辽市公安局科尔沁区分局以涉嫌"敲诈勒索罪"采取刑事拘留措施，近日又被科尔沁区人民检察院批准逮捕。

据了解，现年72岁的焦某某，原籍黑龙江省齐齐哈尔市铁峰区，是一名退休老中医。其妻贾某某62岁，系齐齐哈尔市纺织厂退休工人。焦某某夫妇退休后，移居河北省抚宁县南戴河居住。贾某某称，2005年10月，万里公司秦皇岛分公司南戴河咨询部部长董君（男，50岁，吉林长春市人）、刘育锦（化名刘育彤），向焦某某夫妇宣传购买万里公司林地的

---

① 新华社呼和浩特 2007 年 11 月 28 日电。

好处："8 年后树高 17.7 米，胸径 24.5 公分（证据：林科院论证），每亩树林可蓄材 24 立方米，按 2003 年的市场价 600 元 1 立方米计算，每亩可得 14400 元。而且，木材价格还有逐年上涨的空间。"2005 年 10 月 9 日，在万里公司秦皇岛分公司的组织下，焦某某与一批有购林意向的客户专程前往通辽市看了几块万里公司的林地。

贾某某说："我老头儿（焦某某）看了林地，又在万里公司总部被陈相贵一顿忽悠，觉得投资林地绝对是个好买卖。回来与我一商量，就动员亲朋好友投资 257400 元买了 100 亩林子。"不仅如此，焦某某还在万里公司的"销售提成"利诱下，放弃了在天津一家合资企业待遇优厚的工作，加入了万里公司的传销队伍。

贾某某介绍，万里公司的"销售提成"与职务挂钩，本人买林子或者发展他人买林子 100 亩，即可提拔为销售部长，有权组织自己的销售团队，并从销售业务中提取 10% 的费用；业务员如果卖出 60 亩，可升为业务经理，也可组织自己的销售团队，并从销售业务中提取 8% 的费用，但业务经理的上级——销售部长，要从业务经理的提成费中抽取 2%；业务员每做成一笔林子生意，可提成 6% 的好处费，部长、经理各从中抽取 2%。她说："因为我家一次买了 100 亩林子，我老头儿因此成为内蒙古万里大造林公司秦皇岛分公司南戴河咨询部的挂牌经理。"

进入万里公司的销售队伍后，焦某某夫妇多次从不同的人口中听说了很多陈相贵到处行骗的事情。夫妇二人仔细观察一段时间后，认为万里公司的宣传不仅在骗人，而且存在传销和签订虚假合同的情况。焦某某夫妇从 2006 年 11 月起，多次打电话给万里公司董事长陈相贵、总经理刘艳英要求退林，未果。焦某某又亲自到万里公司总部和陈相贵面谈，仍然没有结果。

2006 年 12 月，焦某某夫妇将收集的关于万里公司虚假宣传和传销等相关材料交于《秦皇岛晚报》和《秦皇岛都市报》记者，并向秦皇岛市公安局报了案。2006 年 12 月 14 日、21 日和 23 日，《秦皇岛晚报》和《秦皇岛都市报》相继发表题为"25 万元投资'造林'打了水漂"、"谁来帮我讨回投资款?"的报道,并在报道中引用林业专家的话提醒市民投资林业风险大。

秦皇岛媒体报道后,2006年12月30日,万里公司同意给焦某某夫妇退回购林款257400元。另外,万里公司要焦某某做出书面承诺:今后不再向政府有关部门和媒体投诉万里公司,也不再鼓动万里公司的客户退林,并从秦皇岛公安局经侦支队撤诉……焦某某若做出上述承诺,万里公司除了退还购林款,还另外给予焦某某10个月的取证、投诉、误工等补助费用共计25万元。

2007年5月,陈相贵以赔偿焦某某20万元经济损失为由,约他到通辽市某宾馆见面,在把20万元交给焦某某后,陈相贵以焦某某"敲诈勒索"报警。2007年5月4日,焦某某被通辽市公安局科尔沁区分局刑事拘留。

根据贾某某的叙述,记者于11月28日下午,分别电话采访了通辽市公安局科尔沁分局副局长姜某某和刑警大队长贾某。姜某某说,我刚分管刑侦工作不久,此案尚不知情,听说移送起诉了。贾某说,这起案件我不是具体办案人员,我只听说自治区公安厅今天上午(28日)也开始调查了,详细情况我实在难以奉告。

内蒙古英南律师事务所主任张某认为,这起"敲诈勒索"案,陈相贵的"利诱"陷阱比较明显。他说:"特别是在公安部统一部署,并在全国12个省市区清查万里公司涉嫌非法经营罪的工作已经开展两个多月后,通辽市科尔沁区警方仍然把一个敢于揭露万里公司犯罪问题的老汉作为'敲诈勒索'犯罪嫌疑人逮捕并移送起诉,实属匪夷所思。"

　　编者:这篇报道的直接作用是,报道发出后不到两个月时间,受害人焦某就因为证据不足,检察院决定对他依法免予起诉。汤老师也紧接着发出了跟踪报道。

万里大造林“勒索”人被免予起诉[①]

曾被内蒙古万里大造林有限公司指控“敲诈勒索”的焦某某，被人民检察院认为证据不足，决定不予起诉。内蒙古通辽市科尔沁区人民检察院3日披露了这一消息。

现年72岁的焦某某是河北省抚宁县一名退休老中医。2005年10月，在受到万里大造林公司秦皇岛分公司的宣传后，焦某某动员亲朋好友投资25.74万元买了100亩林子。

根据万里大造林公司的“销售提成”与职务挂钩政策：本人买林子或发展他人买林子100亩，可担任销售部长，有权组织自己的销售团队，发展业务经理若干名；业务员卖出或自购林地60亩，可升为业务经理，发展业务员若干名；业务员每做一单生意，分公司返给销售部提成款10%，销售部长从中抽取2%，下一级业务经理抽取2%，业务员提成6%。焦某某因此成为万里大造林公司秦皇岛分公司的销售部长。

进入销售队伍后，焦某某发现万里大造林公司不仅存在传销问题，而且还签订虚假合同。从2006年11月起，他多次打电话给万里大造林公司董事长陈相贵、总经理刘艳英要求退林，未果。2006年12月，焦某某将收集的有关万里大造林公司虚假宣传和涉嫌传销等材料交于秦皇岛市新闻媒体发表。在新闻媒体的压力下，万里大造林公司同意给焦某某退回购林款。

另外，万里大造林公司还拿出一份事前拟好的《承诺书》让焦某某抄写并签字：今后不再向政府有关部门和媒体投诉万里大造林公司，也不再鼓动万里大造林公司的客户退林……只要焦某某作出上述承诺，还将额外得到20万元补助。2007年5月，陈相贵在通辽市某宾馆把20万元交给焦某某后，立即以焦某某“敲诈勒索”报警。2007年5月4日，焦某某被通辽市公安局科尔沁区分局刑事拘留，5月9日逮捕。由于该案疑点多、

---

① 新华社呼和浩特2008年1月4日电。

证据不足，通辽市科尔沁区人民检察院经过几次退卷后，最终于 2007 年 12 月 7 日作出了对焦某某不予起诉的决定。

编者：陈相贵等万里大造林公司的高管被逮捕了，但善后工作好像不是很顺利，特别是对于大面积出租的林地，并没有一个很好的解决方案。

汤计：由于"万里大造林"案涉及的群众特别多，情况非常复杂，处理起来比较困难。而且，当时有些问题并没有给群众解释清楚。我在进入专案组以后，深入到万里大造林公司承包的林地里拍照、采访，真正发现了万里大造林的真相。他们一直对外宣传的，包括给受骗群众展示的，只是长得非常好的林木的样本，真正像样儿的林地也就十多万亩。因为是大面积单品种种植杨树，很容易引发森林虫害；而且由于林木栽种的地方水源短缺，主要依靠地下水灌溉，但大面积抽取地下水，会造成更严重的土地退化和沙化，反过来危害整个地区的生态。

编者：对于如何处理租出去的林地，当时有完整的解决方案吗？

汤计：我在调查报道过程中，还采访了通辽市林业局的有关同志，他们对于处理这些林地提出了非常好的建议，但之后并没有得到采纳。

编者：在接下来的这篇报道中，汤计老师指出了"万里大造林"案两个亟待解开的谜团。

万里大造林公司涉嫌非法经营案有两大谜团待解[①]

自 8 月 22 日内蒙古万里大造林有限公司（以下简称万里公司）董事长陈相贵、总经理刘艳英因涉嫌非法经营罪被依法逮捕以来，各地公安机关纷纷行动，对万里公司在全国 12 个省市区的近百家销售分公司负责人

---

① 新华社呼和浩特 2007 年 11 月 22 日电。

采取了强制措施，并围绕万里公司的非法经营问题展开了调查。但是，随着案件调查工作的不断深入，案件的复杂性与疑难性也暴露出来。自治区公安厅办案人员说："至少，有两大谜团亟待破解。"

万里公司的多数林地不能成材之谜至今未解

经审计部门和公安机关的初步查证，万里公司实有林地约50多万亩（自称70万亩），转让给客户的林地约42万亩。这些林地，目前由39个林地管护中队管理，一个中队管护林地面积少的7000亩，多的20000亩。陈相贵和刘艳英被捕后，公司日常工作由生产副经理刘开生主持。刘开生介绍，通辽市总公司留守人员约40人，管护林地的小中队剩下3至5人，大中队剩下7至8人，合计约有240人。

前不久，应万里公司的要求，通辽市要求公安机关解冻万里公司的林地管护资金，公安部门同意将冻结的1.8亿元解冻2100万元。首期700万元解冻资金划拨到通辽市林业局，并在林业局的监管下用于林地浇水与管护人员工资。"现在通辽市政府希望解冻第2批700万元，理由是这么多人留下来守着公司，不解冻资金怎么维持下去？"办案人员说："这是个死结，从法律层面看，非法经营所得，怎么能解冻？"

专案组认为，万里公司涉嫌非法经营案件有个基本盘的问题，即：科尔沁这样的沙荒地上种树，到底能不能在8至10年后每亩蓄材量达到15立方米？如果不惜代价，它可能存活下来，但要其持续生长，要花很大的代价，经济上很不划算。

刘开生认为，陈相贵选内蒙古种树，主要出于经济利益。这儿的土地平均5元1亩，栽上树1亩就能卖2660元。他说："后来也发现问题了，我们跟他说，这个树不是栽着玩的，你卖出去了，不管8年还是10年，你得保证它成材。在干旱缺水的沙漠上种树，想要它成材难度很大啊。"

刘开生披露，万里公司在内蒙古的40多万亩林地，长势好的在硕根乡、柴达木乡和达赉特旗，约有17万亩。多数林地在干旱区，如果没有大的投入，那就是小老树了，只能做生态林防风护地。万里公司种植的是连片杨树。他说："最难对付的是虫害，林子品种单一，已经发生过几次严重的病虫害了，这是致命的，能把整个林地全部毁坏。"

万里公司的林子能不能成材，骗局至今未被戳穿。万里公司6支队鲁北中队队长闫某某称，他领导的中队管护着2005年和2006年种植的14338亩林地。大约有7000亩林地的地下根本没有水，只有7000亩林地一年能浇两次水。"老百姓的水井现在一次只能压出1桶水。"他说："吃水都困难哪能给树浇水，能维持着不被旱死就不错了。"

成材林地不能大面积采伐之谜至今未揭

依照我国的森林法规，成材的森林资源只能间伐或轮伐，不容许成片大面积砍伐。陈相贵出售林地时欺骗群众说，托管的林地到了8至10年的管护期就得采伐，你得优先交给万里公司采伐，你个人采伐也可以，但必须在管护期到了的3个月内采伐完。

自治区公安厅经侦总队副总队长乌某某说："给老百姓的感觉就是，我的林子采就采了，林业部门没什么限制。他不提是3个月内把'配额'采伐完，给老百姓的错觉是剃光头式的采伐。老百姓就以为8年连本带利都能收回了。实际上即使林子长成了，8年后你也采伐不了，你只能间伐或轮伐，10年一个轮伐期，只能砍三分之一，老百姓从这些树上取得收益的周期是30年才能把本钱收回。"

正在通辽市审计万里公司财务往来账目的内蒙古审达会计师事务所主任关某某认为，从购林合同看，万里公司出售林地有点像期货，购林人买得是一种预期收益。他说："好多群众买林子的时候看到的都是样板林、示范林，没看自己家买的林子。所以，我感觉万里公司卖的是'期树'，购林群众普遍迷失在'将来会有很大收益'的梦幻里。"

森林资源不能成片采伐，熟悉森林法规的人都清楚，就是无人站出来讲。2005年，自治区林业厅在万里公司的林地开了一个现场会，把万里公司作为先进典型来推广。通辽市林业局有关负责人说："通辽市的杨树面积约占全国的十分之一。我们鼓励老百姓种杨树，主要是考虑他们挣点活钱。万里公司要来植树，我们得支持人家参与国家生态建设吧？客观上，万里公司的进入把通辽市的地价和树价都带起来了，他的经营管理水平也比较高。但是，谁也没从法律层面思考，这种营林方式将来会给购林群众造成什么样的后果？"

科学评估现有林地，拿出正确清盘方案

如果从购林群众的利益出发，现在应该算总账，拿出正确清盘方案。据乌某某介绍，公安机关目前扣押了万里公司 1.8 亿元资金，公司资产约有不足 2 亿元，加起来合计约有 4 亿元，变现后给每个购林群众能补偿 1 万多元。

内蒙古英南律师事务所主任张某认为，万里公司已经涉嫌非法经营，非法经营就只有参与者，没有被害者。也就是说，只要你买林子了，你就是参与了非法经营。办案人员介绍，林地的传销与其他传销案件有区别，传统意义上的传销是纵向发展，金字塔式的不断延伸。而林地传销就那么四五个级，传销结构更简单。乌某某说："林地的传销是一种新形式的传销，它在不断地调整和规避一些法律风险，传销手段更具隐蔽性。"

万里公司既然涉嫌非法经营，那么林地怎么办？通辽市林业局有关负责人认为，万里公司的购林客户期望值过高，还相信过几年自己的树能长得很好。他说："通辽地区自 1998 年以来连年干旱，林业部门已经在调整树种结构，提出'乔灌草结合'的生态治理结构。为了老百姓有所收益，我们甚至引进了灌木发电企业。"

通辽市林业局的同志建议：

一、对于万里公司的林地，一部分难以成材的林地，由国家林业局和自治区政府共同出资作为生态林回购，由国有林场的人管理。他说："林地与别的不一样，一旦栽上树，颁发了林权证，谁也不能变更土地性质。但价格呢，客户不能期望太高，20 块钱能买的东西，国家非得从你这儿拿 800 块钱买？这不可能。"

二、对于长势尚好的林地，由评估机构做一个评估，然后现场拍卖，

集体购也行，个人购也行，客户还能拿点钱回去。包括地也给你拍卖了，比如说这是你家的地，你有权优先购买这些树，地是他们家的，树也好管护。实在没人来买了，林业部门成立公司，把这些树管起来。

三、国家林业局与自治区林业局得组织权威专家发声，让购林客户冷静下来，放弃想发财的欲望，不然就像那个法轮功一样，那些买树的还指望着十年后发大财，这太虚幻了。他说："得把购林客户对未来的欲望打下去，林业专家出来讲清楚，哲林4号在什么条件下才能达到万里公司宣传的那种效果。"

编者：2007年12月24日，在陈相贵等万里大造林公司3名高管被刑拘3个月以后，汤计老师经过深入的调查采访，写出了长篇通讯《万里大造林还是万里大坑人》，由新华社公开播发，向社会揭露万里大造林案件。这篇长篇通讯，还原了万里大造林案的来龙去脉，揭露了陈相贵等人的卑鄙行为，对"名人"、"明星"代言等进行了拷问。

万里大造林还是万里大坑人^①

"万里大造林、利国又利民"……这句国人极为耳熟的电视广告用语，蛊惑了多少人把血汗钱投入他们并不熟悉的林业？2007年8月22日，当法律之网罩向绿色梦幻制造者——内蒙古万里大造林有限公司董事长陈相贵、总经理刘艳英等多名高管的时候，他们已经非法吸纳了社会公众资金13亿元。

万里大造林公司联合高秀敏夫妇造林

2004年1月，万里大造林公司在内蒙古通辽市注册，注册资金1000万元。此前，这家公司总部设在辽宁省，称辽宁万里大造林有限公司。

万里大造林公司联合小品作者何庆魁和笑星高秀敏夫妇，号称"用5

---

① 新华社呼和浩特2007年12月24日电，合作者李洁。

年时间投入 100 亿元，在长江以北 14 个省份造林 1500 万亩"。公司在内蒙古以每亩每年 2 元至 30 元不等的价格承包土地种植幼苗，或直接以较低的价格购买林地，再以每亩林地 2660 元左右的价格出售给买受人。

截至 2007 年 8 月，万里大造林公司未经有关部门批准，通过公开向购买人承诺林地 8 年后每亩林木蓄积量达到 12 立方米，10 年达到 15 立方米等"高回报零风险"的手段，总计向社会销售林地 45 万多亩，非法吸纳公众资金 13 亿元。

由于万里大造林公司的行为脱离了植树造林的范畴，内蒙古自治区处置非法集资工作领导小组办公室指控其"涉嫌非法集资"；内蒙古工商局认定"其经营行为按不同层级业务人员点位复式计酬属于团队计酬的传销行为"；内蒙古工商局还指控万里大造林公司涉嫌广告欺诈……2007 年 8 月 22 日，公安机关依法对万里大造林公司董事长陈相贵、总经理刘艳英等多名高管采取了强制措施。

以"高回报"诱惑公众陷入集资陷阱

万里大造林公司以"今天投入 2.66 万元，8 年后回报 18 万元"等广告宣传，诱使大量投资人陷入集资陷阱。

57 岁的梁先生说："投进钱就长出钱了，我真的很动心。"梁先生是长春人，一天傍晚，他在家门口被万里大造林公司的业务员"忽悠"：花 2.6 万元买下 10 亩林地，8 年后扣除买林地的费用净赚 16 万元。梁先生为之心动，被"忽悠"到一个会议室听"项目说明会"。

"现在看来那是个'洗脑'会。"梁先生说，业务员在会上反复宣传：客户买下林地后，公司有专人管护，确保成活率 100%；确保 8 年后林木蓄积量达到每亩 12 立方米……这么大的"金娃娃"谁不抱？梁先生掏出 2.6 万元买了 10 亩。

田先生与梁先生不同，买了 10 亩林地，又在业务员"忽悠"下去了通辽市，见到了"长势喜人"的林木。在万里大造林公司董事长与客户定期见面会上，陈相贵口若悬河地演讲自己的发家史，吹嘘百万公顷大造林工程项目怎样赚钱……在陈相贵的蛊惑下，田先生毫不犹豫地买了 30 亩。他们没想到，陈相贵与营销队伍是一个"金字塔"形的利益共同体。陈相贵坐在塔尖上获大利，往下每个层级都有不同的利益。记者从通辽市科尔沁区人民法院的一份刑事判决书上看到，万里大造林抚顺分公司营销部长李延昭 2004 年 7 月的销售业绩提成款是 4.9 万多元，8 月份是 4.1 万多元，9 月份是 4.2 万多元；营销部长吕光辉 2004 年 7 月份的销售业绩提成款是 7.2 万元，8 月份是 3.3 万多元，9 月份是 3.7 万多元……林地买卖火的时候，公司在 12 个省区市设了 99 个分公司，卖林人与买林人是"你中有我、我中有你"。司法审计显示，万里大造林公司向业务员发放业绩提成款达 2 亿元。一个往沙地里撒钱的企业，巨额提成款从哪里来？就得掏买林人的钱！

靠名人、明星博取公众信任

陈相贵们凭什么把这么多人哄得乐呵呵地把钱掏给他们？罩在陈相贵头上的"光环"是人们上当的原因之一。陈相贵们利用了公众对社会"名人"、"明星"的信赖心理。陈相贵深知企业公众形象的重要，万里大造林孕育之初，他就扯上了小品作者何庆魁和笑星高秀敏，利用何庆魁在公众心中的老实相和笑星高秀敏的直爽个性，博得东北三省父老乡亲的好感。他还"收买"个别知名的电视节目主持人为其摇旗呐喊……2006 年至 2007 年 7 月 31 日，万里大造林向全国 405 家媒体投入了 5000 万元，做有偿新闻或广告宣传。

利用"名人"与"明星"得花钱，毕竟是间接效应，如果把自己包装成"名人"或"明星"呢？从未演过戏的陈相贵钻进电视剧《刘老根 2》扮演了一个绝对正面的角色——乡党委书记马明。之后，初尝"明星"甜头的陈相贵，干脆与利益伙伴们投资搞起了电视剧《圣水湖畔》，并在剧中演了"陈书记"。作为正面人物，"马书记"、"陈书记"成了他的一张"名片"，走到哪里人们都对他高看一眼。

当然，仅凭"明星"脸是不够的，陈相贵还要给自己罩上"荣誉"光环。司法审计发现：2004 年 12 月 12 日，万里大造林电汇中国改革人物评选活动组委会人民币 25 万元，同年，陈相贵被评为"中国改革十大新闻人物"；2005 年，陈相贵被评为"中国最具影响力企业家"；2006 年 5 月 17 日，万里大造林电汇中国企业文化促进会营销策划专家委员会人民币 10 万元，同年，陈相贵获得"感动中国十大策划创新人物"奖……

投资人被这些"明星"、"光环"迷惑。司法审计初步结果显示，在 3 年多时间里，有 29987 人投资万里大造林公司的林地。

网罗打手对付妨碍他敛财的人

然而，不论陈相贵怎样"包装"，爱钱的本性难移。谁妨碍他敛财、谁侵占其财物，陈相贵下起手来又狠又辣。为了对付上述两种人，陈相贵在公司设了个法务部，网罗了一批有劣迹的人做打手。

万里大造林有个董事长助理王某，摸清陈相贵的敛财术以后，辞职在媒体上披露了一些公司内幕。陈相贵与他谈判：给你 80 万元，你别再披露了。他们签订了一个"私了"协议，王某在协议上签了字，转身即被陈相贵指控"敲诈勒索"，2005 年被法院判处有期徒刑 6 年。

72 岁的老中医焦某，以 25 万多元买了 100 亩林地，并加入了万里大造林的销售队伍，还当上了秦皇岛分公司南戴河销售部长。钻进去方知上当，便闹腾着退地。不给退就通过媒体揭露公司的坑人黑幕。一番闹腾，陈相贵不仅答应退钱，还要多补 20 万元。2006 年 5 月 9 日，焦某刚接过 20 万元补偿款就被公司法务部以"敲诈勒索"报案，至今仍在羁押中。

陈相贵生性多疑，只要哪位主管被他怀疑掏其钱袋子，公司法务部便私设公堂、审讯办案，审讯笔录上还按着手印。据初步了解，陈相贵通过公司法务部在 3 年多时间里，已经将多个断他"财路"和掏他钱袋的人送进了监狱。

编者：*新华社的这篇通讯发表，不仅翔实、准确、公正、客观地揭露了万里大造林"实属万里大坑人"的实情，抓住了非法集资和传*

销分子的软肋，而且成功地引导了社会舆论，稳定了受骗群众的情绪，推动了案件善后工作的尽快开展。据说，这篇文章发表以后，一些传销骨干分子气急败坏，公然在网上攻击您，甚至在网上扬言"以百万元买汤计的人头"。而您面对死亡威胁始终淡定从容，新闻着眼点与着力点，始终停留在国家利益和人民利益上。

汤计： 陈相贵等万里大造林公司的高管，是在 2007 年 8 月被拘捕的。2008 年 12 月 25 日，包头市中级人民法院对"万里大造林"非法集资传销案进行了公开审理。当时，内蒙古自治区处理万里大造林案的有关负责人通过新华社对外宣布，会在案件审理完结以后，依法、公开、公平地展开善后处理工作。这个消息发出后，部分购林客户派出代表到呼和浩特市，希望在政府主导下做好案件的善后工作。为了把购林客户损失降到最低，为了使安定团结的社会局面不受影响，我深入到这些购林客户代表中采访，并把他们的心声真实、准确、客观、公正地反映出来。

编者： 下面就是汤计老师在 2008 年 10 月 31 日发出的新闻报道。

万里大造林部分购林客户代表呼吁
在政府主导下做好善后清盘工作①

通过编织暴富梦幻，在不足 4 年时间里诱骗 3 万余名群众把血汗钱投入"万里大造林"绿色陷阱的主角陈相贵、刘艳英等 10 名被告人，27 日上午因涉嫌非法经营罪在内蒙古自治区包头市中级人民法院公开审理的消息经新华社播发后，在 3 万多购林客户中引起强烈反响。黑龙江省牡丹江市客户刘某某打电话对新华社记者说："自治区处置万里大造林案件协调领导小组办公室有关负责人通过新华社向社会做出的'在案件依法审结后，政府将展开善后处理工作，购林群众的投资清退和其他债权、债务等清算事宜将得到依法、公正、公平处理'公开承诺，为我们广大购林客户

---

① 新华社呼和浩特 2008 年 10 月 31 日电。

吃了定心丸。"

随后，在刘某某的积极联络下，原万里大造林公司客监会副主任、退休老干部高某，原万里大造林公司黑龙江省客监会主任靳某某、吉林省客监会主任曹某某、辽宁省客监会主任吕某某、万里大造林公司山东省客户代表高某、黑龙江省牡丹江市购林客户刘某某等人联名向内蒙古自治区政府和3万多购林客户发出《呼吁书》。内蒙古自治区处置万里大造林案件协调领导小组办公室有关负责人认为，这份《呼吁书》思想积极、态度理性、办法有益，有较强的参考价值。下面是《呼吁书》全文：

前言：万里案件已经进入审判阶段，维护客户权益进入关键时期！此时，我们发表《呼吁书》，目的是请求拥护支持帮助配合政府做好关系3万客户、10万人家庭、维护社会和谐稳定的万里大造林客户善后处理工作。我们相信我们的呼吁符合3万客户的根本利益，一定能够得到广大客户的支持和参与；我们更相信我们的行动能够得到政府的保护和支持。客户参与和支持的人越多，被政府接受采纳的希望越大！由于条件限制，我们暂时无法征求更多人的意见和签名参与，敬请谅解。欢迎参与，联系邮箱：abcd0507200 @ sina.com，请注明你的省份及姓名。客户会感激你！历史会记住你！保护自己的权益，希望在自己手里！我们需要你！这是最后的机会！

在此紧要关头，呼吁全体客户及有关方面搁置争议，齐心协力把善后工作依法、公平、公正处理好，让党中央、国务院放心，让客户满意。拜托各位！

《呼吁书》

内蒙古自治区政府、处非办、万里大造林案件专案组：

我们是万里大造林公司的购林群众（客户），也是万里大造林公司的无辜受害人，如今万里大造林案件已经进入法律审判程序，我们强烈呼吁自治区政府为了全体受害客户的利益，尽快邀请一些理性的客户共同研究案件处置的善后工作，请求政府帮助我们最大限度地减少或不受损失，维护我们的合法权益。

万里大造林案件的受害群众涉及全国 12 个省、区、市的 3 万客户，我们最初的购林愿望完全是响应《党中央、国务院关于加快林业发展的决定》（九号文件）的号召，相信中央电视台等权威媒体的宣传，认为植树造林既能绿化祖国又能从中长期投资中获得大的回报，根本没有考虑到陈相贵等人涉嫌的虚假宣传、非法集资、团体传销等严重的涉法问题。我们在"名人效应"的蛊惑下，在陈相贵诸多荣誉光环的照耀下，怀着建设国家北部生态屏障、改善内蒙古人民生态环境的良好愿望跌入了万里大造林的"绿色陷阱"。我们的投资款是老人的养老钱，是孩子们的学费，是我们一生的血汗积蓄。自从万里大造林公司因涉嫌非法经营罪被查处以来，我们广大投资群众忧心如焚寝食难安，许多人抑郁成疾，许多家庭因此产生破裂……但是，我们作为共产党员始终相信党和政府以及政法机关打击犯罪的目的是保护群众的利益，即使陈相贵等人有罪，我们无罪，我们的利益也一定能够得到党和政府以及政法机关充分的保护。因此我们一直在冷静等待。如今，万里大造林案件已经进入法律审判程序，我们以为自治区政府应该研究清算清盘清偿债务方案，以此安定人心。

我们请求自治区政府：

1. 万里大造林公司的全部财产实际上都是 3 万客户的投资，希望政府能把万里大造林公司被冻结、扣押的资产、资金、设备等全部财产归还客户；

2. 希望政府能把公安机关追缴的涉案的非法所得及罚款，用于万里大造林公司受害或受骗客户的善后处理；

3. 建议政府在善后处置中把有林权证和无林权证的客户区别对待，我们认为 3 万购林客户中没有林权证的是极少数，因为他们客观上与万里大造林公司的合同没有完成，公安机关查处万里大造林案件时他们尚未得到林权证书，也就是说他们没有受法律保护的林地，是万里大造林公司的完全债权人，按照《公司法》的相关规定，应该在清算中先把这部分人的投资全额退还；另外绝大部分人是持有林权证的客户，建议政府依法将这部分人的林地归还，并对有林权证但林木长势不好的，选择较好的林地予以调换；

4. 建议在自治区政府主持下，帮助有林地的客户依法重新注册成立一家林木管护公司，并在公司内成立党组织，公司挂靠当地林业部门。在党和政府领导下进行林木管理和林木生产，并在政策上给予优惠扶持；

5. 建议自治区政府从体恤和保护群众利益出发，适当拨出资金用于善后，并根据万里大造林公司使用客户投资造林的面积申请国家专项造林资金用于林木的管护；

6. 采伐（间伐）配额作为涉案特殊问题解决（判决）；

7. 不受法庭判决的影响，尽快恢复客户林地的有效管护，争取在入冬前能给树浇封冻水、明年开春浇解冻水。

原万里大造林公司客监会副主任：高某

原万里大造林公司黑龙江省客监会主任：靳某某

万里大造林公司辽宁省客监会主任：吕某某

万里大造林公司吉林省客监会主任：曹某某

万里大造林公司山东省客户代表：高某

万里大造林公司黑龙江客户：刘某某

编者：这篇新闻报道发出去以后，对推进案件的善后处理工作有什么影响吗？

汤计："万里大造林"案的善后处理工作比较缓慢。同时，一方面由于案件涉及受害群众很多，购林客户内部难以达成统一意见；另一方面，万里大造林公司的个别传销骨干还在积极煽动、组织集会和上访活动，不断制造群体性事件，使得案件善后处置工作难以开展。为了稳定购林群众的情绪，也为了推动善后工作的进度，我又积极采访一些比较理性的购林客户代表，于 2008 年 11 月 12 日写出了新的调查报道。

编者：在这篇报道中，汤计老师披露了引发"万里大造林"案群体性上访事件的主要原因，反映了广大购林群众的心声和诉求，同时对如何有效开展善后工作，咨询了有关法律专家的建议。

部分"万里大造林"购林群众呼吁政府加快善后处置工作[①]

经过警方1年多的侦查取证，以陈相贵为首的内蒙古万里大造林有限公司（以下简称万里大造林公司）的10名被告人因涉嫌非法经营罪，被检方送上了人民法院的审判台。但是，由于案件善后处置工作滞后，3万多购林客户担心投资全部损失，围绕万里大造林案件的群体性上访事件时有发生，社会不稳定隐患仍然很大。

最近，部分"万里大造林"购林客户投书建议政府组成专门机构专职人员，加快开展案件善后处置工作。他们认为，如果政府不在善后处理上尽快给3万多购林客户吃定心丸，即使法院对犯罪嫌疑人依法作出有罪判决，围绕万里大造林案件的群体性上访事件还会不断发生。

根据部分"万里大造林"购林客户的建议，记者分别采访了"万里大造林"专案组和购林客户，发现"万里大造林"案件查处中引发的群体性上访原因主要有以下几个方面：

——12省市区查办案件工作不同步，给内蒙古警方查处"万里大造林"案件造成了不应有的困难。自2004年开始，万里大造林公司在黑龙江、辽宁、吉林、北京、山东、山西、河北、河南等12个省市区设立了近百家分支机构（分公司或办事处），总公司与分公司在职人员约1000余人，而参与传销的业务员高峰时近万人。

内蒙古公安厅经侦总队长范某某说，国务院处置非法集资部际联席会议确认万里大造林公司涉嫌经济违法犯罪后，公安部部署对万里大造林案件的查处由全国各涉案地公安机关分别立案分别起诉。但是，直到目前只

[①] 新华社呼和浩特2008年11月12日电。

有内蒙古、辽宁、吉林、河北、天津、河南等地警方进行了立案查处，并对犯罪嫌疑人采取了强制措施，黑龙江、北京、山西等地的警方查办案件工作严重滞后。

由于 12 个省市区案件查办工作不同步，致使万里大造林分布各地的分支机构仍在"地下"运转。这些分支机构在总公司被查处后，纷纷改头换面组成"万里大造林购林客户维权小组"，组织核心是"万里大造林全国维权委员会"。黑龙江省佳木斯市购林客户何某某说，过去各分公司卖树的业务员，如今摇身变为"维权小组义工"，而且还拿黑龙江等地警方不立案、不抓人说事儿，以此攻击政府查办万里大造林公司属于定性错误。他们还以替购林客户"维权"为由不断地向 3 万购林客户募集资金，在网上煽动组织购林客户聚集上访。

——北京"10·20"万里大造林公司购林客户非法聚集事件，由"万里大造林全国维权委员会"一手操控制造。据何某某介绍，"万里大造林全国维权委员会"在煽动组织了今年 7 月份的"内蒙古千人大上访"活动后（实际只有 246 人参加），一直酝酿组织"北京万人大上访"活动。为了组织这次非法活动，国庆节前后，"万里大造林全国维权委员会"要求各地"维权小组"向购林客户募捐。

"××（多次非法聚集的核心组织人员）通知佳木斯市维权小组向购林客户募集上访资金，要求每个购林客户必须交纳 350 元，而后按 10 亩林地增加 50 元计算。"她说："比如我家买了 50 亩林地，在交了 350 元基础募捐款后，再增加 250 元，共计缴纳 600 元。他们威胁客户谁不交钱或不参加进京上访，今后在善后赔偿时就没你的份儿。"×××透露，佳木斯市有 200 多购林群众，为"10·20"北京"万人大上访"捐款约 2 万元，参加进京上访的只有 1 人。她估计，全国 3 万购林客户中约有 10%的人交了钱，募捐款一部分留给当地维权小组，一部分上缴到了"万里大造林全国维权委员会"。她说："随后，发生了 10 月 20 日的万里大造林公司购林客户北京集体大上访活动（实际约有 300 余人参加）。"

——购林客户希望内蒙古一手抓打击一手抓善后。近日，黑龙江省牡丹江市购林客户刘某某，原万里大造林公司客监会黑龙江客监会主任、购林客户靳某某，原万里大造林公司客监会副主任、购林客户高某，山东省济南市购林客户高某在网上博客发表《呼吁书》，呼吁内蒙古自治区政府尽快抽调专职人员组成专门机构，全面开展"万里大造林"案件的善后处置工作。

刘某某接受记者采访时建议，政府应采取两手抓的办法进行善后处置，一是由公安部协调各涉案地公安机关经侦部门抽调专人，集中到内蒙古进行短期培训，让其了解"万里大造林"案件真实情况，并回到各涉案地专职负责购林客户的接访工作，通过"情况通报、情况解释"切实做好购林客户的善后和稳控工作；二是要坚决取缔"万里大造林全国维权委员会"，阻止其一切集资、串联等非法活动，调查募捐情况，包括募捐人员、资金数额、资金流向，没收募捐资金或将募捐资金用于善后返还群众。

刘某某建议，各涉案地公安机关应重点监控各地"维权"挑头人的活动。他说："这些人多是原万里大造林公司人员，他们是今年7月内蒙古'千人大上访'和10月20日北京'万人大上访'的组织者、煽动者和裹挟者，这些挑头人物不控制，政府的善后工作也难以正常开展。"他说："买林子的大都是退休的老爷子、老太太，文化程度不高，也不会上个网，网上闹腾的都是万里大造林分支机构的人，可不是他们怎么说老人们就跟着怎么走吧！"

山东省济南市购林客户高某认为，"万里大造林"的维权组织已经形成了一股对抗政府的势力。"现在他们表面拿'毁林'说事，实际是转移客户注意力，干扰政府的善后处理工作，不让善后处理顺利进行，从而把购林客户逼入死角，与政府发生更大的对立冲突，企图引发更大的社会不稳定，以此给万里大造林案件的审理工作施加压力。"他说："万里大造林维权组织已经坐大成了气候，成为一个有组织领导、有经济基础、有目标的势力，他们以把持'善后处理'的主导权，达到控制3万购林客户的目的。"

——涉案地公安机关应加强内部资源整合，合力打击形形色色的经济犯罪。内蒙古英南律师事务所主任张某认为，经济犯罪案件不同于普通的刑事案件，犯罪嫌疑人都具有较高的智慧和文化层次，而且往往是一个有经济实力做支撑的团伙。尤其是"万里大造林"这样的涉众型经济犯罪案件，警方查处时要有政治眼光。侦办这类案件时，不仅要选派精兵良将，更要注重警方内部诸兵种合成作战。专案组要有经侦、国保、网监、法制、技侦等部门的人员联合组成。他说："从目前的情形看，万里大造林案件的查处工作似乎只有经侦总队在办案，看不出警方合成作战的威力。"

据了解，万里大造林案件之所以出现不稳情况，主要是办案单位部门之间的步调缺乏一致性，没有认识到案件的复杂性与政治性。比如，"万里大造林维权组织"已经发展成一个非法组织，而非法组织的查办工作要由公安部门的国保总队和政府民政部门管；"万里大造林维权组织"在新浪网开了若干个博客煽动群众，而网上封堵工作由公安部门的网监总队、特别是公安部和北京市公安局的网监总队管。内蒙古警方因管辖权问题，无法把查办的触角延伸到北京市。

政府应积极征求一些不同地区支持政府善后处理的购林客户的善后处理意见和建议，迅速开展案件善后处理工作，为广大购林客户吃定心丸。

编者：2008 年 12 月 31 日，"万里大造林"案在包头市中级人民法院一审宣判。按照之前这一案件相关负责人的承诺，善后处理工作也应该实质性地开始了。

汤计：是的。2009 年元旦刚过，内蒙古公安厅经侦总队就邀请部分购林群众到呼和浩特市，同他们面对面交流意见。就如何妥善处理善后工作，这些购林客户代表先后提出了四种方案，并列举了各自的优缺点，最后经过比较，认为组建国有控股林业公司的办法能够最大限度地挽回购林群众的损失。

编者：从陈相贵被捕到现在已经将近一年半过去了，购林群众最关心的问题还没有得到根本解决。越早一天解决"万里大造林"案的善后工作，越有利于社会的稳定。汤计老师于 2009 年 1 月 12 日又写出了新闻调查报道，反映群众的意见和建议。

部分万里大造林购林群众建议组建国有控股林业公司减少购林群众损失[①]

"万里大造林"非法经营案于 2008 年 12 月 31 日一审宣判后，部分"万里大造林"购林群众就案件的四种善后前景最近与内蒙古警方进行座谈，他们建议内蒙古自治区政府组建国有控股林业公司最大限度地减少普通购林群众的损失。

1 月 4 日至 7 日，内蒙古公安厅经侦总队主动邀请哈尔滨、牡丹江、佳木斯、济南、北京等地的部分"万里大造林"购林客户汇聚呼和浩特，就购林客户关心的案件善后处理工作进行了面对面地交流。内蒙古自治区公安厅经侦总队总队长范某某说，不仅交流气氛平和、友好、坦率、真诚，而且提出了多种善后方案，为妥善处理案件善后工作开拓了思路。

座谈中，部分"万里大造林"购林群众认为，全国 12 个省、区、市的 3 万购林客户当初投资林地的愿望是"既能绿化祖国又能从中长期投资中获得好的回报"，属于无辜涉案的受害人，希望自治区政府能在案件善后处理中对于他们的投资热情和积极性给予充分肯定和充分保护。

部分"万里大造林"购林客户在座谈中对案件善后依照现有法律法规分析了四种前景，最后趋于一致的认识是组建国有控股林业公司有利于最大限度地减少购林群众的损失，有利于在最短时间内完成案件的善后工作。

第一种案件善后方案——"谁的'孩子'谁抱走"，即按照现有林权证把林木归还林权所有人，万里大造林公司的非法所得、追缴款项债权债

---

① 新华社呼和浩特 2009 年 1 月 12 日电。

务清理清退后分摊。购林客户认为，这种善后方法的最大弊端是购林客户对林地无法实施管护，必然引起混乱影响稳定。第二种案件善后方案——彻底清盘清算，即把万里公司的非法所得、追缴款项、客户林地等全部财产经中介评估机构评估后拍卖或政府收购，债权债务清理清退后按投资比例分配给林权所有人。购林客户认为，由于警方扣押的万里大造林公司的非法所得有限，追缴赃款难度大、时间长，最后能够分配给林权人的投资总额最多也就是50％至60％，购林群众的损失惨重，3万之众很难接受，势必引起新一轮集体上访或大规模群体性事件。第三种案件善后方案——完全按照购林群众意愿全额退款加银行利息。购林客户认为，这个方案购林客户都能接受，但政府从哪里出资？因此，部分"万里大造林"购林客户在座谈中趋于一致的认识是，由政府依法帮助购林客户组建国有控股林业公司，对万里大造林公司的现有林地继续管护经营。

购林客户认为，林权证合法有效，受法律保护，林木生长可以增值，继续管护符合绝大多数购林客户的心愿。哈尔滨购林客户靳某某说，政府在善后处理问题上应尊重客户的意愿，应该允许注册组建更具生命力的新公司，选用新的公司领导人，以大规模集约化管理方式对林木实行管护经营。他说："这样做不违背法庭判决原则，既解决了客户个体管理的实际困难，减少了经营成本增加了效益，又达到了惩治犯罪的目的，做到了政府和客户双赢。"

客户们建议政府以没收的万里大造林公司非法所得及追缴的款项作为国有资产、购林群众以各自林木共同入股组建国有控股的股份制林业公司，国有股份是第一大股东，公司实现了国有控股经营管护。北京购林客户张某某说，购林群众变股东、投资变股份，按股份分红，风险共担，国有股份取得的红利用于购林客户的股份分配或困难客户的救济及公益事业，购林客户由一次性收益退出变为只要公司存在，有收益就持续分红，林木的1至3个采伐期收益全部归客户。如果有的客户想退出，可以流通转让股权变现。公司不仅经营现有林木，还可开展多种经营，如林木深加工、林材与板材一体化、种植符合当地自然环境的经济作物等提高收益。

按照这样的思路经营，可以使公司在现有林木采伐后继续存在发展，使客户获得长久持续的更大收益。公司在追求经济效益最大化的同时，还可以考虑在可利用地块建林、补植，实现改善内蒙古生态环境、造福内蒙古人民的投资夙愿。

客户们建议新组建的国有控股林业公司分三步运行：第一步由政府选派林业部门的干部和客户共同成立林木管护委员会，主要工作是清理资产、开展林木状况调查、确定管护地块开展管护工作、筹建国有控股林业公司；第二步是正式成立国有控股的林业股份制公司，由国有股份主导企业的生产经营。新组建的公司债权债务清理清退后，可能面临资金紧缺困难，政府注入少量资金使新公司比原万里大造林公司的实力更强。原伊春市林业局党委书记、购林客户高某说，组建国有控股林业公司的好处是可以利用"国有"的信誉进行林地抵押贷款、争取优惠政策及林业专项资金等，这样做能使政府出资额减少，还可以将出资分成近期投入和逐年投入，减轻政府投资压力。客户们建议自治区万里大造林公司非法经营案件善后处理工作领导小组应在国有控股林业公司组建注册成立、正常运转、资金政策到位、开春浇解冻水林木状况良好后撤出；第三步是在适当的时候将国有股份归还购林客户，国有控股林业公司逐步变为民营股份林业公司。

在座谈中，客户们一致认为，内蒙古自治区政府若能在案件善后处理工作中，采纳组建国有控股林业公司的善后方案，实行整体清盘、整体交接，"万里大造林"的案件善后处理工作可在 2009 年的 4 月底前全部结束。案件善后处理工作早一天结束，就会早一天稳定万里大造林公司 3 万购林客户的人心。

编者：2009 年 4 月 9 日，内蒙古高级人民法院对"万里大造林"案作出终审裁定：驳回陈相贵等万里大造林案件被告人的上诉，维持包头市中级人民法院的一审判决。至此，这起涉及 12 个省区市、3 万多名受害群众、涉案金额近 13 亿元的现代传销案算是落下了帷幕。

但是，善后工作还需要有条不紊地展开，受骗群众的损失必须尽量挽回。同时，这个案子留给我们的警示和思考还有很多。

三、"万里大造林"案留给我们的思考

作为"万里大造林"案的主要见证人，我在长达数年的采访报道中，可谓付出多多、教训多多、挨骂多多。正是采写"万里大造林"，我的记者生涯中第一次有了失实报道。尽管这次新闻调查是我记者职业生涯中唯一的一次失真，但是，我还是想利用这次作品结集的机会把这个失实新闻讲出来，留给后人和新闻同行作为教训永远铭记。

那是 2005 年 10 月，我带领一个采访组在通辽市采访别的新闻，武警内蒙古森警总队原宣传处长找到了我，他是在退伍"自主择业"以后，进入万里大造林公司担任办公室主任。听说我带着新华社记者在通辽市采访，便积极联系我带队采访"万里大造林"。由于我对这位曾经的森警总队宣传处长的信任，一开始采访就在主观上相信了"万里大造林、利国又利民"。所以，在采访中就没有进行全方位、多层次的深入调查，而是让被采访对象牵着鼻子走……结果，我也像所有的购林客户一样受骗上当了。2006 年 3 月 11 日，我与记者王欲鸣在《经济参考报》上发表了——

"合作托管"造林：机遇与风险并存

记者近日在内蒙古自治区通辽市调查发现，一些民营造林企业采用"合作托管"市场化造林模式，既能让投资者、经营者和土地出租者受益，又能使国家获得生态效益，对于推动我国林业发展和生态建设具有重大意义。但是，这种新模式存在一些风险，需要加强管理和引导。

"合作托管"市场化造林模式，即企业通过租赁、承包方式获取林地使用权及林地所有权，再转让给社会零散投资者，投资者再将林地和林木委托给企业。

据通辽市林业局局长马琢介绍，从《关于加快林业发展的决定》出台以来，合作托管造林是最受关注的一种。"国内成立了很多造林公司，投

资速生丰产林，通辽地区就有 40 多家这样的企业。内蒙古万里大造林公司，是这些造林公司的领军企业。"

内蒙古万里大造林公司在科尔沁沙地和库布其沙漠租赁了 1500 万亩宜林荒地，从 2004 年春季至今共种植速生丰产杨树 80 万亩，已向社会零散投资人销售了 15 万亩。

该公司出售林木的主要方式：一是与投资者签一份活立木转让合同，即企业按亩出售活立木，每 10 亩林地为一个销售单位，市场价格 2660 元/亩，其中林木转让费 1830 元，剩余 830 元为林木管护费。合同规定，8 年后投资人可以采伐树木，预期每亩林地产杨木 10 至 15 立方米；二是投资者与企业签一份林木管护合同，即投资者成为林地主人后，委托造林企业对林地进行全程管护。投资者有权监督公司的服务工作、管护措施，查看自己的林木生长状况，查看保险费凭证等。

为了减少投资人的风险，公司拿出 4000 多万元为已经转让的林地投了"林木基本险"，凡遭遇风灾、火灾、雹灾、虫灾以及乱砍盗伐等损失，保险公司都会给予投资人相应的赔偿。在此基础上，造林企业又与农业银行合作推出林木转让存款证明业务，即投资者与企业签订林木转让合同后，除将林木生长期的管护费按管护合同规定交给公司外，其他款项直接交到农业银行，由银行给客户开具同等款额的存款证明。在林木生长期，投资者如感到投资收益没有保证时，可以随时将存款连同利息一并支取，解除林木转让合同。

通辽市林业局负责人认为，"合作托管"造林给通辽市的林业带来了四大好处：一是改变了过去投资主体单一、造林不见林的状况；二是全新的造林理念提升了全市的林业经营管理水平；三是盘活了土地资源，把老百姓长期闲置的土地和沙化严重无力治理的草场绿化了；四是拉动了区域经济的发展。

对于"合作托管"造林事业，社会上争议最大的是"涉嫌非法集资"。以内蒙古通辽市的民营造林公司为例，尽管企业告知投资者：投资林业的效益有法律、保险、管护等 7 项保障措施，但资金使用缺乏全程监管，公司向散户出售林木的方式有可能发展为乱集资，甚至可能出现炒林地、卷款逃跑等现象。

马琢说，投资者的担心不是没有道理，目前通辽市共有民营造林企业40多家，但林地交易是"隔山看老牛，两头不见面"，极不规范。失去监管的私下交易，必然无法保证公平、公正。虽然通辽市挂牌成立了一个活立木交易中心，但这些托管造林企业仍然绕开它交易。

成立活立木交易中心的目的，是为了体现活立木交易的公开、公平、公正、有偿原则，使林权有序、规范流转，盘活林地资产，进而解决森林资源经营周期长、效益兑现慢、生产风险大等问题。然而，据通辽市活立木交易中心负责人郭连财介绍，活立木交易中心挂牌至今，只交易林地7000多亩、营业额2000多万元。在交易中心流转的主要是国有林场的林地和农户的林地。

郭连财说，在实践中，他们发现诸多因素制约着活立木的流转。

一是税收政策不明确。国家已全部取消农业税，作为生长周期比农作物还长的林业，投资回报周期长，如果没有优惠的税收政策，造林企业很难做大做强。比如，农民的土地是免税的，但活立木交易中心流转林地，每个流转过程都要交林业税、营业税、增值税等，存在重复纳税问题。

二是林权证的办理。目前，活立木交易的最大问题就是林权证的办理。交易中心买卖的目的，是想让活立木的受益时间缩短。比如某人买了10亩8年期的林地，但他持有了5年想变现，经过林产评估公司的评估，就可以在活立木交易中心变现，使其受益时间缩短。但现实的问题是，一块林地每流转一次都要办理林权证，都要经70%以上村民签字、公示，加盖村、乡、林业站、林业局、县政府5个部门的印章，反复盖7次，办理一个林权证至少得用3个月时间。流转一块2000亩的林地，得先办出一个大林权证，按每10亩为一个售出单位，还得办200个小林权证。

三是砍伐问题。通辽市林业局副局长盛勤等人认为，现在老百姓投资林业的积极性很高，当投资客户达到上百万甚至更多的时候，就面临砍伐的问题，如果砍伐问题解决不了，必然会造成社会问题，活立木还是流转不起来。

四是涉嫌非法集资的问题。采访中，许多民营造林企业负责人一再表达了想把活立木流转起来而又放不开手脚的无奈。因为活立木流转本身就是一种产权交易，大量采用社会闲散资金，会被扣上"涉嫌非法集资、吸收公众存款、扰乱金融秩序"等罪名。

因此，一些专家建议，各地要尽快成立政府监管下的森林资产评估机构，推动活立木资产评估业启动，使之逐步走上完善与正规；出台与《关于加快林业发展的决定》相配套的政策法规。

由于我的采访主观与片面，写出了一篇从观点到事实都不正确的新闻调查。2007 年 8 月，当万里大造林公司被公安机关查处之后，当我以新华社记者身份再次进入万里大造林公司采访并发现自己上当受骗后，我的心灵与良知遭受了难以言说的冲击。好在我的错误是善良人的过错，我的新闻报道背后没有金钱铜臭，所以，我作为一个良知记者能够勇敢地直面自己的过错，能够大胆地以真实、准确、客观、公正的新闻纠正之前所犯错误。

万里大造林有很强的欺骗性，是新中国成立以来比较罕见的传销案件。它以造林为幌子，涉及的购林群众多，牵涉的范围大。万里大造林公司是一个骗人的公司，它的欺骗性至少表现在三个方面：第一，它的"托管造林"口号很能迷惑人，"投资 2660 元，8 年后收获成林 12 立方米"的投资回报宣传也极具诱惑力；第二，利用明星代言有很强的欺骗性，利用何庆魁、高秀敏等群众喜闻乐见的明星形象来对自己进行伪装；第三，主犯陈相贵投资拍电视剧，包装自己，通过塑造正面形象来迷惑群众，掩盖自己和公司犯罪的本质。

作为采访万里大造林案件的记者，今天回顾这起案件，仍然觉得可给受众更多的生活警示。陈相贵由麻雀变凤凰，就在于其身份的迅速转换：从一个纯粹追求利益最大化的企业家，转变为一个道德包装下的"名人"。他投资电视剧，扮演了马书记的正面角色。随着电视剧的走红，陈相贵的知名度也得到了最大化的提升，去哪办事都有人认识他。一个企业家，又是一个演艺界的不大不小的名人，不仅增加了信任度，且办起事来方便多了。

陈相贵在设计骗局时，给客户构建了一个绿色的梦，一个道德的梦，让所有被骗的客户相信挣钱的同时，也能为国家的生态建设尽一份力。而名人、明星的参与，让陈相贵"绿色的梦、道德的梦"的骗术更具有公信力。名人效应被陈相贵用到了极致——请明星代言，与名人和领导人合影并四处张贴炫耀……

万里大造林公司利用小品作者何庆魁和笑星高秀敏在公众心中的可信度为其代言，博得公众好感；还利用知名电视节目主持人为其"万里大造林、利国又利民"造势。仅凭明星造势还不足以欺骗群众，陈相贵还通过"赞助金钱"的方式获得了"中国农村十大致富带头人"、"中国民营造林第一人"、"中国改革十大新闻人物"、"中国最具有影响力企业家"等荣誉称号。2006年至2007年，万里大造林向全国405家媒体投入了5000万元，做有偿新闻或广告宣传。这一切都只有一个目的，让更多的人参与万里大造林迅速致富的神话。如果没有明星为其造势，没有媒体大肆宣传，"万里大造林"不会得到那么快速的、滚雪球似的发展的。

陈相贵把自己包装成了造林英雄形象，购林群众很难识别其真面貌。每有购林群众到万里大造林公司参观时，陈相贵就会亲自站上讲台"授课"，把"造林有风险、投资需谨慎"的口号时刻挂在嘴上，让购林群众对其深信不疑。"万里大造林、利国又利民"的口号曾经响彻中华大地，蛊惑了3万多热爱植树造林的群众掏出了省吃俭用的血本。那么，人们就真的不能识破其骗局吗？我的回答是肯定。"雾里看花"需要雪亮的眼睛，而雪亮的眼睛来自纯洁的心灵、来自对实际情况的了解。陈相贵骗了3万余人，却没有骗得了通辽人。所以说，如果人们的心灵不被欲望占有，就一定会发现这样一个简单的问题：种植速生杨树能挣大钱，通辽人为什么会把这样的发财机会让给外省人？

至今，还有很多购林群众没有醒悟，他们还沉浸在"投入2.66万元买 10 亩林地，8 年后回报 18 万元"的美梦里。现在回过头来看整个案件，如果当时对万里大造林公司和陈相贵的处置晚上半年，等到万里大造林公司轰然倒塌后购林群众就看得清楚了。其实，在 2007 年上半年，万里大造林公司的林地已经卖不动了，企业资金已经陷入困境。到 2007 年底，由于销售陷入困境，公司的资金链必然断裂，万里大造林公司也就轰然坍塌。公司坍塌倒闭后，公安机关处理起来可能就更加从容了。当然，即便如此，传销分子也会从另一个角度蛊惑购林群众，把公司倒闭的责任强推到政府头上。

对万里大造林公司进行查处无疑是正确的。为了不使更多的群众受害，当时必须采取严厉的措施。而且，目前来看，所造成的后果基本上也是可控的。万里大造林公司真正的传销骨干也就百八十人，就是他们一直在煽动、组织极少数购林群众集会和上访。但是，就像我在上面的报道中写到的，这些活动的影响范围还是在国家相关部门的控制范围内的，并没有造成非常严重的后果。

对于媒体和记者来说，一定要有担当精神。我一直说，新闻是推动社会发展和进步的动力，绝不是凑热闹起哄的娱乐工具。"万里大造林"案涉及 3 万多名投资购林群众，如果不及时妥善处理，所造成的后果将是难以想象的。作为党和国家的耳目喉舌，作为党领导下的舆论部门，新华社必须及时介入，向党中央反映真实情况，为中央决策提供依据。同时适时将案件的进展向社会公开，让人民群众了解真相，引导社会舆论。

万里大造林案件给人们最大的警示是：不能轻信任何人，哪怕是亲朋好友。往往欺骗你的人，也许是你最信任的人。经商投资要按规则出牌，要深入了解国家的政策法规，要深入了解投资的项目能否赚钱。凡是超出常规的赚钱项目，一定是经不起懂行人的内查外究的。只有深入的调查与思考，才能拨云见日认清真相。唯有这样才能避免跌入人生旅途中的陷阱。

厚德载物亦载权

——伊利集团原 5 高管贪腐事件

一、案件始末

2004 年，伊利集团原董事长郑俊怀等人违法挪用资金问题暴露；7 月 21 日，中国证监会正式通知伊利集团：将派调查组进驻伊利，调查伊利集团的有关问题；8 月中旬，调查组正式进驻伊利；9 月中旬，调查工作结束。

2004 年 12 月 17—19 日，因涉嫌挪用伊利饲料公司和总公司巨额资金用于个人营利，内蒙古伊利集团公司董事长郑俊怀、副董事长杨桂琴、财务总监张显著、公司董事会办公室主任李永平、原奶事业部经理郭顺喜 5 名高层管理人员，被公安机关依法拘留。

2004 年 12 月 30 日，内蒙古自治区人民检察院依法逮捕了郑俊怀等 5 名伊利集团高管。

2005 年 12 月 22 日，郑俊怀等 5 名伊利前高管因为涉嫌挪用公款罪，在内蒙古自治区包头市中级人民法院公开审理。

2005 年 12 月 31 日，包头市中级人民法院作出一审判决：以挪用公款罪判处郑俊怀有期徒刑 6 年，杨桂琴、张显著有期徒刑 3 年，李永平有期徒刑 2 年，郭顺喜有期徒刑 1 年缓期 2 年；5 名被告人挪用公款所购买股票的非法所得部分依法予以追缴。一审法院判决后，除郭顺喜外，郑俊怀等 4 名被告人均提起上诉。2006 年 5 月 19 日，内蒙古自治区高级人民法院作出终审判决：经二审法院组成合议庭审理认为，原审判决认定 4 位上诉人郑俊怀、杨桂琴、张显著、李永平及原审被告人郭顺喜犯挪用公款罪的事实清楚，证据确凿、充分，定罪准确，审判程序合法，决定对上诉人郑俊怀、张显著、李永平维持一审法院判决；对上诉人杨桂琴由一审法院判处的有期徒刑改判为缓刑。

二、案件还原

编者：伊利集团是我国乳品行业的龙头企业，伊利股份又是我国A股市场上市的公众企业，多名企业高管被抓那是不得了的事件，新闻媒体一定会抓住这样的热点新闻不放，您当时是在什么样的背景下，介入到这个案件报道中的？

汤计：2004年12月19日，南方的一家媒体披露了伊利集团董事长郑俊怀等5名高管被抓的消息，因伊利集团是在A股上市的公众企业，这条新闻不仅把国内近百家媒体召唤到了呼和浩特，也把伊利股份在A股市场上砸到了跌停板。伊利集团危急，百万奶农危急……在这样的关键时刻，我作为新华社记者，受命迅速跟进这一突发事件，以"真实、准确、客观、公正"的新闻引领舆论。

编者：以"真实、准确、客观、公正"的新闻引领舆论？近百家媒体的记者在呼和浩特展开新闻大战，您凭什么能在"烽火连天、硝烟弥漫"的战场引导舆论？

汤计：伊利集团的背后不仅有百万饲养奶牛的农户，还有千千万万以运输、销售伊利产品为生的工人、商户。伊利是一家"死不起"的公众企业。我当时的压力也很大。但是，我牢记"真实是新闻的生命"，我决心以"真材实料"引领舆论。在众多采写"伊利高管事件"的记者中，我有"天时、地利、人和"的优势。所以，我要以其他记者采访不到的新闻，我要以"新华社记者"的公信力，我要以"真实、准确、客观、公正"的权威信息引领国内外舆论走向。我深入到伊利集团公司的各大事业部、生产车间，深入到办案机关，针对社会各界与股民关心的问题进行采访。

最初的十几天，以发布权威消息为主。我通过采访自治区人民检察院，并说服检察机关领导，把可以公布的案情由新华社向社会公布。比如，郑俊怀等伊利高管为什么被捕？潘刚等伊利其他高管有没有问题？郑俊怀等伊利高管被捕后伊利的生产经营运转正常吗……诸如此类人们关心的问题。新华社每天发布的"伊利高管事件"的权威信息，成了各媒体报道"伊利高管事件"引用的核心内容。舆论引向了正面，稳定了人心，增强了投资人的信心，进而稳定了伊利股份在A股市场的股价。

编者：新闻的终极目的是推动社会发展与进步。好记者一定要关注新闻的终极目的，而不是仅仅停留在传播性上。我们在编辑您的新闻作品时，注意到在2005年1月10日，也就是郑俊怀等高管被捕后的第23天，您才开始发表第一篇深度调查报道《从伊利"高管事件"看企业"英雄领袖"时代的结束》。而且，我们也从中体会到了新闻的品格，新闻记者的"王者格局"。汤计老师说，记者在进行突发事件报道时，严禁"见猎心喜、落井下石"心态。读汤计老师的新闻作品，我们感受到了那种顶级记者与顶级新闻的气度和恢宏。

从伊利"高管事件"看企业"英雄领袖"时代的结束[①]

猴年这一年里，中国乳业霸主伊利集团公司像翻筋斗，云里雾里折腾。终于，随着领军人物郑俊怀的被拘，企业被推到生生死死的风口浪尖——企业怎么办？成千上万的员工怎么办？上百万奶农怎么办？社会各界的忧虑像阴云般蔓延。然而，令人惊奇的是，这艘乳业巨轮并没倾覆，只在浪尖上颠了颠，又稳稳当当地乘风前行了。

还是现代企业制度救了伊利

高管事件之后，伊利董事、奶粉事业部经理陈彦说："伊利这次事件发生在集团公司的总部，而伊利实行的是事业部管理制，集团公司只掌握各事业部经理的任免权、战略投资权、事业部运营监督权，而原奶、液

---

① 新华网内蒙古频道2005年1月10日电，合作者刘军。

奶、奶粉、冷冻4大事业部分别掌控企业的日常生产、经营、市场、销售、品牌建设、人员管理等一系列要素。在某种程度上说，伊利的总部是被架空的，而这种'架空'使企业的风险相对分散了。"伊利集团的液态奶生产线正在有条不紊地运行。

陈彦告诉记者，实际上哪个事业部出了问题，其后果和严重性都远远超过集团公司总部出问题。当时潘刚负责最大事业部并兼任总裁，包括财务和经营管理都是由潘刚负责。

今年以来，由于高层管理者出现问题而导致企业一蹶不振的上市公司不在少数，而伊利股份的高管问题与企业发展却呈现"汤归汤、水归水"的态势。连伊利股份的原独立董事俞伯伟在高管事件后也认为：伊利这个企业还是"蛮结实"的。

当然，伊利股份的"结实"，还依赖于它的业绩。有人说，如果没有上市以来的优良业绩，高管出了事儿，"神仙也救不了"。记者调阅了伊利股份自上市以来的表现，从中不难看出，正是企业坚实的"底盘"，支撑它经受了2004年一波又一波的风浪。2004年的季报表明，伊利1—9月份的主营业务收入是68亿元，毛利润3.8亿元。伊利股份总股本是3.9亿元，单股业绩已经达到0.53元。更为可贵的是，这样的业绩是在股本连续多次的转送和增配高速扩张之下达到的，现在伊利的流通股是2.58亿股，较上市之初扩张了将近15倍。伊利股份不但是个绩优股，而且还是一个能给投资者带来扎实回报的蓝筹股：伊利从1996年上市之后，就没有停止过现金分红。直至风波频发的2004年7月，还实施了10送10的方案。当然，不可忽视的是，"高管事件"只是上层的震荡，又发现较早，既没有动摇伊利的根基，也没有造成特别严重的经济损失，对伊利这样的大企业来讲，尚未伤筋动骨。

伊利是社会的、大家的，不是"郑总的"

在伊利风波处理过程中，政府、媒体、司法机关等社会各界表现得十分理性。国务院发展研究中心上海研究所研究员郝诚之说："这种理性为企业管理制度的升级提供了成熟的外部环境，因为这样，企业不是某个人的，而是大家的、社会的。"

12 月 17 日下午至 19 日，当伊利股份的 5 名高管被检察机关陆续秘密刑拘后，社会上各种传言和猜测四起：有的说抓了 7 名高管，有的说高管阶层全军覆灭……甚至引起了短暂的恐慌：20 日 9 时 30 分，伊利股份开盘在跌停位置成交 2 万余手后就被交易所停牌。

关系到"乳业巨头"的生死，检察机关一改往常封闭办案的做法，于 12 月 20 日上午 11 时，向新华社记者披露了郑俊怀等 5 名伊利高管涉嫌挪用公款，被检察机关依法采取强制措施的事实。之后，几乎是每天，检察机关都通过新华社准确、及时地向公众发布案件的进展情况，回答公众关心的问题。根据检察机关披露的信息，新华社连续播发了《伊利集团 5 名高管被刑拘后企业运转正常》《检察机关：李云卿潘刚等伊利高管没有经济问题》等消息。这些信息的及时发布，澄清了真相，稳定了人心，在一定程度上收到"救市"之效，伊利股份在停牌两日恢复交易后，很快回到正常状态。

政府对待伊利的态度更是呵护有加。自 2004 年 3 月，伊利陆续爆出"国债风波"、"独董风波"以来，内蒙古自治区党委、政府的意见十分明确——问题要查、企业要保。当以上事件在市场上被炒得沸沸扬扬时，自治区党委、政府同意彻查，证监会着手调查、检察机关介入……一切围绕伊利股份的调查"不显山、不露水"地低调展开。直至 12 月 17 日检察机关对郑俊怀等人采取强制措施，也没有选择在企业进行，就连伊利集团公司的很多工作人员，在事发两天后仍蒙在鼓里。不少股民反映：如果不是出现了郑俊怀等人突然被拘，大家都以为伊利股份的"事儿"已经过去了。

社会各方为什么如此"厚爱"伊利？记者采访了解到，除了伊利股份上市以来始终保持优良业绩以外，伊利还是一家"死不起"的企业。记得就在去年春节，内蒙古自治区党委书记储波前往伊利拜年时动情地说："我不是来看企业的，而是放心不下企业背后上百万养奶牛的农牧民啊！"

正因如此，社会各方对待伊利的问题极其慎重。就连伊利的竞争对手蒙牛乳业，在伊利高管事件发生后，也公开站出来为伊利说话："伊利事件是个别高管违规违法，企业的品牌、生产、市场、质量等环节都是健康的。"蒙牛乳业副总裁孙先红说："草原品牌就一块儿，伊利蒙牛各一半儿。我们两家谁也不能输，谁也输不起。"

展望"后郑俊怀时代"的伊利

和绝大多数第一代企业家一样，伊利股份从 20 年前一个仅有 40 万元固定资产的小厂，发展成了中国乳品行业的老大。

正因如此，郑俊怀在企业树立了绝对权威，长期以来无人挑战，也不允许属下对其权威有一丝异议。直到郑俊怀被拘之前，不论业内还是业外、企业内部还是社会各界，都认为伊利离不开郑俊怀，就像红塔山与褚时健、春都与刘海峰一样，没有郑俊怀的伊利总是让人难以想象，"英雄领袖"几乎成了中国成功企业必不可少的一个支柱。

尽管郑俊怀一手创造了伊利，然而当伊利成为一艘乳业巨轮的时候，家长式的管理弊端日渐显现。耳边容不得杂音、听不得意见，抑制了企业的活力。伊利股份的一位知情人士说："在老郑的统治下，市场的竞争越来越激烈，而企业内部的竞争却越来越弱化，伊利内部正在渐渐失去活力。有一次，以雪糕顶替工资给员工发放，当时想得很简单，结果很多单身的员工吃不了，就以低价推到当地市场，造成营销体系的一度混乱。"

此次"伊利高管风波"出现后，伊利何去何从，人们特别关注。尤其是随着检察机关逮捕令的签发，让郑俊怀与伊利董事长的位置从此无缘了，伊利怎么办？关心伊利生存的人都为这个企业捏了一把汗。但是，十几天过去了，伊利的实践显示，"后郑俊怀时代"的伊利，杀伐决断依然有条不紊、生产经营还是按部就班、市场销售仍然红红火火。

呼和浩特市委书记接受记者采访时说："郑俊怀被拘，对企业的短期负面影响是有的，但是从长远看，未尝不是一件好事。比如，经过这次风浪，企业的管理人员必然要从中汲取教训，各司其职、各尽其责，企业决策也只会更加民主、更加科学，公司的内部监督也会真正实行起来。比如，以前大家没人敢对郑俊怀说'不'，现在有不同意见就得说'不'，不说就要承担法律责任。"

郝诚之认为："改革开放以来，英雄领袖确实为中国明星企业的快速壮大起到了关键作用。而随着中国经济融入世界，企业大厦的安危系于某个领军人物一身的模式遭遇到空前的挑战。企业经营民主决策、集体智慧的时代已经到来。"伊利股份总裁潘刚对企业的未来充满了信心。

现在，从伊利内部到社会各界，都有了一个共识：伊利高管事件对伊利的发展是件好事。不仅清除了企业肌体上的"毒瘤"，使公司的法人治理结构更为完善、信息披露更为透明，也将使后任有了前车之鉴。无疑"高管被拘事件"成了伊利走向更加成熟、更加稳健的新起点。

伊利股份总裁潘刚说："2004 年，伊利年初制定的主营业务收入目标为 80 亿元，从目前的情况看，大约能完成 87 亿—88 亿元之间。2005 年伊利将实现销售收入 130 亿元的目标。"

编者：您给新闻的定义是"新闻是推动社会发展和进步的动力，不是人们茶余饭后消遣的娱乐品"。一个真正的记者采写新闻时，一定要戒除浮躁心理、去掉急功近利，做新闻注意有头有尾，不要虎头蛇尾。现实中我们经常看到一些媒体记者，哪儿有突发事件就往哪儿冲，风风火火一阵子再也不见下文了。我们发现您报道新闻事件特别注意有始有终。比如，伊利高管事件，郑俊怀倒了，伊利集团怎样，能否渡过难关？

汤计：郑俊怀倒了，伊利集团没有倒。一方面，伊利集团当时已经发展成为一个成熟的现代企业，拥有稳定的组织管理架构，实际上，当时郑俊怀没有把心思放在企业发展上，具体工作由既懂生产又懂经营的时任总裁潘刚在负责，所以郑俊怀倒了伊利不会跟着倒；另一方面，自治区党委和司法机关在处理这件案子时，本着"问题要查，企业要保"的原则，及时采取了一系列措施，使伊利很快渡过了难关。清除了企业蛀虫，伊利的班子更健康，企业的经营业绩更好，记者要把伊利的好消息告诉公众，这就是我们常说的"有喜报喜、有忧报忧"。2005 年 4 月 26 日，我又采写并发表了长篇通讯——

伊利——还有多少"意外"让人等待？[①]

2004 年以来，爆发出一连串"意外"消息的伊利集团，吸引着股民和投资者的眼球，近日"伊利股份"仍在传出一些"意外"消息，如"伊利股份"在股市上一路飘红的业绩，这些"意外"更让人觉得有"意味"。

第一大股东又一次"意外"易帜

自从金信信托投资有限责任公司"意外"成为伊利集团第一大股东之后，内蒙古伊利集团的"意外"事件就接连不断：独董俞伯伟被罢免，独董王斌辞职，董事长郑俊怀等 5 名高管被捕……今年 4 月 6 日，又出现一件令人想不到的事情：呼和浩特投资有限责任公司收购金信信托持有的伊利社会法人股，成为企业新的第一大股东。

4 月 6 日，伊利集团第一大股东金信信托投资股份有限公司，与呼和浩特投资有限责任公司签订《股权转让协议》。金信信托将其持有的公司社会法人股 5605.74 万股（占总股本 14.33%）协议转让给呼和浩特投资有限责任公司，每股转让价格为 5.352 元，转让总价款为 30000 万元。

这次大股东的"意外"易帜，使"悬空"了很久的大股东终于落地，众多投资人的信心进一步增强，伊利股份（600887）也在股市再次活跃起来。伊利集团公司一位不愿披露姓名的高层管理人员说："自从金信信托成了伊利集团的第一大股东，他们既没派出过董事，也没派代表参加过股东大会，即使发生了伊利 5 名高管被捕这样大的事。"

2004 年底，内蒙古自治区人民检察院为了便于查案，将金信信托持有的伊利集团社会法人股冻结。检察机关的冻结，给众多投资者留下了悬

---

① 新华网 2005 年 4 月 26 日电。

念，也留下了忐忑与不安。

这次由呼和浩特市国资委设立的国有独资企业——呼和浩特投资有限责任公司发起的收购金信信托持有的伊利社会法人股，不仅颇有"意味"，也使众多投资者获得了"意外"欣喜。毕竟，一直"悬空"了的大股东，变得真实透明了。

呼和浩特投资有限责任公司负责人表示，此次收购的目的是以此为契机，进入资本市场，与其他企业按市场规则平等竞争，增强公司的实力和赢利能力，最大限度地实现国有资产保值增值。

应该说，这次"意外"转让，使金信信托、伊利集团、中小投资者、呼市投资公司都各得其所。据伊利集团行政部经理刘春海介绍，2003年，金信信托以每股10元的价格，购入伊利集团社会法人股2800多万股。购入的当年，伊利实施10送10配股，金信信托持有的2800多万股变成了5600多万股。这次转让，金信信托以每股5.352元转让给呼市投资公司，不算2003年、2004年的每股分红，金信信托净赚2000多万元。去年，伊利每股的收益为0.61元。

业绩"意外"飘红

在过去的一年里，伊利集团像翻筋斗，云里雾里折腾。终于，随着领军人物郑俊怀的被拘，企业被推到生生死死的风口浪尖。然而，令人惊奇的是，这艘乳业巨轮并没倾覆，只在浪尖上颠了颠，又稳稳当当地乘风前行了。

伊利集团党委副书记、总裁潘刚说："5名高管被拘，对公司的生产经营产生了极大影响，它不仅关系到公司的生存，更关系到自治区的经济发展，关系到与公司密切相关的投资者、消费者、奶农以及广大员工的根本利益。为此，我们有针对性地开展了相关的工作。"

据潘刚介绍，2004年12月20日，伊利面对蜂拥而至的100多家媒体记者，启动了危机公关应急措施，确定了因势利导、公开、透明的危机公关策略。首先，在最短的时间内，分别组织召集媒体见面会和投资者见面会，向外界通报事情的真相，发布准确的消息，及时地稳定了投资者的情绪；其次，利用各事业部召开的销售会议、表彰会议、市场分析会议，向员工和社会各界展示企业的动态。今年1月14日至15日，原奶事业部举行2005年工作沟通会；1月16日，液奶事业部在呼和浩特举办了有史以来最大规模的全国客户大会，并拿出500万元奖励各地经销商；1月18日，冷饮事业部全国经销大会在天津举行，与会经销商达300多人；2月28日，伊利在乌兰察布草原投资2.5亿元，与草原牛妈妈乳业公司合作兴建年产30万吨、年销售额15亿元的液态奶生产基地；3月16日，伊利利乐包装产品突破100亿包，来自国内外各界的近百名代表齐聚伊利，见证这一历史时刻……

今年一季度，伊利集团共收购原奶38万吨，与上年同期相比增长46%；液态奶、冷饮、酸奶等产品产销量42万吨，同比增长38%；产品产销率达100%，各项经济指标均创历史最高水平。潘刚说："这些成绩表明，伊利仍然是只绩优股，而且永远是一只绩优股！因为，我们有一支优秀的员工队伍，有一支经得起风浪的团队。"

被捕高管会不会"意外"释放？

呼和浩特投资有限责任公司成为伊利集团的第一大股东之后，发表了一个很有"意味"的公告，声称暂时没有推荐伊利股份新董事、监事、高级管理人选的计划，并且承诺在此次股权收购完成后，12个月内不出让股权。

呼和浩特投资公司的这些说法和承诺，在社会上引起许多猜测，与社会上流传的"郑俊怀将被无罪释放"传言不谋而合。因为伊利有太多的"意外"，被捕的高管会不会也"意外"释放？

记者日前就这些问题向内蒙古自治区人民检察院进行了采访。检察院有关负责同志披露，"伊利高管事件"发生后，兵分两路处理伊利事件，一路由检察机关侦查伊利5名高管涉嫌职务犯罪的问题；另一路由呼和浩特市委、市政府处理金信信托所持的5600多万社会法人股问题。近日，金信信托主动提出全部出让所持有的伊利社会法人股，呼和浩特投资公司与金信信托经过多轮谈判达成了回购协议。

关于"郑俊怀等5名高管可能被无罪释放"的传言，检察机关的这位负责同志认为"纯属瞎猜"。他说："伊利5名高管涉嫌职务犯罪的问题，检察机关已经派出若干个侦查小组，目前正在按法律、按事实、按程序，在自治区内外进行紧张取证。"

编者：以郑俊怀为首的伊利集团公司5名高管因涉嫌职务犯罪被检察机关抓捕以后，全国人民在关注这个案子进展的时候，也一直心存一个大大的问号：作为伊利集团公司的董事长、党委书记、首席执行官，郑俊怀怎么会落个锒铛入狱的下场？

汤计：伊利从一个资产只有几十万元的小企业，发展成为中国乳品行业的巨头，郑俊怀确实功不可没。但是，我们也必须看到没有党和政府的政策支持，伊利不可能在股份制改造中吃掉比伊利大得多的国有企业青山乳业。正是在呼和浩特市委和市政府的支持下，伊利才能一路高歌猛进地完成兼并、重组、上市。

同时，郑俊怀也因为伊利的大发展，收获了巨大的荣誉和利益。我们说伊利的成长和发展离不开伊利全体员工的艰辛付出，更离不开党和政府的政策支持与资金支持。伊利是国家的，伊利是公众的，伊利不是郑俊怀的。

郑俊怀为什么会锒铛入狱？我以为他对自己没有清醒认识。一是他居功自傲，把伊利的发展和壮大归功于自己，对公司每年给付的800万元年薪和业绩奖励不知足，思想上总认为企业亏了自己。同时，他在担任伊利集团公司党委书记、董事长和首席执行官后，掌握了公司的绝对权力，进一步助长了他的骄傲与跋扈。二是围绕在郑俊怀身边的，能够被他信任的，就是和他谋取个人利益、后来一同入狱的"马仔"，而不是坦荡、正直、诚实、智慧的幕僚、同事。当初那些与郑俊怀共同打拼，敢于说真话报实情的班子成员，当他拥有了绝对权力以后，他对这些与之患难、与之创业、与之拼搏的兄弟，多了疑心、多了防范、多了挤压、多了打击……最终，因为他在公司内部失德，造成了班子严重失和。在他即将从伊利的董事长跌进监狱的短短几年时间里，有多达14位总裁或副总裁被其"拿下"。

当一个个为人正直、为企业发展殚精竭虑的高管被郑俊怀排挤离开伊利的时候，郑俊怀实际上也挖好了掩埋自己的坑。自古以来，江山家国，德者居之。孟子说，"天下者天下人之天下，非一人之天下，惟有德者居之。"这既是处世之道，也是为人之德。这种道与德，既非为周围人、小团体盘算的小恩小惠，亦非沽名钓誉的虚情假意，而必是为公之大德。为了把这一惨痛教训告诉社会警醒世人，我在郑俊怀于2005年12月31日获刑的时候，写出了《功臣罪人仅一步之遥 伊利前总裁栽于绝对权力》的长篇通讯，于2006年1月1日发表——

功臣罪人仅一步之遥　伊利前总裁栽于绝对权力[①]

12月31日，包头市中级人民法院的审判大庭座无虚席，被检察机关指控犯有挪用公款罪的5名原伊利高管，在2005年12月22日接受法庭公开审理，并在焦虑中等待了8天后，终于等来了法庭的一审判决：

从功臣到罪人只有一步之遥

包头市中级人民法院认为，被告人郑俊怀作为国家机关委派到伊利公司从事公务的人员，利用担任伊利公司董事长、总裁的职务之便，伙同被告人杨桂琴、张显著、李永平、郭顺喜，由郑俊怀个人决定将巨额公款挪用给华世商贸公司，购买股票，牟取个人利益。

依照刑法第384条第一款、第25条第一款等规定，包头中院以挪用公款罪判处郑俊怀有期徒刑6年，杨桂琴、张显著有期徒刑3年，李永平

[①]　新华网2006年1月1日电。

有期徒刑 2 年，郭顺喜有期徒刑 1 年缓期 2 年；5 名被告人挪用公款所购买股票的非法所得部分依法予以追缴。

至此，被反贪机关羁押了 1 年多的郑俊怀等 5 名伊利高管，在法官的庄严宣判声中，其身份不再是犯罪嫌疑人，而成了真正的罪人。

应该说，从内蒙古伊利集团 5 高管被拘，特别是伊利集团领军人物郑俊怀被拘的那天起，内蒙古许多关注乳业发展的人们就沉浸在了无比的惋惜与哀伤中。

"内蒙古的乳业能在全国市场占领半壁江山，伊利、蒙牛能成为中国乳业的龙头企业，郑俊怀功不可没啊！"包钢集团的中层干部张某说，"但是，我怎么也想不明白，郑俊怀这么聪明的人，怎么能干出挪用公款的事来呢！"

检察机关对郑俊怀的犯罪，同样很惋惜。伊利 5 名高管挪用公款案件开庭第一天，公诉人的一段公诉词使法庭的旁听者都为之动容：郑俊怀通过艰苦奋斗，将一个默默无闻的公司发展成中国乳品行业的领军企业，可谓功不可没。伊利能有今天的成就，饱含着他的辛勤和汗水！

这话很中肯，但中肯中也透露着无奈和惋惜！伊利集团是从一个只有几十万元资产的小企业成长为拥有 50 亿资产的上市公司的。法庭上，郑俊怀对往事的追忆与辛酸，也很发人深省。他说："企业从手工作坊发展为中国乳业的'排头兵'，我将最宝贵的年华和全部精力留在了伊利。"

法庭审理查明，郑俊怀等人秘密成立的华世商贸公司为其私人所有，因而指控其挪用伊利集团八拜奶牛厂的 1500 万和 150 万元购买伊利的社会法人股票是为了谋求个人私利。

合议庭认为，郑俊怀等人在 1999 年 12 月底秘密成立的华世商贸公司，伊利的其他高管均不知情。并且，郑等人还为此伪造了关于华世公司所持股权的承诺函等文件。因此，有充分的理由认为，华世商贸公司为郑俊怀等私人所有，与其他伊利公司高管无关。

而郑俊怀本人至今不明白其行为已经犯法。在开庭之初，郑俊怀辩称之所以成立华世公司，一是为了抵制某些庄家对伊利社会法人股的恶意收购，二是为了解决管理层持股的来源问题。"其实，华世商贸公司的股东如果是伊利整个管理层，如果他们挪用的两笔资金（1500万元、150万元），经过了伊利董事会集体研究同意批准就没有问题。"包头市中级人民法院李副院长不无惋惜地说，"可惜，他们没有这样做。"

在第一天的法庭讯问中，记者了解到，郑俊怀的年薪和期权奖励高达800多万元，副董事长杨桂琴的年薪和期权奖励有700多万元。自治区反贪机关一位不愿透露姓名的工作人员说："郑是功臣，但企业给的报酬也够多了，再工作上十来八年，也是个亿万富翁了，还不知足？一念之差，便由功臣变罪人，可惜！"

郑俊怀的沉没是"绝对权力"的沉没

郑俊怀等伊利5名高管的沉没吸引了众多目光，更引来各界人士深深的思索：从金正数码科技原董事长万平到创维数码董事局主席黄宏生，从中航油总裁陈久霖到现今的郑俊怀，公司高管为何频繁出事，这中间到底透露着怎样的信息？

内蒙古企业股份制研究会高副会长认为，郑俊怀的沉没是"绝对权力"的沉没。他说："过去十几年来的经济体制改革，对企业领导层过分地强调了'法人治理结构'，强调了'法人'的'绝对权力'，忽视了企业的集体领导和民主决策，客观上助长了一些企业法人的专断专行，目无法纪。"

以郑俊怀为例，伊利股份公司从1993年改制、1996年上市以来，被郑俊怀炒掉或排挤出公司的副总裁、总裁有14人之多。即使是他比较信任的下属，一旦违背了郑俊怀的意愿，或其公众形象超越了郑，郑便毫不留情地将其从公司领导岗位上拿下。

由于郑俊怀在伊利集团公司发展中的功绩，呼和浩特市委和市政府给了郑俊怀在企业的"绝对权力"。郑俊怀不仅是伊利集团公司的董事长、首席执行官，还是公司党委书记。这种"三权"集于一身，客观上助长了郑俊怀的骄傲自满情绪。

内蒙古社科院研究员潘照东说："尽管伊利在全体员工的努力下，依照《公司法》建立起了比较完善、科学的管理制度，但郑俊怀的思想上还残存着封建家长意识，这使他最终走向了政治上的毁灭。"的确，有相当长时间，在郑俊怀的灵魂深处，始终认为"伊利是我抚育长大的'孩子'，我是伊利的旗帜，没了我伊利就得垮台"。由此便演绎出了很多矛盾，如2004年的"独董风波"等案件。"岂不知，伊利经过十几年的锤炼，管理层成长起了一批成熟的队伍，企业的组织结构也比较科学。"内蒙古企业管理协会副会长高廷铸说，"长江后浪推前浪，这样优秀的企业和优秀的管理队伍，离了谁都能很好地运转。"

郑俊怀被羁押一年的实践证明，伊利集团的事业，在年仅34岁的新任董事长、总裁潘刚的带领下，不仅成功地渡过了"领军"人物被抓的危机，而且企业生产经营有了巨大发展。2005年一至三季度主营业务收入达90.6亿元，上缴税收6.68亿元。而2004年全年的主营业务收入才87.35亿元，上缴税收6.64亿元。

限制"一把手"的权力就是保护"一把手"

在法庭第一天的庭审中，郑俊怀对自己挪用公款的行为进行了辩护。他当庭陈述了1999年成立华世商贸公司购伊利社会法人股的背景，郑俊怀辩称从未从华世商贸公司取得一分钱的利益。杨桂琴、张显著、李永平、郭顺喜也辩称，他们挪用公款仅仅是执行郑俊怀的旨意，并无个人利益。

但从法庭的调查看，郑俊怀为华世商贸公司做担保贷款1500万元时，没有通过董事会同意就擅自做了主张。其间伊利公司竟然没有人或者部门提出疑义，或者说根本就不知情。他同意伊利集团向华世公司账上转150万元时，又是一句话就解决了问题。按照规定，公司董事长无权调用大额资金，但是由于是董事长说了话，150万元资金就轻易地划到了华世商贸公司的账上。

业内人士认为，公司管理的关键就是对经营者的制衡和监督，通过股东大会、董事会、监事会及公司管理层所构成的公司治理结构以实现内部有效治理。在我国大中型企业中，最突出的问题就是企业法人、行政总裁、党委书记一肩挑，特别是投资者与经营者的一体，客观上使企业法人成了既监督又经营的"一把手"，董事会与管理层交融，这就使董事会事实上被管理层控制，中小股东的声音难以在公司管理层面发出，在股东大会决策上，中小股东的意愿往往被企业法人所掩盖，更不要说监管部门的参与了。

今天的宣判，使郑俊怀这位昔日功臣身败名裂。他的个人悲剧，无疑会引发社会层面的共同思索：从源头上、从制度上为企业营造一个法制化和规范化的发展空间是我们今后努力的方向。

编者：按照正常的新闻报道规律，伊利高管事件的新闻基本穷尽了。我们编辑您的新闻作品时发现，您在事情发生两年之后又一次揭秘了当年抓捕郑俊怀等 5 名伊利高管的内幕。

汤计：记得大学读新闻专业的时候，课本上对新闻的定义是"新近发生或新近发现的事实"。伊利是我国乳品行业的龙头企业，伊利的产品在我国大江南北连着千家万户，任何有关伊利的"风吹草动"都是社会与公众关注的，这就是新闻规律。我正是基于这样的考虑，在自治区检察院反贪局了解到一些当年抓捕郑俊怀的故事后，也就是在郑俊怀等 5 名高管被终审判决一年以后，于 2007 年 5 月独家采访了内蒙古自治区人民检察院有关负责人和办案人员，把这个案子背后的侦破故事呈现给大家。

编者：这篇独家揭秘报道，交代了整个案子调查、侦破以及后期处置的情况。特别是抓捕 5 名高管这一部分，都可以拍一部大片儿了。

独家揭秘：伊利集团五名高管是怎么落马的[①]

两年前，检察机关突降内蒙古伊利实业（集团）股份有限公司（以下简称伊利公司），原董事长兼首席执行官郑俊怀等5名高管人员瞬间沦为阶下囚。一时间国人震惊，舆论哗然。但相关消息一直被严密封锁，有关内幕不得而知。日前，本报记者独家采访了内蒙古自治区人民检察院有关负责人，首次将这起引人关注的案件背后的侦破故事揭秘于天下。

酒店"设伏"　郑俊怀"魂断"郦山湖

2006年5月20日，随着内蒙古自治区高级人民法院的终审有罪判决，伊利公司原董事长郑俊怀等5名高管挪用公款案尘埃落定。然而，当年办案的检察官们谈到这起案件的侦办过程，仍然感触良多。

"伊利是我国乳品行业的龙头企业，在A股上市公司中成绩优异。企业拥有16000多名股民，100多万养牛户，为社会提供了几十万个就业岗位。"自治区人民检察院检察长说："查办伊利高管案件，我们必须以确保企业生产经营健康发展为前提，绝不能出现查办了案件整垮了企业的不良社会效果。所以，当时的办案压力非常大。"

据介绍，郑俊怀等伊利高管挪用公款案件，是国家证监会调查发现的。2004年12月7日，案件移交内蒙古自治区人民检察院，检察长当晚即安排专人赴国家证监会取回有关材料，指定反贪局4名业务能力强的侦查员进行审查，摸清了郑俊怀等人挪用公款的基本事实和款项的基本走向。

正式立案后，自治区人民检察院成立了以检察长为组长，一位副检察长为副组长，分管反贪、公诉工作的副检察长和反贪局长为成员的专案领导小组，负责办案工作的组织指挥。运用"侦查一体化"的办案模式，检察院反贪侦查指挥中心还从包头市、呼和浩特市、呼伦贝尔市和乌兰察布

---

① 《经济参考报》2007年5月22日。

市 4 个地区 11 个检察院调集了 89 名检察员组成"12·7"专案组。

"从初查情况看，保证涉案的 11 人按时到案是案件迅速突破的关键。"自治区人民检察院反贪污贿赂局乔局长回忆说："我们制定了多套传询方案。其中，在距离伊利公司最近的郦山湖大酒店'设伏'，是传询与传唤方案之一。"2004 年 12 月 17 日，在呼和浩特市委、市政府的配合下，检方以召集中层以上管理干部会议的形式，将郑俊怀等涉案人员集中到郦山湖大酒店。

乔局长说："为防意外情况发生，我们请呼市公安局派了便衣警察暗中协助。郑俊怀、张显著、李永平等人到会后，我们宣读了'检察长令'。按照'检察长令'，念到名字的高管人员跟随侦查人员离开会场，立即接受传唤和询问。"对杨桂琴、郭顺喜等因公务外出未到会的 4 名涉案人员，专案组采取其他措施将他们传询到案。特别是得知杨桂琴要出境时，指挥中心立即派检察人员赶赴上海市和北京市，在边检部门的密切配合下从机场把犯罪嫌疑人杨桂琴抓捕归案。

郦山湖大酒店"设伏"成功，为快速查办案件奠定了基础。"很突然，我们一点也没想到。只是觉得奇怪，怎么到郦山湖开会？"事后，伊利公司党委副书记、监事会主席杨某回忆，"念到郑俊怀的名字时，他站起来半天迈不开步。"

检方规定：到伊利公司调查取证，办案人员不开警车、不着制服，避免搞得人心惶惶、人人自危；对犯罪嫌疑人采取拘留或逮捕措施，不在公司工作场所实施，而是安排在公司之外；对个别身居公司关键岗位的重要涉案人员，在确保人员安全和不影响全案查办的前提下，暂不立案、暂不采取强制措施，以保证伊利公司各项工作的顺畅。内蒙古自治区检察院检察长解释说："郦山湖大酒店距离伊利公司 500 多米，检察机关选择在那儿办案，既考虑办事方便，又不给企业造成大的影响。"

兵贵神速　12 小时确定郑俊怀基本犯罪事实

据自治区人民检察院反贪污贿赂局侦查处贾处长介绍，从 2004 年 12

月 17 日至 20 日，伊利公司所有涉案高管全部拘齐，并迅速押往包头市进行异地审理。在审讯组集中对有关涉案人员进行询问、讯问的同时，搜查组在呼和浩特市、包头市进行搜查，扣押和调取了大量的书证、物证，搜查与审讯相互配合印证，使郑俊怀等人挪用公款的犯罪事实在 12 小时之内基本确定。

贾处长说："针对此案涉案金额大、人员多、地区广，资金往来复杂等情况，我们又兵分多路，先后赴北京、上海、福建、广东、海南、浙江、安徽、重庆、四川、湖南、湖北、河南、吉林、辽宁 14 个省市开展工作，调查询问相关人员 300 余人次，提取各类证据 10 万余份。经过检察人员近五个月的努力，迅速获取、固定了主要的和关键的证据，形成案卷 78 册。追捕小组克服困难，往返于北京、上海、广东等地将重大涉案犯罪嫌疑人缉捕归案，保障了案件的及时侦破。"

据介绍，检方在侦办伊利公司高管挪用公款案件中，既注重言辞证据，又注重资金来源、资金周转过程、股票购买出让和谋取利益等方面的物证、书证，避免了仅凭口供和证言认定犯罪事实的问题发生。

自治区人民检察院周副检察长说："案件侦查终结前，反贪局还用近一个月时间对案件事实和证据进行全面审查，对案件中涉及的证券方面的专业知识，办案人员除向专家咨询请教外，还认真开展自学活动，研究相关的法律法规。从法理上、法律规定上进行研究，澄清了模糊问题，增强了证据的证明力。庭审中，公诉部门出示的证据均被法庭采信。"

公布案情　以正确的消息稳定股市与企业经营

郑俊怀等伊利高管被刑拘三日后，互联网上相继出现大量相关信息，股民纷纷致电询问有关情况，部分股民开始抛售伊利股票，在上交所挂牌交易的"伊利股份"（股票代码 600887），连着两个跌停板股票被停盘。国内 40 多家有影响的新闻媒体记者也闻风而动，迅速云集呼和浩特市追踪采访，舆论一度出现混乱。伊利公司的一些大股东对公司何去何从产生疑虑和担忧。

为了迅速稳定股市，检方决定一方面按照事先拟定的计划，严密防止内部重要情况外泄；另一方面通过新华社等重要媒体及时准确地将案件情况公布于众。并通过伊利公司向社会发布消息，公布企业人事变动和经营情况，以稳定舆论、稳定人心。

伊利公司经过了短暂的波动之后，迅速恢复稳定。各类媒体从最初的疑虑和担忧，很快转向"伊利是个经得起风浪的企业"、"伊利还是蛮结实的"、"伊利决不会倒下"、"少数几个人的问题并不影响企业的生产经营"等正面评价和报道。

冻结涉案股份　迫金信信托以原收购价将伊利股份回转

据介绍，为了防止个别股东恶意转让涉案伊利股份，破坏伊利的生产经营，2004 年 12 月 24 日，检方迅速派侦查员赶赴上海证券交易所，将金信信托投资股份有限公司（以下简称金信信托）持有的 56057486 股伊利股份和华世公司持有的 8448482 股伊利股份依法冻结。

自治区人民检察院反贪污贿赂局侦查处贾处长介绍，检方冻结伊利的部分股权和侦查取证，给金信信托形成了巨大压力。他们多次通过不同的方式与检方联系，要求就股份转让事项进行商谈。经过办案人员一段时间的查证和接触，金信信托表示，愿意积极配合检方查清事实，愿意以原收购价格将伊利股份回转给政府。

"通过办案能够使流失的国有资产回转，这是非常好的办案社会效果。"内蒙古自治区人民检察院检察长说，"院党组及时决定派有关人员与金信信托正面接触，协助呼和浩特市政府商议回购伊利股份。2005 年 3 月 14 日，呼和浩特市政府与金信信托就回购伊利法人股的问题达成一致。4 月 5 日，我院依法解冻金信信托名下的伊利股份，这部分国有股票顺利回购。"

从 2004 年 12 月 17 日立案侦查到 2005 年 12 月 5 日包头市人民检察院提起公诉，伊利高管挪用公款案件历时不满一年就告成功查办，不仅有力地惩治了犯罪分子，帮助伊利公司走上健康、稳定、快速发展的轨道，同时也为国内上市公司高管层发生犯罪后的处理探索出一条成功的路子。

编者：汤计老师，我们发现伊利一直是您关注的重点，是您的新闻职业使然还是有其他因素？比如，2008 年发生的"三鹿奶粉事件"，中国乳品行业重新大洗牌之后。您 2009 年发表了《谁成了"三鹿奶粉事件"后的最大赢家》的报道，这一次您又把目光投向了伊利。

汤计：伊利是内蒙古自治区的王牌企业，也是中国乳品行业的领军企业。她就在你的眼皮子底下，这是上天对我们的馈赠。一个成熟的记者，一定会时刻紧盯。伊利的喜忧都是公众关注的热点。

2008 年发生的"三鹿奶粉事件"，对中国的乳品行业是一次净化，也是一次优胜劣汰。这一事件的积极作用是，从消费者到国家更加重视食品安全问题，特别是牛奶的安全。那么，其消极作用呢，对伊利有没有影响？我想不仅股民关注，消费者同样关注。我作为一个新闻记者，应该采写这样的新闻满足公众。

2008 年的"三鹿奶粉事件"也冲击到了伊利，由于伊利注重产品品质与安全，在"三鹿奶粉事件"中仅仅是城门失火殃及池鱼的小祸端。伊利甚至因为产品品质在"三鹿奶粉事件"中经受住了检验，居然成了"三鹿奶粉事件"的直接受益者。

而我是看着伊利成长起来的。伊利的发展成败，事关千百万人的饭碗。伊利不仅不能有任何闪失，每一个有责任心的中国人都要关心伊利的顺利发展。今天的伊利集团已经发展成了跨国企业，伊利集团在全球乳品行业中位列第十，她是内蒙古人民的骄傲，也是中国人民的骄傲，我们要像爱护自己的眼睛一样珍爱伊利。

编者：新闻人要有格调、有人品；新闻作品也要有文品，文品即人品。这篇报道体现出了汤计老师对伊利发展的关怀。

谁成了"三鹿奶粉事件"后的赢家^①

2008年9月11日，国家质量技术监督局公布"三鹿奶粉事件"；9月16日，首次公布22家乳品企业的产品检测报告……质检部门的重拳出击，颠覆了一大批名牌乳品企业的市场信誉。但"三鹿奶粉事件"一年后，人们看到"诚实厚道"的企业精神成了市场的赢家！

诚实厚道的企业精神给伊利乳业带来了什么？

2008年中国各乳品企业的年报显示，经历了"三鹿奶粉事件"，我国绝大多数乳品企业的业绩都很窘迫。时间仅过了半年，伊利集团的业绩就出现了惊人的跳越。8月29日，伊利集团公布的上半年业绩报告显示：2009年主营业务收入122.17亿元，同比增长6.6%，实现净利润2.54亿元，较去年同期增长117.57%。伊利集团的中报还显示：今年上半年，伊利奶粉实现销售收入21.20亿元，达历史同期最高水平；伊利冷饮实现销售收入21.17亿元，同比增长2.62%，雪糕、冰淇淋连续15年产销量居全国第一；液态奶实现销售收入77.73亿元，同比增长12.10%，成了中国液态奶市场"三鹿奶粉事件"后增幅最快的企业。

另据国际权威调查机构AC尼尔森最新监测数据：2009年上半年，伊利股份各大产品线的市场份额均有所增加。其中，酸奶产品市场份额增幅为19.1%，在行业中同比上升速度最快；伊利金典奶、营养舒化奶等高附加值产品则以23.5%的市场份额递增。同时，伊利09新品"伊利畅轻酸奶"与"伊利QQ星儿童成长牛奶"等产品也成了国内市场的热销产品。

这些权威数字标志着今年前6个月，伊利集团已经先于我国其他乳品企业赢得了市场，赢得了消费者。国务院发展研究中心上海研究所研究员郝诚之认为，伊利集团在我国乳品市场的率先胜出，实际上是诚实厚道企

业精神的胜出。其核心价值是真正意义上的尊重品质、尊重规律、重视产业链和谐发展。

伊利集团执行总裁张剑秋说，诚实厚道一直是伊利企业文化建设的核心，也是伊利集团多年来的企业精神。正是这种企业精神，使得伊利集团的产品在市场上经受住了"三鹿奶粉事件"的摔打。我国有关部门最新的消费者品牌调查数据显示，伊利集团在超过 1400 余万网友票选中拥有"最佳人气"。

业内资深专家陈渝认为，在经历了"三鹿奶粉事件"之后，乳品企业已褪去光环。今后的市场较量将是真金白银的品质较量，只有真正安全放心的企业才能在竞争中胜出。从这个意义上讲，诚实厚道的企业精神是最大的赢家。

诚实厚道的企业精神不吃亏

"三鹿奶粉事件"之后，国家有关部门连出重拳，割去一个个行业毒瘤的同时，又为行业恢复健康出台了各种优惠政策，这为中国乳业健康发展提供了政策保证。但是，一个企业若想成为"百年不衰的老店"，仅靠政府的政策扶持不行。

"经营企业与做人一样，靠投机取巧长不了，得靠诚实厚道安身立命。"郝诚之说："如今是信息大爆炸时代，稍有不慎一条缝就能把你曝露在光天化日之下晾晒。"他认为，"三鹿奶粉事件"后，在我国的乳业市场，消费者选择产品更趋理性。他们不再信你推出什么"新概念"忽悠，也不再看你广告画面"大草原"背景，而是要喝实实在在的无公害牛奶。

伊利人由于"说老实话、做老实人、办老实事"，企业没有在"三鹿奶粉事件"中伤筋动骨。相反，仅仅半年多时间就阳春再现。在"三鹿奶粉事件"中，伊利集团圆满完成了服务北京奥运的重任。如今，伊利又成为唯一一家符合世博标准，为上海世博会提供乳制品的企业。记者看到，伊利的产品包装都已经更换为世博标识。据介绍，刚刚结束的新中国"60年 60 品牌"评选，伊利集团与联想、海尔、中国银行等行业领袖品牌共同入选了"60 年 60 品牌",成为了新中国诞生 60 年来最具代表性的民族企业之一,也成为我国乳业入选的唯一企业。

我国乳业资深专家陈渝这样总结:"消费者选择乳制品愈趋理性,光鲜堂皇的营销手段愈无法打动消费者的购买欲望。"牢固树立食品安全概念,脚踏实地紧抓产品质量不松手,以优质服务对待消费者,你的产品自然成为消费者的首选。2009 年,伊利集团的产品成了新疆维吾尔自治区和内蒙古自治区的"学生奶"计划活动中政府指定的唯一一家两地政府同时服务的企业。

郝诚之说,消费者的选择是衡量产品的准绳,真正优质的产品必将赢得消费者的青睐。伊利集团在乳品生产中的诚实厚道精神绝对不会吃亏。

编者:诚实厚道精神让越来越多的消费者认可伊利。"后郑俊怀时代"的伊利,在新一届领导班子的带领下,经过十年左右的发展,已经成为世界乳品行业的巨头。据了解,2014 年,伊利营业收入突破 500 亿元,同时在荷兰、澳大利亚、意大利等多个国家建立了奶源或研发基地。

三、对伊利集团原 5 高管贪腐事件的思考

(一) 企业家的任务是什么

一个企业的董事长或总经理,是企业发展进步的领路人和舵手。舵手不仅要具备过硬的业务能力、远大的战略思维,还要有良好的人格魅力。过硬的业务能力,是最基本的要求,是企业从容应对市场竞争的保障。远大的战略思维,是企业生存、发展、壮大乃至不被市场淘汰的保证。拥有过硬业务能力和长远战略思维的企业家,往往具有良好的个人魅力,使他能够处理好公司内部的人事问题,同时凝聚所有员工的力量,推动企业的产品走向全国,走向世界。

（二）厚德载物亦载权

《易经》讲"厚德载物"，"天行健，君子以自强不息。地势坤，君子以厚德载物"。阐述才能与德行之间的对应关系。我真的希望人们能够仔细揣摩反复领悟"厚德载物"的内涵，多少古今英雄人物因为"缺德"而折翅，从人生的"天堂"坠入人生的"地狱"。老百姓通俗易懂地讲这种人："嘚瑟，服不住。"权大了，嘚瑟，服不住；钱多了，嘚瑟，服不住。伊利集团原董事长、党委书记、首席执行官郑俊怀就殇于此。他能与班子成员共患难，不能与班子成员同欢乐。当伊利集团成了中国乳品行业老大的时候，当郑俊怀因为企业的强大而政治地位与社会地位一路走高的时候，郑俊怀对身边患难与共的兄弟处处设防，甚至是挤压打击。因为他在公司内部的失德，造成了班子严重失和。在他入狱前三年多时间里，公司14位总裁或副总裁被其"拿下"。当个别高管被郑俊怀"拿下"的时候，过错可能在被"拿下"的一方；如此众多的公司领导被郑俊怀"拿下"，问题肯定出在郑俊怀身上。

做官先做人，做人先立德。对党员干部而言，首先要对党、对人民、对同志忠诚老实，做老实人、说老实话、办老实事，襟怀坦白，公道正派。"圣人无常心，以百姓心为心"。坚持以党和人民的事业为重，有容人容事的气度和从善如流的品格，有听得进下级或身边人批评的雅量，善于团结同志共同干事创业。郑俊怀原本在这些方面是很不错的，可惜，在企业走向巅峰的时候，身边的阿谀奉承多了，心里的个人得失多了，渐渐失去了身上的公道正派的美德，失去了共产党人应有的为公之大德，终于从"神坛"上掉下来跌个粉碎。

现在的某些政府官员和企业老总们，对此一定要清醒，失德者必然导致权力的滥用；在单位和公司里，要对内修和，对内修德，善待部下，这既是为集体的发展保驾护航，也是为个人的前途加了一道保险。

（三）新闻报道一定要关注百姓利益着眼社会效益

"笔下有财产万千，笔下有人命关天，笔下有是非曲直，笔下有毁誉忠奸。"人们常用这句话提醒记者下笔应谨慎。以导向为灵魂、以真实为生命、以人民为中心，对自己手中的笔、手下的键盘充满敬畏感的新闻工作者，其报道的着眼点一定是社会效益，其报道的关注点一定是老百姓的利益，其报道的新闻一定经得起历史的检验，必定赢得社会尊重和人民赞誉。

我对伊利高管事件的报道，始终坚持"人民利益是最根本的利益"的原则，力求每一篇报道都经得起检验。我的每一篇新闻都从最大的社会效益出发，伊利集团的兴衰成败关系千家万户、关系民族工业、关系国家利益，对郑俊怀等5名高管贪腐事件的报道，出发点与着眼点都要以有利于伊利的平稳发展为先，都要以减少社会对伊利的负面影响为先。在伊利面临生死存亡的关键时刻，新闻工作者要帮忙不添乱，使伊利能够平稳度过这段非常时期。

媒体人比掌握技能更重要的是思想境界、人文情怀和责任担当。我们常常呼吁各行各业的人恪守职业道德，媒体人更要严格自律。恪守职业道德的基本要义就外在而言是遵纪守法，就内在而言则是诚实地面对自己的职业良知。记者要讲新闻职业道德，心术不正的人、思想偏激的人、作风漂浮的人、见猎心喜的人、落井下石的人不能做记者。今天，我们回过头来看伊利，2014 年伊利实现的营业总收入为 544.36 亿元，比 2004 年的 87 亿元增长了多少亿？如今的伊利在新西兰、意大利、美国有加工厂，在乳业奶牛大国荷兰有产品研发基地，我们中华民族不应该为有这样的民族工业而自豪吗？我们新闻工作者不应该为这样的民族品牌保驾护航吗？

新闻工作者一定要树立正确的世界观、人生观、价值观，坚持正确的舆论导向，坚持全心全意为人民服务的思想。要忠于党、忠于祖国、忠于人民，发挥党和政府联系人民群众的桥梁纽带作用。要增强法治观念，遵守党的新闻工作纪律，维护国家利益和安全，保守国家秘密。要坚持深入调查研究的采访作风，报道做到真实、准确、全面、客观，只有这样才能写出深入、翔实、权威的调查稿件，也才能坚持新闻真实性原则，才能把真实作为新闻的生命，达到新闻是推动社会进步的动力的目的。媒体人一定要不断地加强政治思想品德的修养，提高自身的职业道德素养，自觉抵制社会上各种诱惑。要真正做到心为民所系、责为民所担、魂为民所立，牢固树立人民至上理念，与人民同呼吸、共患难，做让党放心、让人民满意的记者。厚德载物，厚德载权，厚德载福，"德者，本也！"

没有信仰就没有灵魂

——草原贪官众生相

编者按：

党和国家历来重视反腐败工作，对于违反党纪国法的干部官员坚决依法严肃处理，绝不姑息。十八大以后，反腐败工作再上新台阶，"老虎"、"苍蝇"一把抓，依纪依法办理了大量大案要案，清理了干部队伍，净化了风气，赢得了人民群众的支持和称赞。

在数十年的记者生涯中，汤计老师也采写了不少披露违法违纪官员的报道。这些报道，交代了他们违法犯罪的事实和过程，记录了司法机关对他们的调查与判决，也反思了他们最终走上这条不归路的原因。现在重新梳理这些报道，一来在于表明新闻监督的重要作用，二来希望对党员领导干部有所警示。

第一篇调查报道，是对赤峰市原市长、"草原巨贪"徐国元犯罪事实的报道。

草原巨贪徐国元①

7月27日上午8时30分，内蒙古自治区最出名的大贪官徐国元贪污受贿案公开审理。徐国元原是赤峰市委副书记、市长，他在这个经济欠发达的市狂敛钱财3200余万元，其畸变的灵魂与无尽的贪欲堪称新版"拍案惊奇"。

---

① 新华社呼和浩特2009年7月27日电。

疯狂受贿　"刀压脖子"不收敛

公诉机关指控，徐国元涉嫌犯受贿罪和巨额财产来源不明罪，从2001年底至2007年末，他的各种违法违纪所得合计3200余万元。

位于内蒙古东南部的赤峰市，12个旗县区中有9个是国家级和自治区级贫困旗县。而"父母官"徐国元竟在6年里，年均敛财533.3万元，月均敛财44.42万元，日均受贿达1.5万元。

徐国元爱钱如命，敛财无度。作为握有重权的市长，他失去了为官的道德底线，推崇"办事送钱、送钱办事"的社会潜规则，该办的事没钱他不办，该出面的事没钱他不去，逢年过节、出国考察等不送钱他就给人"小鞋"穿，甚至发展到逢年过节"谁送了钱我记不住，谁没送钱我能记住"的地步。

在徐国元腐败行为的影响下，赤峰市公款送礼成风，严重腐蚀了干部队伍，污染了社会风气。徐国元收受礼金的次数和数额逐年攀升，2004年有3人次送礼金折合人民币13.5万元，2005年有4人次送礼金折合人民币11.5万元，2006年有15人次送礼金折合人民币59.1万元，2007年有24人次送礼金折合人民币93.5万元。收送礼金的名目和方式多样化，有的利用项目审批、剪彩、典礼的机会送；有的以谋求对本地区、本单位工作支持送；有的利用礼尚往来送；有的以顾问费、辛苦费、赞助费等名义送……

徐国元收钱从几千、几万到几十万，甚至百万元的现金，有贵重物品及房产；被查扣的货币有人民币、美元、欧元、澳元、加元、港元、日元和泰铢等，物品有金、银、玉、翠、象牙、鸡血石和古董字画等。只要有人送，他什么都敢收。徐国元担任市长3年，以多种手段敛财2000多万元。

徐国元贪婪成性，"刀压脖子"都不收敛。2006年开始，内蒙古自治区纪委根据举报已经对他进行案前调查，相关领导也已经找他谈话。但是，他一边信誓旦旦地向组织表白清廉，一边毫不收敛地顶风作案。大连新型企业集团有限公司赤峰市金日房地产开发有限公司董事长孙某某向徐国元行贿一套价值380多万元的别墅的事情已经败露，自治区纪委正在调查中，徐国元还肆无忌惮，当孙在北京送其30万美元20万元人民币时，照样笑纳。

据内蒙古自治区纪委办案人员介绍，接受调查期间，反而是徐国元受贿敛财的"高峰"，仅2007年，他就"进账"1000多万元；被抓的前一天，徐国元夫妻俩还在商量如何收取他人要送的1幅名画，其胆大妄为和贪得无厌达到极致。

信仰丧失求佛佑　敛财上供"贿"佛陀

作为一名共产党员，徐国元遗弃了自己曾经宣誓为之终生奋斗的远大理想和全心全意为人民服务的宗旨。他玩弄权力、追求金钱，热衷于穿名牌、戴名表、坐好车、住豪宅，最终因精神空虚、信念垮塌，政治颓废，人生跌入万劫不复的深渊。

检方指控，徐国元利用职务便利收取他人贿赂合计人民币427万元、美元54万元、欧元1万元、别墅一套、价值人民币9万多元的贵重物品两件；还有人民币1180万余元、美元27万余元、欧元2.2万元、加元2万元、英镑1380元、日元1万元、港币10万余元、泰币2000铢，本人不能说明合法来源，构成了巨额财产来源不明罪。

徐国元明知自己罪不能赦，还幻想寻求佛的保佑。他在家中设立佛堂供奉佛像，夫妻俩每天烧香拜佛。即使进了监狱，也每日手捧佛经念诵。

实际上，徐国元不是真心信佛，也不想诵经忏悔，而是心存侥幸，并以浅薄之心寻求被扭曲的罪恶灵魂的慰藉。每收到一笔赃钱他都要在"佛龛"下面放一段时间。由于心里有鬼，在他隐匿赃物的箱包中，箱包四角也各摆放一捆万元钞票，中间放置"金佛"或"菩萨"，企求"平安"。他甚至还荒唐地幻想"放生"一条蛇，祈求佛陀赐他长命百岁。

在隐匿和转移赃物中，他居然能把赃款赃物转移至寺庙。2006年，自治区纪委对徐国元开始初查，他一边挖空心思编造虚假事实、伪造书证，为其违纪违法所得捏造合法来源，一边向外转移藏匿现金和贵重物品。他把 200 余万元现金和珠宝装在一个密码箱，从祖国北疆运至云南省的一座寺院里，放置在寺院住持的住处，密码箱的钥匙竟轻薄地藏匿在了佛像耳朵里。藏传佛教"活佛"洛桑成列·确吉坚赞说："自私自利，有我无人，满眼金钱，亵渎佛法。"

其实，徐国元的灵魂深处除了金钱什么都没有，他念佛诵经只是希望佛陀字字"送金"。2004 年 12 月 26 日，徐国元和妻子李敏杰在北京逛商场，看好一副价值 10 万元的玉镯子。尽管李敏杰随身带有上百万元的银联卡，徐国元却不让妻子划卡购物。他把妻子购物当作一次索贿的机会，指使妻子给赤峰市特虎生房地产开发有限责任公司董事长刘某某打电话"借"钱。次日，刘某某就乖乖地把 10 万元人民币汇入了李敏杰的账号上。

填不满的欲壑颠覆了徐国元的人生

徐国元在《忏悔书》中说"我不是个庸官，却是一个贪官"。他出生于普通工人家庭，下过乡，36 岁就当上一个县级市市长，39 岁晋升为呼伦贝尔盟委组织部长，48 岁任赤峰市市长（地级市），有 30 多年的党龄，也有过勤奋学习、努力工作、有所作为的昨天。

然而，随着职务的升迁，徐国元逐渐放松了对自己的要求和改造，放纵自己对权力和金钱的欲望，导致思想蜕变，人生观与价值观严重扭曲，私欲恶性膨胀。

在拜金主义思想作祟下，徐国元倒在了权力下。他把手中的权力当成了敛财的工具，在招商引资的优惠政策、税费减免、土地出让金减免等的拍板决策中，完全按照个人意志操作。2003 年，赤峰市巴林右旗建设投资 1750 万元草原水库工程，一房地产开发商找到徐国元，说明想用虚假资质投标该工程，他满口承诺。之后，在他的操作下，这个房地产开发商居然以中水十三局的资质中标。而徐国元先后从中受贿 210 万元人民币、7 万美元和 1 万欧元。

徐国元不懂得权力有多大风险就有多大，手握重权而不慎权。重大问题"先拍板后走程序"，是徐国元滥权的主要伎俩。一些项目建设，徐国元开个所谓"市长办公会"就定了，连个会议纪要或记录都没有。2005年初，大连开发商孙某某在赤峰市开发"水榭花都"住宅小区，徐国元未依法变更规划，仅在餐桌上开了个所谓的"市长办公会"，就决定以每亩30万元的价格，将附近的文化娱乐用地、体育设施用地和压缩原规划城市绿地扩增的土地出让，并指示赤峰市建委协调自治区建设厅减免"水榭花都"小区的建设劳保基金。他还决定缓交"水榭花都"小区契税。据孙某某交代，这个项目他净赚2亿元，徐国元也得到一套精装修、带家具的高级别墅和30万美元、20万元人民币。

内蒙古某矿冶集团公司董事长王某与徐国元相识后，先利用过节"赠送"徐100万元人民币理财金卡和2万美元。2004年王某开始收取回报，让徐国元帮助收购林西县铅冶炼厂，徐便在饭桌上与林西县领导"协调"，让王某以环保标准明显低于他人、增值税返还比例高于他人20%、退税截止期限模糊等优惠条件成功收购了这个厂。这起收购案仅税款就给国家造成120余万元损失。

傍"大款"和"内助"不廉毁了徐国元。徐国元的身边经常簇拥着许多"大款"朋友，在赤峰市书写了一部现代版的"领导傍'大款'、'大款'找靠山"的《官场现形记》。他与"大款"们称兄道弟，官商勾结，大搞权钱交易，以至于当地很多官员找徐国元办事都得找他的"大款兄弟"——赤峰市一家房地产开发公司的刘某某搭桥。

其实，徐国元和刘某某也是一种金钱关系。从2002年10月至2007年9月，徐国元多次收受刘某某贿赂217万多元，美元1万元。检方办案人员说："刘某某不送钱给徐国元照样办不了事。"2003年，刘某某请徐国元帮其妹妹安排工作。徐违纪给其先安排到巴林右旗检察院，后来又调到赤峰市松山区公安局。刘某某先送了徐国元1万美元。2007年9月，刘某某又以资助徐国元竞争赤峰市委书记为名，送上人民币100万元。

徐国元的妻子李敏杰是一个贪性十足的"内助"。丈夫往家里大笔拿钱，她不仅不劝阻，比丈夫还贪婪。徐国元在仕途上发迹，李敏杰在私下里发财。徐案的许多行贿、送礼者，都是通过李敏杰实现的。凡有人到徐家送钱送物，不管丈夫在不在家，她都照收不误，甚至一些送钱物的人她根本不认识，也照样收下。所以，她在交代材料中用"大高个"、"旗县的"、"矮个稍胖"等来形容送钱的人。

徐国元每收到一笔钱都如数交到李敏杰手里，李便以她或儿子的名字开户存储或拿出去投资。办案单位从徐国元家中查出存折、存单等 20 余份，全部由李敏杰管理和操作。在听到徐国元被调查的"风声"后，她又千方百计地往外转移财物。孙某某送别墅时，徐国元起先也有拒绝之意，但李敏杰坚持要。正是这套豪华别墅引爆了徐国元腐败案件。李敏杰在狱中哭诉说："是我害了徐国元。"

徐国元从一个地级市的市长堕落成人民的罪人，这巨大的人生反差值得每一位领导干部反思，也留下了太多的教训和警示。太上曰："祸福无门，唯人自召；善恶之报，如影随形。"

编者：您当时是怎么介入徐国元贪污受贿案报道的？

汤计：对徐国元这个案子的报道，当时充分利用了内蒙古自治区纪检委的警示教育材料。徐国元的贪污受贿已经到了疯狂的地步。赤峰市属于经济欠发达地区，作为一市之长，他的本职工作应该是发挥自己的聪明才智、充分利用各种资源促进经济发展，带领群众发家致富。但徐国元却误入歧途，手中的权力成了他敛财的工具。"权为民所用"在他那里成了一句空话，丧失了一名共产党员基本的责任与良知。

编者：从您对赤峰市长徐国元的报道中，我们看到一个领导干部信仰缺失的严重危害。徐国元作为一个共产党员，丧失了共产党员的宗旨意识，丧失了全心全意为人民服务的信念。转而求神拜佛，把受贿得来的金钱放在佛龛上消除业障。

汤计：徐国元的信仰是扭曲和畸形的。在我看来他既不相信马列主义，也不是一个真正的佛教徒。我认为他是走了一条邪门歪道，完全颠倒了对佛教思想的正确理解。佛学的一大理念是"普度众生"，徐国元如果信佛，就应该利用手中的权力全心全意为人民服务。佛学也讲究"因果报应"。如果他真的是一个干事创业的干部，真正为群众谋福利，他就会有"福报"。可惜他走上了歧途，最终收获的是"恶报"。

编者：徐国元已经丧失了作为一个党员应有的信仰，像行尸走肉一般受贿敛财，最终落下个锒铛入狱的下场。除了赤峰的徐国元，锡林郭勒盟还出了一个"四吃书记"。具体来看汤计老师的报道。

"那钱真没啥用"
——内蒙古"四吃书记"蔚小平狱中自白①

9月29日，内蒙古自治区锡林郭勒盟（锡盟）原盟委副书记蔚小平被赤峰市中级人民法院以受贿罪、巨额财产来源不明罪，一审判处无期徒刑。蔚小平当庭表示服从判决不再上诉。

蔚小平受贿案似乎已结束，但其入狱时所说"现在想想，那钱真没啥用"的话，令人深思、发人深省⋯⋯

疯狂敛钱的蔚小平

2003年，做过煤矿工人、当过赤峰市平庄矿务局副局长、呼伦贝尔煤业集团公司总经理的蔚小平，被任命为锡林郭勒盟委副书记。锡林郭勒草原遍地是煤，自治区党委选择他担任分管经济的书记，本意是让其发挥专长，把工业经济搞起来。

但是，蔚小平把草原下的煤矿，当成自己大肆敛财的"富矿"，哪个矿老板想到锡盟淘金，不往蔚小平手里"砸钱"，休想投资赚钱。

2005年初，辽宁一家投资公司分3次给蔚小平送了10万港币、1万

---

① 新华社呼和浩特 2010 年 10 月 2 日电。

元人民币和 1 万美元后，方才拿到锡盟白音华 1 号井工矿露天煤矿项目。

内蒙古某能源控股公司想对某煤炭公司增资扩股，申请建设独资运煤铁路专用线，这本是有利于地区经济发展的好事，但难过分管领导蔚小平的关卡。直到送给蔚 100 万元人民币、3 万美元、3 块价值 85 万元的鸡血石，该公司才顺利赢得投资权。

蔚小平从矿工到集团公司总经理，在煤堆里滚了几十年也没觉得自己是个人物。自从当了盟委副书记，他发现自己手中的权力也是"宝藏"。

辽宁某公司筹建巴新铁路，蔚支持该项目，董事长王某不识相，蔚就给王打电话说"朋友有两辆车要处理顶账"，王知趣地赶紧拿 60 万元现金给蔚……

内蒙古乌海市一家煤炭企业在锡盟进行煤田勘探、开采，却不知道"孝敬"蔚，蔚便时不时抓点"问题"让其难受。2007 年 5 月，蔚小平夫妇以在北京购房为由向该矿老板借钱 30 万元。早就被整得昏头涨脑的矿老板终于盼到了一个"孝敬"书记的机会，赶紧送钱。

从 2004 年至 2009 年 1 月案发，蔚小平利用职权疯狂敛财，生病、出国、探亲、旅游、过节甚至女儿去英国留学，都成了他暴敛钱财的借口。仅 5 年时间，他受贿索贿以及不能说明来源合法的钱财，换算成人民币高达 2000 余万元。

只认钱不认人

金钱迷失了蔚小平的人性。在权钱交易中，蔚小平绝对"铁面无私"。什么老同事、老部下、老朋友，他都一视同仁——认钱不认人。

锡林浩特市某公司有一宗土地因两年未开发，被当地国土局收回。该公司老板王某与蔚小平有十几年交情，请求蔚帮忙协调。但蔚总以"国家有规定"为借口推托，等给蔚送了 30 万元后，国家的规定"没了"，蔚立即给锡林浩特市分管领导打电话，事情摆平了。

东乌珠穆沁旗一热电联产项目在建过程中，因汽轮机与底座不符导致施工缓慢。该项目负责人吕某是蔚小平原来的同事，他每次找蔚小平协调解决时，蔚都满口答应，可光答应不办事。吕某琢磨这位"同事"是不是有啥"想法"，赶紧筹借 30 万元奉上，没几天，事儿就办成了。

2005 年，唐山市某公司想办理锡盟某煤田探矿权，托人找到蔚小平的一个亲属搭桥，以为有亲属的面子蔚肯定会帮忙。谁知蔚"原则性"很强，给他们讲了一大堆国家政策。没辙了，扔块"金砖"试试，在北京先送 10 万元，蔚小平收了；接着扔出一颗 60 万元的"重磅糖弹"，不仅得到煤田的审批签字，而且取得了另一块勘探区域。

生活腐化：用钱"买"色

蔚小平生于 1956 年，虽年过半百，但生活腐化。

他瞄上了内蒙古某电视台的一名年轻漂亮的女主持人。2007 年，苏尼特右旗某矿业公司老板周某，为答谢蔚的关照，先后两次送他 40 万元，蔚就用这些钱"攻下"了这个名女人。之后几年，蔚小平痴情迷恋这名女主持人，为其买房子、买衣服、买首饰、旅游……蔚小平十几万、几十万元地给，直到后来情人向他要"青春补偿费"，蔚在这个女人身上花了近百万元。

蔚小平的"青春补偿费"风波刚过，又看上了北京歌坛的一个名角儿。他说："我每次听她唱歌，感觉特别好。"于是，蔚甩出 40 多万元，很快把这位女星"俘虏"了。蔚的钱来得容易，花起来也不吝啬。为讨小情人欢心，蔚要求某投资商让小歌星入股其公司，每年按 20％ 的比例分红。他说："这能保证她有一份稳定的收入，免得东奔西跑太辛苦。"

自白书——"那钱真没啥用"

金钱满足了蔚小平的私欲，也让他失去了自由，从一个呼风唤雨的高官变成了囚犯。

自从失去自由在看守所数日子，蔚小平对金钱有了新的认识："现在想想，那钱真没啥用。"金钱不是万能的，有钱什么都能买到，绝对买不来自由。

法庭上，蔚小平流下了悔恨的泪水。他说："法庭不仅仅是对我的犯罪行为进行了审判，对我的灵魂也进行了审判。我是一个由煤矿工人经党组织培养成长起来的干部，党和人民给了我崇高的职务和优厚的待遇。而我辜负了党和人民的厚望，在金钱的诱惑下走向了腐败的深渊。"

蔚小平说："我深深感到对不起党组织的培养，对不起曾经帮助和支持我的干部和群众。我的犯罪行为也深深伤害了我的亲人，我对不起老母亲和妻子、儿女。我不知道今后该怎样弥补因自己的过错给他们带来的伤害。"

编者：蔚小平为什么被称作"四吃书记"？

汤计：蔚小平在任时，被当地人称为"四吃书记"。所谓"四吃"，是说钞票、房子、车子、奇石四样通吃，看他胃口有多大！蔚小平一辈子都在和煤炭打交道，但来到锡林郭勒以后，这里遍地的煤炭成了他自己"发家致富"的资源。在蔚小平眼里，票子、房子、车子这些东西的价值超过了亲朋好友之间的情谊，也超过了一个共产党员应有的责任与义务。和徐国元一样，他们都把手中的权力当成了敛财的工具。

编者：金钱蚕食了蔚小平的灵魂，最终把他推入了万劫不复的深渊。当像蔚小平这样违法犯罪的官员，在法庭上流下悔恨的泪水，乞求党和人民、乞求亲人宽恕自己的时候，他们是不是记得"早知今日何必当初"这句俗话？

2012年，我国上映了一部名叫"黄金大劫案"的电影，影片中8吨黄金被劫走，成为最大的悬念。但是，这毕竟是虚构的故事。而同年，内蒙古自治区查办了一起特大贪污、挪用公款案。该案的主角则是名副其实的"黄金大盗"。

内蒙古查办一起"巨贪吃垮优秀企业"特大贪污案①

近日，内蒙古自治区人民检察院查办一起特大贪污、挪用公款案——内蒙古乾坤金银精炼股份有限公司原董事长、总裁宋文代涉嫌贪污 5200 多万元、黄金 58.9 公斤，挪用公款 2100 万元，该案已经移送检察机关审查起诉。案发时，这家数度被评为"中国黄金行业之首"的企业已濒临绝境。

"智慧型犯罪"造就的"百查不倒"神话

内蒙古自治区人民检察院侦查终结报告表明，宋文代在 2003 年 1 月到 2008 年 10 月期间，利用其担任乾坤金银精炼股份有限公司（以下简称乾坤公司）董事长、总经理、法定代表人的职务便利，涉嫌先后三次挪用乾坤公司公款 1000 万、300 万、800 万元，分别用于注册成立其个人的三家公司：内蒙古牛元农牧业产业化开发有限责任公司（以下简称牛元公司）、呼和浩特市圣坤矿业有限责任公司（以下简称圣坤公司）、赤峰金旭隆金银产品开发公司（以下简称金旭隆公司），挪用公款的数额特别巨大。

在此期间，宋文代还采取骗取、侵吞的手段，非法占有乾坤公司款物 5290 多万元，并非法占有黄金约 58.9 公斤，涉嫌贪污数额特别巨大。

在案件查办过程中，侦查人员发现，宋文代在乾坤公司任副董事长、董事长、总经理、法定代表人等职约 10 年里，诉讼和举报不断。最早在 2002 年，宋文代由副董事长变更为董事长、法人代表时，就被指控擅自变更。而主管公司法人变更登记的内蒙古工商局，因此被告到法院。2010 年末，内蒙古自治区检察院对宋文代立案侦查时，内蒙古自治区公安厅经侦总队对其调查才刚结束不到 1 年。

据检方办案人员介绍，这些年来，内蒙古自治区各级公安、行政、司法等部门对宋文代的调查几乎没有断过。宋"久查不倒、百炼成钢"的一

---

① 新华社呼和浩特 2012 年 12 月 21 日电，合作者刘军。

个重要原因，是其作案手段与常规的贪污腐败分子完全不同。他们说："宋文代的贪污手段新颖、方式隐蔽，属于智慧型犯罪，如果用查办传统贪污腐败案件的方法侦查，有时根本无从下手。"

例如宋文代惯用的一个方法是，打着乾坤公司的招牌去各地投资、办企业、搞项目，拿到了地方政府给的土地、税费、资金等优惠政策后，实际操作时就把项目、公司变成了个人的。宋文代非法贪占的部分黄金，竟然藏匿在小区的地下车库一辆汽车的后备厢内，汽车落满灰尘，很久没有使用的样子。在北京被抓时，宋文代正在新开业的民族工艺品店内忙着搞装修，计划用来销售其贪污的大量金银制品。

"零口供"难掩"巨贪"罪行

据内蒙古自治区人民检察院反贪污贿赂局办案人员介绍，宋文代案是一起"零口供"的特大贪污、挪用公款案，犯罪嫌疑人宋文代曾在内蒙古自治区高级人民法院工作，反侦查能力非常强，实施犯罪时就着手应对调查，被抓获时他的手提袋包里还装着应对举报材料的答辩状。办案人员说："宋文代非常善于诡辩，毫无认罪、悔罪态度，给案件查办带来很大难度。"

尽管如此，检方40多名办案人员在内蒙古自治区以及到上海市、山东省、甘肃省等十余个省区市、二十余个地市的银行、工商、国土、政府等相关部门进行了大量调查取证工作，询问证人200余人，掌握了大量铁证，光案卷材料就形成100余册。

转卖乾坤公司收购的一家金矿获利2500多万元，是宋文代最大的一笔贪污款。2004年前后，呼和浩特市政府为支持乾坤公司做大做强，引进投资商澳门三阳企业投资有限公司，呼市政府与三阳公司达成协议：乾坤公司将30%至40%的国有股份转让给三阳公司，同时承诺协调国土资源等部门将一些地区的黄金探矿权、采矿权优先给新组建的乾坤公司。在相关部门的协助下，2005年3月，乾坤公司出资1500万元，收购呼和浩特市武川县东伙房金矿，明确由乾坤公司投资成立圣坤公司，负责金矿的日常经营。2005 年 6 月，宋文代挪用公款 300 万元，注册成立属于他自己的圣坤公司，"接管"了金矿。两个月后，宋文代以圣坤公司名义将金矿以 4150 万元转卖给北京德润公司，扣除收购款 1500 万元及贷款利息等费用后，从中渔利 2530 多万元，被宋文代据为己有。案发时，圣坤公司 52％和 48％的股权分别掌控在宋文代的两个外甥女名下。

宋文代的另一次"大手笔"贪污约 1000 万元，来自乾坤公司股份制改造中"收购"自然人退股。上世纪 90 年代，全民所有制的原内蒙古贵金属冶炼厂、集体所有制的内蒙古金店，重组成为乾坤公司，重组后国有股占 19％，集体股占 21％，自然人股份占 60％。在股份分配完毕后，国有资产仍有一定的剩余，当时的乾坤公司将剩余的国有资产折算成 136 万自然人股预留下来，准备赠送给改制过程中聘请的几位专家，后来并没有送，这部分国有资产就以自然人股份的名义隐匿起来。

2002 年至 2004 年，宋文代搞企业内部人事改革，不少职工面临下岗、离职的境地，于是不少职工提出退股，乾坤公司陆续回购了 61 名职工的自然人股份。2004 年 6 月，经会计师事务所评估，乾坤公司每股净值 3.04 元。当年 8 月，宋文代主持仅有少数股东参加的所谓"全体股东大会"，指使他人伪造股东到会签名和股份转让协议，将乾坤公司已回购的 58 名退股职工的 460 多万股以每股 1 元的价格"转让"给宋文代，同时还"顺手"以每股 1 元的价格购买了原隐匿在几位专家名下的部分股份，并在工商部门进行变更登记。通过这一轮收购，宋文代坐享这些股份溢价约 1050 万元。随后，宋文代以 1500 万元的价格将此次收购的大部分股份转让给美国一家公司驻上海办事处的员工，通过变现获利 940 多万元。

如何避免乾坤公司的悲剧重演

记者采访了解到，乾坤公司是中国人民银行金银精炼定点企业，内蒙古自治区重点培育的 20 家企业之一，2000 年和 2002 年两度被中国企业联合会、中国企业家协会评为"中国黄金行业之首"，企业最红火时年度营业额曾达到 30 亿元。乾坤公司所拥有的金银精炼能力在行业内处于前列，并且拥有乾坤金店等金银首饰销售企业，在业内拥有很高的知名度。作为上海黄金交易所的会员单位，乾坤公司的核心产品"乾坤"牌国际标准金、银锭分别获得伦敦黄金市场协会优质交易锭资格，为国际市场免检产品。

然而，就是这样一家优秀企业，在宋文代执掌管理权期间日渐陷入绝境。这些年来乾坤公司已经错失了发展良机，设备日益落后，技术改造难以启动，前途难料，令人痛惜。反思宋文代案件，至少应当吸取以下教训，避免"老板吃垮优秀企业"的悲剧重演：

一、近年来，各地政府急于招商引资，追求政绩心切，给贪腐分子以可乘之机，教训深刻。

宋文代涉嫌贪污犯罪的过程中，多次骗取地方政府的信任和支持。2003 年前后，宋文代与内蒙古呼伦贝尔市莫力达瓦达斡尔族自治旗（以下简称莫旗）协商，提出乾坤公司要在当地投资发展养殖、肉牛加工等产业，要求政府配套土地资源，双方正式签订合同。根据合同，莫旗国土资源局先后为乾坤公司划拨土地 2.9 万余亩。之后，宋文代借口呼和浩特市政府不允许乾坤公司经营金银冶炼之外的业务，将土地使用权变更到他挪用公款成立的牛元公司名下。此后，宋文代将这些土地承包经营，轻松获得租赁收入 1700 多万元。

用同样的手法，宋文代在赤峰市注册金旭隆公司时，也享受到地方政府提供的免交土地出让金、无息借款 800 万元等优惠政策。

二、国有企业改革、完善公司治理结构依然任重道远，一个贪官搞垮一家优秀企业，很大程度上是因为缺少监督。为了贪污时能够"走捷径"，宋文代把乾坤公司的管理搞得十分混乱，公司走货、接款等事，财务部门甚至都可以不知道，而且作为一个金银冶炼的公司，几年都不盘点。

2006 年末，乾坤公司与宋文代的金旭隆公司签订合作协议书：乾坤公司将金银冶炼业务交给金旭隆公司，金旭隆公司将所有利润交给乾坤公司。为了达到金旭隆公司不交利润的目的，宋文代指使财务人员做假账，金旭隆公司连年亏损。

三、用人不当，贻害无穷。作为一家垄断经济的企业，乾坤公司最大的问题是用人不当的问题。正视国企公司治理不完善的现实，严把用人关，清明吏治，选好人，用好人，追究用人不当造成损失的责任。

编者：和徐国元、蔚小平这些党政官员相比，宋文代是国有股份制企业的蛀虫，他的损公肥私、贪得无厌，直接搞垮了一个优秀的企业，使很多国企职工因此丢掉了饭碗。

汤计：宋文代的犯罪行为对社会的危害性更大。宋文代的犯罪手段也更有隐蔽性。首先，他以乾坤公司为幌子来掩盖自己的犯罪事实。宋文代打着乾坤公司的招牌出去拉投资、找项目，之后再通过操作放到自己个人公司名下，而这些个人公司也是利用自己乾坤公司董事长身份的便利注册成立的，成立以后，一步步将乾坤公司掏空，将国家财产据为己有。其次，宋文代有法院工作过的经历，使他了解司法机关的调查办案手法。但所谓"魔高一尺道高一丈"，检察机关经过多地区、大范围的调查取证，逐渐掌握了宋文代的犯罪事实。

编者：和其他报道一样，在这篇报道中，汤老师也着重指出了宋文代案带给社会的反思和教训。

汤计：新闻报道不应该仅限于报道这个案子本身，只有反思其中的教训，才有可能避免悲剧的重演。综合来看，报道中提到的三方面教训，主要是从外部的环境和机制上，来约束像宋文代这样的企业一把手。这还不够，还需要他们真正做到自我约束，没有贪念，没有贪心，全身心地投入到企业的发展中去。

编者：大家在震惊于宋文代案的同时，对他当初是如何发迹的并不十分了解。汤计老师又适时采写了《"黄金大盗"是如何发迹的?》一文，解开了读者心中的谜团。

"黄金大盗"是如何发迹的?[①]

内蒙古乾坤金银精炼股份有限公司原董事长、总裁宋文代被抓时,正忙活着装修即将开业的金银珠宝店,而这个店是用来销赃的。此时,他已经贪占了公司黄金近 60 公斤、白银 1.4 吨,当然还有数千万元赃款。内蒙古检方 40 多名办案人员长达一年多的侦查,不仅捉住了这个"黄金大盗",也揭开了他的发迹内幕……

能人不修德 百炼成"大盗"

不论从履历看,还是在周围人的评价中,或是在与检方办案人员的"较量"中,宋文代都是个能人。宋文代原是内蒙古自治区高级人民法院的工作人员,后来下海经商,2002 年,他以一块当时存有争议的土地"入股"进入乾坤公司管理层,任副董事长兼总经理。

乾坤公司是中国人民银行金银精炼定点企业,也曾是我国长江以北唯一的黄金白银冶炼工厂。作为上海黄金交易所的会员单位,乾坤公司的核心产品"乾坤"牌国际标准金、银锭分别获得伦敦黄金市场协会优质交易锭资格,为国际市场免检产品。

到任不久,宋文代就由副董事长荣升为董事长,过程迷雾重重,甚至惹了官司:原董事长吴某住院治病,出院后发现"官帽"丢了,因为"篡位"太蹊跷,吴某把工商局告上了法庭。此后近 10 年,宋文代执掌乾坤公司,一直被举报不断、官司不断,连检察官都惊叹,他是"百查不倒、百炼成钢"的"双百"贪官。

内蒙古自治区人民检察院调查表明,2003 年以来,宋文代利用职务之便涉嫌挪用公款 2100 万元,用于注册成立了三家属于他自己的公司,这些公司都成了盗取乾坤公司资产的主要阵地。

多年来,宋文代随身带着一个公文包,里头装着答辩状,随时准备应

---

① 新华社呼和浩特 2012 年 6 月 5 日电,合作者刘军。

对调查，直到被抓时，这个包还带着。"这些年，各级公安、行政、司法等部门你来我往，对宋文代的调查几乎从未断过。"检方有关办案人员说："2010年末，我们对宋文代立案侦查时，公安厅经侦总队对他的调查刚刚结束。"

宋文代藏金的地方也特隐秘、出人意料，贪污的黄金居然放在北京某小区地下车库一辆汽车的后备厢内，这辆车很久没有使用了，车身落满灰尘。有关办案人员说："宋文代属于智慧型犯罪，加上他善于诡辩、绝不认罪，给案件查办带来很大难度。"

尽管如此，办案人员在内蒙古以及上海、山东、甘肃等十余个省区市、二十余个地市的银行和工商、国土等政府相关部门进行了艰难的取证工作，询问证人200余人，光案卷材料就形成100余册，掌握了大量铁证，最终使"黄金大盗"原形毕露。

招商无"底线"　一路开绿灯

近年来，各地政府急于招商引资，有的地区甚至给各级领导"人人头上压指标"、"招商引资一票否决"，不少地方为了招商，突破国家政策法规，把土地、矿产资源等作为筹码吸引投资。

"黄金大盗"宋文代实施犯罪过程中，多次得到个别地方的配合与支持。2003年，宋文代与内蒙古呼伦贝尔市某旗协商，由乾坤公司在当地投资发展养殖、肉牛加工等产业，希望政府配套土地。领导们喜出望外，很快划拨土地2.9万多亩，这在"撒下种子就能收"的呼伦贝尔地区，是一笔令人垂涎的巨大财富。宋文代立刻想把这块属于公司的肥肉吞到自己肚里，他借口呼和浩特市政府不允许乾坤公司搞金银之外的业务，将土地使用权变更到他挪用公款成立的个人公司名下。此后，宋文代将这些土地租赁给他人经营，将1700多万元租赁费据为己有。用同样的手法，宋文代以乾坤公司名义在赤峰市投资，让个人注册的金旭隆金银产品开发公司，享受到政府免交土地出让金、无息借款800万元等优惠政策。

办案人员分析，如果离开个别地方领导的"协助"，"黄金大盗"宋文代的一些犯罪行为很难实施。他说："宋文代的最大一笔贪污款，是倒卖金矿获益的 2500 多万元，这个金矿原本是政府为引进澳门某投资公司协调低价转让给乾坤公司的。"2004 年，呼和浩特市政府为把乾坤公司做大做强，引进澳门某投资公司，双方达成协议：乾坤公司将部分国有股份转让给该公司，同时承诺优先配置黄金探矿权、采矿权给新组建的乾坤公司。

由于个别地方官员突破了矿产资源管理"底线"在先，眼瞅着桌上这块肥肉的宋文代就更没了"底线"。检方的调查显示，在有关地方"协助"下，2005 年 3 月，乾坤公司以 1500 万元低价收购了呼和浩特市武川县东伙房金矿。3 个月后，宋文代从乾坤公司挪用 300 万元公款，为自己注册了一家公司，接管了金矿。又过了两个月，宋文代将金矿以 4150 万元转卖给北京德润公司，轻松渔利 2530 多万元。

监管不到位 "家贼"实难防

尤其让人不可思议的是，宋文代把一家优秀企业搞垮之后，非但没有被问责，还能浑水摸鱼，大肆盗取企业资产。有关办案人员说："如果监管到位，宋文代的一些犯罪行为也很难实施。"

乾坤公司是内蒙古重点培育的 20 家企业之一，2000 年和 2002 年两度被中国企业联合会、中国企业家协会评为"中国黄金行业之首"，企业最红火时年度营业额达到 30 亿元。乾坤公司所拥有的金银精炼能力在行业内处于前列，并且拥有乾坤金店等金银首饰销售企业，在业内拥有很高的知名度。

就是这样一家优秀企业，却被宋文代带入绝境。为了便于盗取企业资产，宋文代故意搞乱管理，公司走货、接款等事务财务部门都不知道。作为一家贵金属冶炼企业，乾坤公司多年不盘点，尽管日夜有武警把守，可是防了外盗防不了家贼，宋文代甚至指使亲信把真金白银源源不断地搬回自己家里。2006 年末，宋文代为了进一步盗取乾坤公司资产，居然让乾坤公司与自己的金旭隆公司签订合作协议：将金银冶炼业务交给后者，宋文代为了不给乾坤公司上缴利润，通过做假账使金旭隆连年亏损，无利可交。

"黄金大盗"宋文代把企业搞乱了、快垮了、职工就要下岗了，便抓住"机遇"提出改革方案。2004年，乾坤公司启动内部人事改革，不少职工面临下岗，董事长宋文代"善意"地表示，职工想退股，企业可以考虑回购，有61名对企业失望的职工以每股1元退股，而当时会计师事务所评估认定：乾坤公司每股净值3.04元。同年8月，宋文代召开仅有少数股东参加的"全体股东大会"，伪造股东到会签名和股份转让协议，将其中58名退股职工的460多万股以每股1元的价格"转让"给宋文代。他还顺手牵羊，把前些年企业股改时隐匿的部分股份收归己有，每股1元。这一轮"改革"，宋文代生吞股份溢价约1050万元，之后他以1500万元的价格转让变现，渔利940多万元。

北京华联律师事务所呼和浩特分所主任赫志分析，从本案可以看出，能人不修德、时势造"枭雄"、监管不得力，是宋文代成为"黄金大盗"的"三要素"。同时这个案件也警示人们，尽管宋文代机关算尽，仍然难逃法网，正应了一句名言："手莫伸，伸手必被捉。"

编者：毫无疑问，宋文代是一个能人，但他又是一个"缺德"的能人。由于没有道德的约束，又对法律的威严置若罔闻，善于钻监管的空子和漏洞，成就了他一时的猖狂。但人算不如天算，天网恢恢疏而不漏，宋文代最终还是逃脱不了法律的制裁，成为锒铛入狱的阶下囚。

十八大以后，反腐败工作进一步受到重视。在中央"老虎"、"苍蝇"都要抓的反腐高压形势下，不少"问题"官员都现出了"原形"。2014年7月，汤计老师披露了内蒙古自治区3名贪腐的厅级官员，人称"三怪"。

内蒙古三厅官贪腐"三怪"

——受贿值"300年工资" 佛像下藏百张淫秽光盘①

房产二三十套，仅房门钥匙就装满一提包；先后出国80多次；信仰

---

① 新华社呼和浩特2014年7月14日电，合作者刘懿德。

迷失，每天念经拜佛……近日，中共内蒙古自治区纪委通报3名厅局级党员领导干部违纪违法案件。记者调查发现，3名厅官的腐化蜕变过程中，都充满着贪婪无度、猖狂专横、信仰迷失等"毒素"。人们不禁疑问，他们的信仰哪去了？

贪：受贿值"300年工资" 门房钥匙装满提包

"自己感到非常震惊，不知不觉中收了巨额的钱财。"呼和浩特原市委常委、副市长薄连根说。

据专案组统计，2004年1月至2013年2月，薄连根通过被动受贿、主动索要，收受的财物折合人民币3957万余元。

长期主管城建工作的薄连根看好房地产，他一方面向求他办事的老板们索取房产，另一方面用受贿所得的赃款在北京、天津、珠海等地购买房产。他收受房产"来者不拒、多多益善"：位置不好不嫌弃，办不了房本也不嫌弃，连经济适用房也不放过，动辄一次就收受3套。

同样贪恋房产的，还有内蒙古自治区政府原副秘书长、法制办主任武志忠。经专案组查证，以武志忠家人的名义在国内拥有房产33处，在加拿大拥有房产1处，其中具有长期投资价值的商业住房29处，在清查财产时，仅房门钥匙就装了满满一提包。

在武志忠北京、呼和浩特的几处储藏室里，成捆的现钞、金条、银条、各种珍藏字画、手表等琳琅满目，数量高达2000多件。检察机关扣押其各类"财产"，以他的工资收入计算，挣到这笔钱需要300多年。

据武志忠交代，有一次他妻子在北京某高档酒店一楼礼品店内看中一些首饰，他当即买下这个柜台里的全部饰品。

呼伦贝尔市原副市长金昭同样贪婪成性。有一次，金昭与申某某一同前往香港参加国际中小企业博览会，其间，申某某应金昭的要求陪同逛商场，当场将价值6.26万元的项链买下送给金昭。

横："我就能代表政府，我的决定就等同于组织决策"

在武志忠拿公款帮助妻子搞房地产开发时，有人提醒他"这事得经过自治区政府批准"。武志忠回答："我是谁？我是自治区政府副秘书长，我就能代表政府！"

武志忠的专横跋扈在当地司法系统出了名，他常以个人好恶来行事决断，只要是他决定的事情必须办。他常说："我是自治区法制办党组书记、主任，我就可以代表组织，我的决定就等同于组织决策。"

当司法机关开始调查武志忠身边的人时，其妻还安慰别人："你们别害怕，武主任在司法系统干了这么多年，没人敢动他。"

调查显示，3位贪腐厅官的官僚特权都根深蒂固，他们认为自己位高权重就应该说了算、定了办，把专横跋扈、刚愎自用当作敢担当、有魄力的表现。

薄连根每次研究问题，不管大事小情都不允许有反对意见，对于不同声音，动辄痛斥痛骂，有时甚至把持异议者赶出会场。久而久之，"他说了算"便成了其分管工作一条不成文的规定。

金昭在担任副市长之后，也把党纪国法丢在一边，或插手行政部门执法行为，或干扰税务部门税务稽查，或干预组织部门的人事任免。在他眼里，一切组织纪律、政策法律都比不过手中的权力。

迷：念经拜佛成必修课　佛像下藏淫秽光盘

翻开这三名落马官员的履历，金昭是人们眼中勤于思考善于学习的干部，他撰写的百篇学术论文曾在国家一二类刊物发表，还是北京某大学客座教授；武志忠从一名下乡知识青年，被组织推荐到北京大学学习，33岁当上了县长；薄连根16岁成为一名运输公司工人，因表现优秀被推荐到吉林工业大学深造，刚过40岁就成为交通厅副厅长……

按道理，坚定的信仰是党员干部抵御诱惑的决定性因素。遗憾的是，这三位曾经的"好干部"，慢慢把党纪国法当作耳旁风。

"自己每天连报纸都不翻不看，反而对社会上的不正之风感到新奇，甚至追捧，理想信念发生了动摇和扭曲。"几位落马干部在检讨材料中不约而同地写道。

武志忠把住所内的一间房子专门装修成佛堂，架柜上供奉着近百座（幅）大大小小的佛龛、佛像和佛画。他把念经拜佛当作每天的必修课，热衷于研究五行八卦，俨然一位风水先生。

然而，令人意外的是，在供奉佛像的柜子下面，武志忠竟然又摆放近百张淫秽色情光盘。内蒙古佛教协会代理会长赵九九认为，这折射出他信仰缺失和心灵空虚的丑态。

薄连根反思说，当了盟市级领导后，经常洽谈几千万甚至几个亿的项目，接触的是出手阔绰的商人富豪，渐渐地自己不仅身体倒在了觥筹交错的酒桌上，思想也慢慢迷失在酒绿灯红的花花世界里。

据办案人员介绍，薄连根先后与多名女性保持过情人关系，动辄就送给"女朋友"几万元零花钱或大房子。

分管外事旅游工作多年的金昭，先后出国境81次，经常在境外宾馆、桑拿房等场所嫖娼。

内蒙古自治区党委常委、纪检委书记张力认为，信念动摇、信仰缺失、精神缺钙、意志衰退，是他们走向腐化堕落的根本原因。

编者：三位曾经的"好干部"，因为信仰的缺失，没能抵挡住权力和金钱的诱惑，最终走向了腐化堕落的深渊。

汤计：坚定的信仰是党员领导干部能够抵挡住各类诱惑的盾牌。没有了信仰，他们的身体和灵魂直接暴露在权力、金钱、美色的侵蚀之下。久而久之，他们头脑里紧绷的那根弦儿就松了。"全心全意为人民服务"、"坚持原则"、"清正廉洁"……这些他们入党时说出的铮铮誓言，被全部抛到了脑后。他们逐渐成了一个个没有灵魂的行尸走肉，滥用手中的权力来维持腐化堕落的生活，最终万劫不复。

编者：共产党员只有树立了共产主义信仰和为共产主义事业奋斗

终生的远大理想，才会有大格局和大视野。这三位官员，本来有大好的前程，却因为信仰缺失、意志衰退，落下个身败名裂的下场。

没有信仰就没有灵魂

——笔者的反思

党员领导干部必须有坚定的信仰。

中国共产党是一个有90多年历史的大党，共产党员信仰的核心是什么？是对马列主义、共产主义理想和事业的坚定追求，对建设中国特色社会主义的不懈努力，对党、国家和人民伟大事业的无限忠诚。不论历史如何演变，对共产主义信仰的坚持，始终是共产党人的根和魂。

但在现实中，仍然存在共产党员信仰迷失的现象。不论是徐国元、蔚小平、宋文代，还是那三位"贪"、"横"、"迷"的厅官，在他们身上都存在信仰空虚、权力和金钱至上、求神拜佛等情况。共产主义信仰是共产党人的政治灵魂，是共产党人经受任何考验的精神支柱。一旦信仰缺失，他们就丢掉了灵魂，精神支柱也就坍塌了。

习近平总书记在十八届中共中央政治局第一次集体学习时，把理想信念比喻为共产党人精神上的"钙"。没有理想信念，理想信念不坚定，精神上就会"缺钙"，就会得"软骨病"。检视一些落马党员干部的腐败迹象，腐败行为的发生，无一不是把理想信念抛到了九霄云外，"骨头"变软了，最后滑向了犯罪的深渊。

共产主义信仰的确立，是一个刻苦学习和努力实践的长期过程。他不仅来源于书本，更来源于生活和社会实践，来源于实践对理论的反复验证。这也符合唯物主义认识论的基本逻辑。每一位共产党员将共产主义信仰与个人的经历和社会实践相结合，通过不断的学习和验证，才能使信仰更加坚定，才会有大视野、宽胸襟和高境界。

独家新闻是"抢"出来的

——从呼和浩特二监越狱案谈起

编者按：

在新闻报道中，有一类是突发事件的报道。那么，什么是突发事件呢？

所谓突发事件，从广义上来说，可以被理解为突然发生的事情；从狭义上来说，就是意外地突然发生的重大或敏感事件，简而言之，就是天灾人祸。根据我国 2007 年 11 月 1 日起施行的《中华人民共和国突发事件应对法》的规定，突发事件，是指突然发生，造成或者可能造成严重社会危害，需要采取应急处置措施予以应对的自然灾害、事故灾难、公共卫生事件和社会安全事件。

由于突发事件具有引发突然性、目的明确性、瞬间的聚众性、行为的破坏性和状态的失衡性等特点，因此突发事件的新闻报道与普通事件的新闻报道存在一定差异。

接下来，有请汤计老师通过鲜活的案例聊一聊突发事件的新闻报道。这两个案例，分别是汤老师 2009 年采写的呼和浩特市第二监狱罪犯暴动越狱案和 2005 年采写的中国工程院院士、内蒙古大学校长被绑架案。

一、呼和浩特市第二监狱罪犯暴动越狱案

案件始末：

2009 年 10 月 17 日，呼和浩特市第二监狱（小黑河监狱）4 名囚犯杀死一名狱警后越狱。据悉，接受劳动改造的囚犯用纸箱车间的切刀杀死一名狱警后，将另一名狱警绑架，其中一名罪犯将被绑狱警的警服穿在身上，在通过了 4 道门后，4 人逃出了监狱。他们中年龄最大的 28 岁，最

小的 21 岁。

10 月 20 日上午，内蒙古警方在和林县境内发现 4 名越狱的重刑犯，在抓捕过程中当场击毙 1 名罪犯，抓获 3 名罪犯。抓捕过程中一名干警受伤。

2009 年 11 月 18 日，在呼和浩特第二监狱"10·17"袭警越狱案中牺牲的狱警兰建国，被内蒙古自治区民政厅正式批准追认为革命烈士。

2009 年 11 月 24 日，呼和浩特第二监狱原党委书记、监狱长张和平因在"10·17"袭警越狱案中涉嫌玩忽职守罪，被内蒙古自治区小黑河地区检察院依法逮捕。其余 6 名责任人也被依法追究刑事责任。

2010 年 7 月 6 日，呼和浩特第二监狱"10·17"暴动越狱案在内蒙古自治区呼和浩特市中级人民法院公开宣判，依法判处 3 名罪犯死刑，剥夺政治权利终身。

编者：这起案件是典型的突发事件。在这起案件的报道上，新华社又一次抢到了独家首发。

汤计：这起突发事件的社会影响非常严重。因为 4 个越狱犯都是重刑犯，越晚抓住他们，给社会和广大人民群众造成的恐慌就越大。因此，作为党和国家的耳目喉舌，新华社有义务及时迅速跟进，报道案情的最新进展，公布权威信息，澄清事实真相，引导舆论。

编者：在案子告破以后，汤计老师又通过调查采访，及时发出了报道，还原了这起越狱案的全貌。

围捕越狱逃犯 66 小时
——内蒙古 4 名袭警越狱犯追捕全记录①

10 月 20 日上午 8 时 13 分许，经过万余名公安民警和武警官兵 66 小时的大搜捕，内蒙古 4 名袭警越狱逃犯在呼和浩特市和林格尔县台几村附

---

① 新华网呼和浩特 2009 年 10 月 20 日电，合作者李泽兵。

近被发现，公安民警当场击毙 1 名拒捕逃犯，其他 3 名逃犯相继落网。1 名民警在抓捕过程中受伤。

17 日 14 时 27 分，正在呼和浩特第二监狱三监区正常劳动的罪犯乔海强、高博、李洪斌、董佳继，突然将三监区当班民警兰某某刺杀，将民警徐某某捆绑起来并脱掉徐的警服。之后，1 名罪犯穿上警服，其他 3 名罪犯换上便服，拿着当班民警的进出监狱门卡连闯 4 关，最后打伤监狱门卫强行冲出大门，在监狱大门外劫持了一辆出租车后驾车逃脱。

案件发生后，内蒙古自治区迅速启动应急预案，自治区公安厅、武警部队、监狱管理机关及呼和浩特市公安局等部门领导及时赶到现场了解案情，共同研究制定了追逃方案。自治区公安厅厅长下令：尽快缉捕罪犯，决不允许罪犯逃出内蒙古境内。很快，由公安民警、武警官兵等组成的万人追捕大军展开了封堵围捕行动，呼和浩特及周边盟市、旗县及铁路、民航等公安机关立即开展查控堵截行动，呼和浩特地区的 150 多个出入道口全部封锁，小旅店、理发店、洗浴中心……罪犯一切可能藏身的地方都成了搜查重点。随后，公安部发布了通缉令。

19 日上午 8 时许，68 岁的台几村村民王某某报案：4 点 50 分许，有一名操山西大同口音的青年敲他家院门，想要借宿、要开水，他打开院灯，依稀发现他的身后还隐藏着一人，便拒绝了他的要求。他从早新闻得知警方正在追捕 4 名越狱逃犯，赶紧向警方报案。这是罪犯脱逃后，警方首次接到群众的举报。"10·17"案件指挥部迅速调集 1600 多名公安民警、武警官兵携带警犬将报案地点周边的托克托县、土默特左旗部分地区包围。同时，公安部通知山西、陕西警方封锁了通往内蒙古的所有道路。

约 10 时许，又有村民发现罪犯遗留的衣物和火腿肠衣，警犬嗅源与脱逃 4 犯相吻合。"10·17"指挥中心按照 4 名逃犯每小时行路的里程数推断出罪犯的藏身范围，并设立两道包围圈，由内向外、由外向内压缩搜捕。然而，至当日 20 时许，天完全黑下来，搜捕地区丘陵沟壑密布，指挥部决定暂停搜索，原地封堵。

20 日 5 时许，天刚蒙蒙亮，所有警力继续进行拉网搜捕。这时，和林格尔县公安局"110"指挥中心接到台儿村村民举报，发现可疑男子到小卖部购买食物。指挥部指挥民警迅速集结并开展追捕。

这时，在山沟里蛰伏了一夜的罪犯已成惊弓之鸟，逃亡中将村民侯某某驾驶的一辆停在村外小道口的农用三轮车劫持，沿和林格尔县至托克托县方向逃窜。警方迅速布控围追堵截，和林格尔县公安局政委陈某某率民警拦截逃犯时，指挥乘坐车辆将迎面开来的农用三轮车撞至路基下。4名逃犯弃车四散逃窜。

逃跑中，罪犯高博持刀将追捕的民警刺伤，因其暴力拒捕，被公安厅刑警总队协查缉捕支队副支队长王某某当场击毙。罪犯乔海强窜至百米外一家乡村医院楼顶，因拒捕被武警官兵开枪击伤。他自知穷途末路，在脖子上抹了一刀后跳楼自杀未遂被捕。另外2人也相继落网。

记者在现场看到，为了追捕逃犯，大量的民用车辆被封堵在道路上，但是无一人抱怨。和林格尔县运煤司机王某某说，这样的损失我乐意承担，抓住了罪犯，我们才能安全生产。越狱逃犯被追捕到了，在和林格尔县城人们奔走相告。不少群众到和林格尔县人民医院看望住院治疗的受伤民警孙某某。60多岁的李大妈说，现在开始我们能睡个安稳觉了。公安民警为我们流血，我们看看他表达心意。

编者： 汤老师，您并没有满足于报道案子本身，而是深挖案子背后所暴露出的深层次问题。

汤计： 呼和浩特第二监狱是一座设备非常先进的监狱，但为什么会发生这么严重的袭警越狱事件？在警方抓紧审讯3名逃犯的时候，他们也对这座监狱的监控设备进行了查看，发现了管理方面的问题。我抓住这些问题，迅速写出了第二篇独家深度报道。

呼和浩特"10·17"越狱闯关有新说法[①]

呼和浩特市警方透露，呼和浩特"10·17"袭警越狱逃犯案件是利用

---

① 新华社呼和浩特 2009 年 10 月 22 日电。

被绑架狱警的出门卡和狱警的疏忽连续闯过 4 道门卫闯出监狱大门。

经突审被抓获的 3 名逃犯了解，罪犯越狱共经过了 4 道门。17 日 13 时 30 分左右，正在呼和浩特第二监狱三监区正常劳动的罪犯乔海强、高博、李洪斌、董佳继，用两柄钢锯条磨制的刀具和两把裁纸刀制服当班民警徐某某，并脱掉徐的警服，拿到出入门卡。徐说，你们跑不出去，监狱大门装有红外线视网膜监控装置。正在此时，三监区副监区长兰某某赶到，发现情况不对，一边呼喊一边与 4 名罪犯搏斗。罪犯在他身上刺了 50 多刀，将其残忍杀害。之后，一名罪犯穿上警服，其他 3 名罪犯换上便服并与之保持一定距离。他们拿着民警进出监狱的门卡顺利通过第一道门。第二道门安有红外线视网膜监控装置，此时前面恰好有一名狱警出门，紧随其后的李洪斌用脚挡住将要关闭的监门，使 4 名罪犯顺利通过。第三道又用门卡通过。经过最后一道门时，门卫发现异常进行盘问拦截，罪犯用裁纸刀将门卫击伤后强行冲出监狱大门，劫持了一辆停在大门外的出租车并驾车逃脱。

警方介绍，监狱门卡没有指纹比对识别系统，有关逃犯砍断狱警手指通过监狱大门的说法纯属编造。据逃犯初步交代，越狱行动由李、乔二犯一年前预谋，董、高二犯于今年 8 月加入，原计划搭乘进出监狱施工的水泥罐车出逃，后发现监管太严而放弃。两柄钢锯条磨制的刀具在半年前已经备好。4 名罪犯越狱的目的是准备逃亡后缓一阵子，作一起大案、发一笔大财，好好享受一下。4 名罪犯中有 2 人已经服刑 5 年多，另 2 人服刑 3 年。

办案人员说，从初步掌握的越狱行动路线看，四犯能顺利通过 4 道关卡，与监狱方面的管理漏洞有关。4 道关卡除了最后一关有人把守外，其他 3 道门均没有人员把守，完全依赖技防。他说："电子卡是死物，谁拿着都能出关；探头监控系统有一总控制屏面，如无人盯视只能起到事后破案的资料作用。"呼和浩特第二监狱是内蒙古监狱系统第一所被司法部命名的部级现代化文明监狱，监狱大门装有红外线视网膜监控装置、狱警出入门卡、监区闭路电视监控等现代化设施、设备。这起越狱案警示：如果监狱管理部门和干警过分依赖这些设施和设备，而放松了警惕、忽视了人的关键作用，即使安装多么先进的高科技设施，也会出大问题。

另据了解，监狱门卫有些属于临时雇用人员，由这些没有经验和受过正式培训的非警务人员把守监狱大门，已经遭到社会各方的质疑。

编者：在发现呼和浩特第二监狱在管理方面存在的问题后，您又进行了更加深入的调查，发现了更加严重的漏洞和隐患。

汤计：我常说，新闻的终极目的是推动社会进步。在这起越狱事件中，我们就是要通过排查问题和隐患，推动从严治警，从严管理，防患于未然。让所有的监狱管理系统人员从这起越狱事件中吸取教训，一定要居安思危。所以，我在当年 11 月 4 日，写出了这篇反思报道，对当时整个自治区监狱管理体系存在的问题进行了拷问。

编者：据了解，您的这篇报道为整个监狱管理系统进一步敲响了警钟，同时推动了当时司法部对全国的监狱管理系统进行了一次举一反三的检查。

呼和浩特第二监狱越狱案暴露监狱管理隐患[①]

呼和浩特第二监狱"10·17"袭警越狱案成功告破，但 4 名囚犯顺利通过监狱 4 道关卡成功越狱，遭到社会广泛质疑。近日，记者采访发现，监狱管理方面确实存在一些薄弱环节，需要有关方面引以为戒，及时采取有效措施堵塞漏洞。

虽然呼和浩特第二监狱 4 名袭警越狱逃犯，在公安干警和武警官兵的围捕中，1 名因拒捕被击毙，3 名被生擒，但人们认为，这起越狱案的发生不可思议。

据归案逃犯交代，他们精心策划越狱已长达一年之久，在狱中用钢锯条磨制了两柄三棱刀，谋划人董佳继还有意收藏了亲戚探监带来的不带囚

---

① 新华社呼和浩特 2009 年 11 月 4 日电。

犯字样的衣服。他们曾瞄上监狱工地施工的水泥罐车,打算偷偷搭乘水泥罐车逃走,但没得逞。接着,又合计绑架狱警脱逃,还编了一条"外面有人接应,等出去以后有汽车和飞机接应"的假短信蒙骗另两名囚犯。

10月17日上午,4名罪犯把事先准备好的衣服塞到一个上工用的手推车内,然后领了两把上工用的裁纸刀。17日13时许,他们选择监区存放用品的库房下手,先将管库房的囚犯捆绑住塞到库房的一间屋内,又将狱警徐某某骗到库房,控制后捆绑起来脱下警服。为了再弄套警服,4名罪犯又将三监区副监区长兰某某骗到库房抢其警服,兰某某边喊边奋勇搏斗,被罪犯乔海强、李洪斌和高博连刺56刀遇害。

罪犯抢走兰某某身上准备交采暖费的3800元和警官证,董佳继穿上警服前面引路,其他3人穿上便服与董保持了约10米距离,向监狱大门走去。此时,民警刘某正好出监门,4名罪犯尾随其后,凭借抢来的警服连闯两关。第三关是红外线视网膜监控装置的大门,走在前面的狱警刘某开门通过后,尾随其后的李洪斌用脚挡住了将要关闭的监门,使4逃犯顺利通过。而狱警刘某发现后面的门未关上,却没有引起警觉和重视。到第四道门时被门卫拦住,让走在前面的董佳继出示批条。"这是我的警官证。"董佳继用手挡住兰建国警官证上的照片,在工作人员要求董佳继把手挪开时,几人意识到行径将要暴露,后面的高博拿出裁纸刀将门卫打倒冲出了监狱。

记者采访了多位内蒙古监狱管理局、公安办案组负责人和民警,他们提供的许多情况表明,这起越狱案件的发生和罪犯越狱成功并非偶然。

一、监狱系统基层警力严重不足,尤其是监区管理干警严重缺乏。目前,内蒙古自治区监狱局管辖有17所正规监狱和监狱医院、警官学院等4家监狱单位,正式民警5000多人,在押犯人2万多。全区监狱中警囚比例约为17:100,85%的警力在一线单位,其中女警比例约占30%。一位不愿披露姓名的监狱管理干部说,这么多女干警放在监狱,说实话除了女子监狱能用上她们,其他监狱的一线管理工作她们哪能干得了?她们进不了监狱的监管区,就只能把她们放在监狱的二级单位,加重了在一线监管区干警的工作量。

以呼和浩特第二监狱为例，这里有警察约 450 名，在职工人 260 多名，警囚比例为 16.64：100。而呼和浩特第二监狱关押的基本都是重刑犯，狱警看管任务很重，一线干警不足问题尤为突出。

据内蒙古监狱系统干警反映，由于人员不足，许多监狱干警一年四季没有节假日，长期处于超负荷工作状态。为了保证监狱场所安全稳定，监狱管理局一个战役接一个战役搞，基层干警普遍感到心力交瘁，有的干警在岗位上突发心脑疾病去世。

加上财政经费不足，监狱系统加班加点，每天平均工作时间达十几个小时，却没有加班费和补贴。干警每月平均收入 3000 多元，与其他同类单位相比，任务重、收入差别不大。许多干警产生厌倦心理和不满，有的干警对前途不抱希望，少数人干工作的思想境界退化到"顾小家、混口饭"的地步，有的甚至说："犯人被判的是有期徒刑，我们被判的是无期徒刑。"

二、监狱管理过分依赖现代化的设施等技防手段，忽视了人防的重要性和不可代替性。呼和浩特第二监狱是内蒙古监狱管理局第一所被司法部命名的部级现代化文明监狱，监狱大门装有红外线视网膜监控装置、狱警出入电子门卡、监区闭路电视监控等现代化设施和设备。"10·17"袭警越狱案办案民警说，这些现代化科技装备，表面看弥补了基层警力不足的问题，实际上出现了以技防代替人防的问题。他说："比如闭路电视监控系统，得有人一天 24 小时盯着总控室的大屏幕，如果做不到 24 小时紧盯电视大屏幕，闭路电视监控系统的作用只能是事后回放提取证据。"

"10·17"越狱案中几个细节证明了这个问题。罪犯连闯四关，前三关都是无人看守的刷卡通过的电子门或红外线视网膜装置，只有最后一道门有值班人员看守。4 名罪犯越狱时，现代科技防护装置被一道道闯过，最后一道有人看守的关卡被发现。办案民警说，最笨的办法也是最有效的，按照规定外人想要进出监狱必须先有领导的批条，办理验条、拍照、领取磁卡等手续，在狱警带领下方可进入，出来时也是这套严格的程序。

董佳继伪装成干警往外带犯人，没有领导的批条就被门卫发现了。

"这种重技防轻人防的倾向各行业都存在，有些单位甚至把这些作为'达标文明单位'的硬条件，他们咋不想一想西方国家是因为人力资源不足才以技防代替人防的。"内蒙古英南律师事务所主任张某说，"我们是人力资源丰富的大国，你不能说舍得在监狱花重金安装大量现代化设备，而不舍得在一些关键岗位增加警力的投入。"

据内蒙古监狱管理局反映，呼和浩特第二监狱曾打报告要求监狱大门口设立武警门岗，但因为经费等问题一直没有批下来。

三、监狱干警对改造与反改造斗争的艰苦性、长期性和复杂性认识不足，管理手段和方法亟待加强、改善和提高。策划并实施"10·17"袭警越狱案件的4名罪犯，有1名死缓，3名无期，4名罪犯在监狱服刑最短的3年多，最长的5年多。年龄最大的28岁，最小的21岁。他们在狱中服刑，感到重获自由很遥远，所以决定铤而走险。想越狱后逃到山西，在小煤矿蛰伏一阵子，再作一起大案发一笔大财，好好在外享受一番。办案人员说："这说明监狱对罪犯的思想教育与改造工作有严重欠缺。"

据了解，多年来，监狱的改造防范工作重点多是在年龄大的罪犯身上，对年龄小的罪犯往往认为年龄小思想单纯，觉得好管理好教育。

张律师说："这是经验主义错误，现在商品经济高度发达，社会上的灯红酒绿对年轻人很有诱惑力。"他认为，年轻人因诱惑犯罪，也会因诱惑铤而走险。罪犯乔海强、李洪斌、高博、董佳继，服刑期间伪装进步，哄骗监狱干警，其中一名获减刑，另两名正在申报减刑。

由于监狱干警每天与罪犯打交道，混得非常熟悉了，有的狱警甚至与罪犯称兄道弟，思想上就忽视了罪犯的极端危险性。尽管监狱对狱警明确规定"不准单警与罪犯接触"，但越狱当天中午，遇害干警和被绑干警都没有遵守规定，所以4名罪犯对两名值班狱警采取了各个击破的战术，分别制服捆绑了徐某，杀害了兰某。办案人员说："在和平的环境里，狱警丧失警惕性、忽视监规，成为'10·17'越狱案以生命为代价的血的教训。"

四、监狱管理体制不顺，该调整班子不调，也是造成"10·17"越狱案的因素之一。内蒙古监狱管理局是一个准厅级单位，局长由自治区司法厅副厅长兼任，局内设党委会。据了解，内蒙古监狱管理局政委退休1年多了未配新政委，现任局长2008年9月就该退休了还在任职，而呼和浩特第二监狱刚免职的监狱长、党委书记张和平，去年9月就应退休而未办理退休。一位不愿透露姓名的监管干部说："这么一批应退不退的领导，在任上充其量也就是个'维持会长'，哪有心思把工作抓得多么出色?"一位狱警气愤地说："我们到了退休年龄不退行吗?"

尤其令人难以理解的是，内蒙古监狱管理局虽然归自治区司法厅管，但司法厅无权决定班子主要领导配备。承担责任的部门管不了班子，不承担责任的部门却掌握着人事权。

二、中国工程院院士、内蒙古大学校长被绑架案件

编者：聊完了越狱案，我们再来聊一聊内蒙古大学校长被绑架案吧。这起突发事件从发生到告破，前后只持续了13个小时左右的时间。您当时是怎么获得这条新闻线索的?

汤计：这个新闻线索的发现，得益于我与呼和浩特市公安局刑侦部门领导的长期紧密联系。记得2005年12月20号晚上8点左右，我给市公安局一位副局长打电话，问他最近在忙什么。他说，旭日干被绑架了，我们正在追踪呢。得到这个消息后，我迅速发出了快讯。之后，就一直等待消息。12月21日上午7点左右，那位副局长来电话说在毫沁营发现了绑架旭日干的那辆面包车，他们正在靠近……7点半左右，他们说成功解救了旭日干并抓获了主要犯罪嫌疑人。之后我在最短的时间内发出了"旭日干院士被绑架案告破"的消息。

编者：您发出的那条旭日干教授被绑架的独家消息看来是"抢"出来的。您之所以能抢到独家新闻，和您与当地公安司法等部门建立的长期紧密联系是分不开的。

汤计：作为长期分管政法口的记者，我与自治区和呼和浩特市的

公安、检察、法院、司法等部门均建立了长期的紧密联系，这使我比其他媒体和记者能够更快地得到新闻线索和案件的进展情况。特别是对于突发事件的报道，独家和第一手消息的价值是显而易见的。在这里，我特别提醒刚刚从事记者这一工作的年轻人，平时一定要到自己的分管口多跑跑，与那里的工作人员尽快熟悉、多交朋友，哪怕是混个脸熟，都便于以后能够及时获得新闻线索。特别是在突发事件来临时，能够迅速得到第一手资料。

编者：独家新闻是"抢"出来的，也是"跑"出来的。我们提倡新闻记者要"走基层、转作风、改文风"，让我们的记者真正融入到人民群众中去。每一位记者都有自己的分管口，平时一定要多跑自己的分管口，了解分管口的工作甚至是他们的喜怒哀乐，发现他们的工作成绩和工作中存在的问题。只有这样，新闻调查才有深度，写出来的作品才更扎实，也才能真正让读者心服口服。久而久之，自然会成长为"专家型记者"。下面来看一下汤计老师采写的"旭日干教授被绑架案告破"的报道。

内蒙古大学校长旭日干院士被绑架 13 小时后获救[①]

中国工程院院士、内蒙古大学校长旭日干教授，20 日傍晚被 4 名歹徒绑架，经内蒙古自治区公安厅和呼和浩特市公安局 13 个小时的侦破，于 21 日 7 时多成功解救，4 名绑匪全部落网。据介绍，20 日下午 6 时许，旭日干院士在下班途中，走到距住宅 30 多米处时，停在路边的一辆白色面包车上忽然跳下 4 名绑匪，将旭日干教授绑架到面包车上。此时，恰好旭日干教授的女儿路过，看到父亲被塞进一辆白色面包车里。面包车往东逃逸，她记住了车牌号。

当夜 9 时许，绑匪向内蒙古大学一副校长打电话索要 500 万元现金。这位副校长将情况汇报给了警方。警方在约定的取赎金的地方埋下伏兵，

---

① 新华社呼和浩特 2005 年 12 月 21 日电。

当夜 10 时许，两名绑匪来到呼和浩特市城乡接合部毫沁营大桥下收取赎金，被警方抓获。绑匪郭喜平、米强龙交代，旭日干教授还在面包车上，被主犯范增平和其弟范正平看管。警方于 21 日 7 时 10 分将面包车截获，成功地解救了旭日干教授。

据查，范氏兄弟在呼市经营一家钢材门市部，范增平的妻子在内蒙古大学医院工作，他们从 2004 年 10 月开始密谋绑架旭日干教授。目前，案件仍在进一步调查中。

编者：我发现，在您的这篇报道发出去两天后，您又采写了一篇更加详细的报道。将旭日干教授被绑架的这惊魂的 13 个小时进行了完整的还原。

汤计：旭日干教授是中国工程院院士，著名的生物技术专家。这个案子告破以后，警方对作案人员进行了审讯，发现他们谋划这起绑架案已经一年多了。我经过进一步的采访与调查，掌握了整个案子的来龙去脉。旭日干教授是在内蒙古大学校园内被绑架的。我们一般都觉得大学校园应该是很安全的地方，其实不是这样的。这个案子正暴露了现在一些公共场所存在严重的安全隐患。

编者：这也提醒了我们每个人都要时刻绷紧安全这根弦儿。接下来即是汤计老师对这起案子整个来龙去脉的报道。

"试管羊之父" 出 "虎口"
——遭绑架院士旭日干获救记①

12 月 20 日，青城呼和浩特滴水成冰、寒风刺骨，早早拉上的幕布让傍晚的夜色多了几分沉重。

18 时许，像往常一样，旭日干结束了一天的工作，从办公室往家走，走到距家约 30 米处，突然，从一辆白色面包车里冲出 4 个彪形大汉，不

---

① 新华网呼和浩特 2005 年 12 月 23 日电。

由分说，将他强行架上车，旭日干挣扎、反抗，帽子掉在了地上……

被绑架

12月20日18时15分，呼和浩特市公安局指挥中心接到内蒙古大学校长旭日干女儿的报警电话，称其父在下班途中，走到内蒙古大学校园内的住宅附近时，被不明身份的人绑架到一辆车牌号为蒙H30022的白色面包车上，她听到父亲的呼救声，随后看到面包车往东逃逸。

警方来到呼市交警指挥中心，查看了案发时内蒙古大学周边道路车辆来往的视频记录。视频记录显示，白色面包车将旭日干绑架后，从内蒙古大学东门出去，一路向北。

呼市警方接到报案后，立即向自治区公安厅和自治区党委、政府紧急汇报。这起绑架案引起了中央有关部门以及自治区党委、政府的高度重视。

警察布下天罗地网

内蒙古自治区公安厅和呼和浩特市公安局于18时30分成立以厅局长为主要负责人的战时指挥部，连夜调动2000名警力布控捉拿绑匪。

在指挥部的统一指挥下，警方马上封锁各路口，并且围绕案发现场和旭日干的人际关系展开调查。为了防止犯罪嫌疑人挟人质外逃，自治区公安厅和呼市公安局抽调大批警力，对犯罪嫌疑人可能出现的地方进行摸排，同时要求呼市周边城市警方配合，组成3道封锁线——呼市市区一线、周边郊县一线、乌兰察布市、包头市、锡林郭勒盟一线。

警方还在呼市地区的金川开发区、如意开发区和回民区攸攸板镇坝口子村3处设置了堵卡点，在呼市5个旗县通往市区的路口设置关卡，封锁了8个出城口。100多辆110巡逻车全部出动，同时，租用了300辆出租车开始沿路查找。

绑匪索要 500 万元

12 月 20 日 21 时许，内蒙古大学一副校长接到了旭日干用自己的手机打来的电话。旭日干说绑匪索要 500 万元现金然后放人。绑匪又在电话里警告不许报警，并且交代了交赎金的地方——呼和浩特市北郊京包高速公路毫沁营大桥下，还规定，送钱者必须站在桥上，把钱扔到桥下就可以了。

当夜 10 时许，寒风瑟瑟，两名躲在大桥下的可疑人引起了警方注意……两人交代，他们正是来拿赎金的犯罪嫌疑人，他们分别叫郭喜平、米强龙。据二人交代，旭日干还在面包车上，由他们的同伙范增平和范正平看管。

成功解救

经指挥部指挥，民警们快速行动，在城乡接合部和市区展开了密集搜索。

不知不觉，时间已过了一夜，指挥部人员和全体参战民警心里越来越紧张，绑匪驾驶着面包车一直在路上行驶，很难确定其准确藏匿地点，旭日干教授是否平安……时间在不安中一分一分过去……

12 月 21 日 7 时 15 分，天色依然暗淡，已排查了一夜的呼市公安局副局长郝某等 4 人驾驶当地牌照的桑塔纳车行至代州营村附近时，迎面一辆缓慢行驶的白色面包车令他们精神为之一振——正是苦苦寻找的蒙 H30022 面包车。由于光线不好，再加上这辆车车窗玻璃上了霜，他们很难看清里面的情况。

正在此时，一辆新城区公安分局的网格化巡逻车迎面而来，停在面包车前面，面包车随即停下。"马上行动！"郝某一声令下，与他同车的呼市 110 指挥中心主任宛某、一名防暴警和一名领路人跳下车，迅速向面包车包抄。宛某从左侧将面包车司机一把抓住，郝某从右侧将车门拉开，死死按住车后座上一名男子的头部。前后仅 3 分钟，2 名犯罪嫌疑人被制服。

裹着棉大衣坐在车后座的旭日干随后被送往内蒙古医院进行全面体检。

绑匪谋划已有一年多

经内蒙古自治区公安厅和呼和浩特市公安局 13 个小时的全力侦破，这起绑架案成功告破。

警方初步查证，现年 38 岁的范增平和其弟范正平在呼市友谊小区居住，郭喜平暂住在太平乡，三人都是呼和浩特人。犯罪嫌疑人米强龙系乌兰察布市察右中旗人，暂住呼市沙梁村。

范氏兄弟是此案的主谋，范增平在呼市新城区兴安北路开了一家卖钢材的商店，他与弟弟范正平于 2004 年 10 月就开始密谋绑架旭日干，前后去踩了五六次点，因为人手不够一直没实施。今年 10 月，范氏兄弟认识了做小买卖的郭喜平和蹬三轮车的米强龙，把准备绑架旭日干的事跟他们说了，四人一拍即合。随后，他们准备了电线、手铐、刀等作案工具，还从朋友梁某处借来一把自制左轮手枪。20 日 18 时许，他们驾驶面包车跟踪下班回家的旭日干，实施了绑架。据交代，他们作案就是为了钱。

给他们提供枪支的犯罪嫌疑人梁某已于 21 日被警方抓获。

旭日干：试管羊之父

被解救的旭日干当即被送到内蒙古医院接受检查治疗，由于一夜没合眼，再加上受到惊吓，旭日干看起来比较疲惫，医生嘱咐他多休息。据介绍，他目前只需要输液补充身体所需营养，经过调理就可以出院了。

记者在呼和浩特市采访中发现，社会各界对旭日干被成功解救都拍手称快，不少群众自发到医院探望。内蒙古大学一名学生说，旭日干教授为国家作了那么大的贡献，我们都很敬佩他，这次他能平安回来，我们都很高兴。

旭日干，蒙古族，中国工程院院士、教授。1940 年 8 月出生于内蒙古自治区兴安盟科右前旗，1965 年毕业于内蒙古大学生物系，1982 年至

1984 年赴日本留学期间，成功地进行了山羊、绵羊的体外受精研究，培育出世界第一胎"试管山羊"，并获得博士学位。回国后创建了具有国内外先进水平的内蒙古大学实验动物研究中心，开展了以牛、羊体外受精技术为中心的家畜胚胎工程技术的研究，1989 年培养出我国首胎首批"试管绵羊"和"试管牛"，是当年国内十大科技成就之一。先后主持承担了国家"863"计划、"七五"项目、"八五"项目、自治区攻关项目及国家自然科学基金的资助项目。发表学术论文 50 多篇，出版专著 5 部。获内蒙古自治区科技进步一等、三等、特等奖和乌兰夫基金奖银奖、台湾光华科技基金奖、香港何梁何利基金科技进步奖，被评为国家有突出贡献的中青年专家、有突出贡献的留学回国人员、全国先进工作者、全国优秀科技工作者、自治区优秀共产党员、自治区优秀校长、呼和浩特十佳市民等。现任内蒙古大学校长、中国科协副主席、内蒙古自治区科协名誉主席、国家教委科技委员会委员、中国畜牧兽医学会理事长、中国农业生物技术学会理事等。

编者：新闻采写到这个程度，一般都应该结束了。但您并没有停笔，反而就这起案件进行了更深入的采访。

汤计：目前这个样子似乎也说得过去。但是，一个优秀的记者，不应该满足或停留在这样一个结果上，我们应该反思一下，为什么绑匪能够轻易得手？为什么作为大学教授的旭日干会成为绑匪的目标？我们的社会治安管理还存在哪些漏洞？于是，我经过进一步深入调查采访，逐步发现了这些问题。写出了下面这篇《旭日干院士绑架案暴露出的问题令人警醒》的报道。

编者：新闻应该是推动社会发展的动力，这是汤计老师一直坚持的新闻理念。接下来的这篇报道正体现了汤老师的这种胸怀。里面所披露的一些问题，也在一定程度上为推动社会治安管理体系的进一步完善指明了方向。

旭日干院士绑架案暴露出的问题令人警醒[①]

尽管中国工程院院士、内蒙古大学校长旭日干遭绑架案件过去一个月了，但伴随着犯罪嫌疑人交代的一起又一起绑架案件，不仅震惊了整个呼和浩特市，而且暴露出的问题也令人警醒。

记者从检察机关了解到的情况证实，绑架旭日干院士的4名绑匪范增平、范正平、米强龙和郭喜平，从2003年1月开始作案，直到2005年12月21日被捕获，其间成功地入室绑架抢劫两次，受害人一个是内蒙古的国有大型企业领导，另一个是呼和浩特市的知名中学校长。

据介绍，绑架旭日干院士的4名绑匪中的范增平和范正平是一对亲兄弟，二人染有严重的赌博恶习。2003年1月5日晚6时许，范氏兄弟纠合梁喜旺（内蒙古武川县人、已缉捕归案），经过精心策划和多日跟踪，携带仿真手枪和硫酸，尾随居住在呼和浩特市新城区的某大型国有企业领导，该领导进家门后不久即敲开家门，采用暴力手段将他及家人捆绑后，当场勒索现金3.9万元，中华烟7条，摩托罗拉手机2部，现金财物合计价值49600元。

成功入室抢劫这位国企领导后，范氏兄弟又把入室抢劫目标盯在了名校领导身上。范氏兄弟认为，"名牌大学和名牌中学的校长，'扩招'（指招生）的时候受贿的机会多，一定很有钱。"

2003年，在那位国企领导身上尝到入室抢劫的甜头后，范氏兄弟开始谋划入室抢劫呼和浩特市一位中学校长。该校长是十届全国人大代表，也是公安部在内蒙古自治区的特邀人民群众监督员。该中学是呼和浩特地区高考升学率最高的学校，呼市但凡有点门路的家长都想把孩子送到这所学校就读。呼市教育局没有统一规定"择校费"前，在这所学校就读的自费生，每人的赞助费高达5万元。范增平称："这位校长有钱，所以我们盯上了她。"

---

① 新华社呼和浩特2006年2月8日电。

据范氏兄弟交代，2003年3月的一天晚上6点多，范氏兄弟纠合白海军（已缉捕归案）尾随这位校长回家。之后，敲开房门，范增平发现屋里人多便先溜走，范正平与白海军进屋坐了一会儿，也找借口溜走。这次入室抢劫"流产"，范氏兄弟仍不甘心，于2003年8月的一天，又纠合一个叫李俊峰（已缉捕归案）的打工仔，以送礼为名敲这位校长的家门，对方没开门，这次犯罪目的又未得逞。但范氏兄弟仍未放弃，2004年11月11日，范氏兄弟再次纠合犯罪嫌疑人米强龙（已缉捕归案），携带刀具和炸药等，跟踪这位校长至家，乘她开门之机闯入，采取暴力手段入室抢劫现金2100元，黄金首饰等贵重物品价值32300元。

2004年11月12日，即入室抢劫案发生后的第二天，这位校长的丈夫即向呼市公安局报了案。然而，不知什么原因，这么重大的团伙入室抢劫案，却未能引起呼市警方的足够重视。记者曾经就此案件追问呼市公安局一位领导，他说："在范氏兄弟绑架旭日干院士前，我确实不知道发生过这样的案件。"

由于那位企业家被入室抢劫后没有报案，呼和浩特市某中学校长遭入室抢劫报案后警方不声不响，范氏兄弟的犯罪气焰更加嚣张。又经过1年多的策划、踩点、跟踪，2005年12月20日18时许，范氏兄弟纠合米强龙、郭喜平，怀揣手枪、匕首、手铐、胶带纸、电线、尼龙绳等作案工具，在内蒙古大学校园内旭日干的住宅楼下，绑架了中国工程院院士、内蒙古大学校长旭日干，并且索要赎金500万元。

这起绑架案件，在党中央、国务院和自治区领导的关注下，从发生到破案历时13个小时，旭日干院士被成功解救，4名绑匪全部落网。警方缴获机动车1辆、子弹上膛的手枪1支、子弹14发、匕首4把、手铐1副、胶带纸2卷、电线1卷及尼龙绳、头套、面袋等作案工具。然而，尽管案件侦破干净利落，嫌犯未及反抗即被制服，没费一枪一弹，无一人伤亡，但在社会上造成的恶劣影响短期内难以消除。

一些从事刑侦工作多年的老干警和法律工作者认为，旭日干院士遭绑架案至少暴露出三个方面的问题：

一是呼市公安局领导对已发生的范氏兄弟等团伙入室抢劫案件重视不够、打击不力，几年未能侦破，客观上纵容了犯罪分子，使得犯罪分子有恃无恐。一位不愿披露姓名的办案民警说："当时接到呼市某中学校长的报案后，如果市局立即组成专案组全力侦破，即使当下破不了案，也可以震慑住犯罪，不至于在2005年的最后3个月，发生了知名民营企业家被绑架杀害案，又发生绑架旭日干院士的案件。"

二是对两院院士级专家、学者的安全保护措施亟待加强。内蒙古英南律师事务所主任张某认为，随着社会贫富差距的拉大，一些人仇富心理的作祟，极少数犯罪分子梦想一夜暴富，绑架、抢劫等刑事案件也会逐年上升，国家应该对特殊人才采取相应的安全保护措施。

三是名牌学校、国有大企业领导人成了犯罪分子的绑架目标，是旭日干院士遭绑架后暴露出的犯罪新动向。以范氏兄弟为骨干的绑架团伙，从2003年开始以掠夺财富为目的的绑架行动，犯罪目标不是国有大企业领导就是名牌学校校长。"这与近几年来的社会财富流向有密切关系，这一犯罪新动向，各地公安机关不仅要注意，名校、名企领导人也要高度警惕。"张律师说。

三、谈谈突发事件的报道

由于突发事件发生的突然性和发展的不确定性，因此在报道上与普通新闻报道有一定差异。我们常说，最有价值的新闻是"独家新闻"，独家新闻的获得大多是"抢"出来的，这样的逻辑也同样适用于突发事件的新闻报道。但在突发事件的报道中，又要注意以下几点：

（一）记者要有正确的新闻观

什么是正确的新闻观？我的理解是，记者通过手中的笔或镜头，将真实、准确、客观、公正的信息传达给社会和公众。新闻是推动社会发展与进步的动力。新闻不是"娱乐品"，不能仅仅停留在"传播"上，而忽略了新闻的终极目标——推动社会发展与进步。真正的记者与"狗仔队"的区别，就在于对社会责任的担当。因此，记者在采访和报道新闻时，一定要排除猎奇心理，切勿"见猎欣喜"。

真实是新闻的生命，突发事件的新闻报道也是如此。由于突发事件瞬间的变化性和发展的不确定性，对于记者来说，短时间内弄清事件的来龙去脉恐怕不是一件容易的事情。尤其是各路记者都在"抢"新闻的时候，不能为了抢独家新闻而忽视了新闻的真实性，道听途说甚至凭借主观臆断"抢"发虚假新闻，给社会与受众造成严重误导，最终严重伤害媒体和记者的公信力。

新闻记者之所以被称为"无冕之王"，我以为是指记者一要站得高，二是格局得大。一个优秀的新闻工作者，一定要站在国家利益、人民利益上思考问题。只有做到这样，才是一个合格的记者，一位有良知的记者。唯有如此，你所报道的新闻，才能经得住历史的拷问。

（二）要注意方式方法

在突发事件的报道上，驻地记者要想不漏发新闻，就得特别注意深耕自己的分管领域，就得特别注意新闻采访和报道方法。

首先，驻地记者只有深耕自己的分管领域，广交朋友广布人脉才能耳听八方，获得重大突发事件的新闻线索。在获得突发事件的新闻线索后，要调动一切可以调动的资源，迅速了解真实、准确的第一手信息，要特别注意接近那些直接接触事件的人员。这一切都离不开记者与分管口的领导和工作人员的交往情况，对分管口日常的业务和工作越熟悉，遇到突发事件发生时，获得的新闻线索与真实情况越快。

其次，在获得重大突发事件的新闻线索和了解掌握了事件的基本情况后，记者要学会筛选素材和分辨哪些可以发表、哪些不宜公开，有些案情和细节对社会不适宜的坚决不予公开发表。因为绝大部分重大突发事件都具有一定的破坏性，对社会的负面影响或负面诱导比较大。将整个案件的所有材料不加分析和筛选地发出来，有可能对突发事件中的当事人或受害人造成更大的二次伤害。

最后，我想特别强调，对重大突发事件的报道，一定要突出正能量，将突发事件造成的消极影响降到最低限度。虽然，重大突发事件的新闻报道是"抢"出来的，但"抢"新闻不是目的，通过新闻报道推动社会对突发事件查找原因、总结经验、吸取教训，通过深刻反思"吃一堑长一智"，才能减少或避免类似事件的重演，这才是我们采写新闻的终极目的。记者毕竟不是狗仔队，不能把新闻报道当作娱乐品。

（三）对待重大突发事件，记者要有良好的心态

在重大突发新闻事件发生后，记者要秉持良好的职业心态。这就需要记者有正确的新闻观。而正确的新闻观，来自正确的价值观；正确的价值观又是记者良好心态的基石。那么，什么是记者的良好心态？良好心态，首先体现在对被采访对象的尊重上。突发事件中的当事人，有很多也是受害人，突发事件带给他们的伤害，短时间内难以消除。因此，当他们不想接受记者采访，或者只是有条件地接受记者的采访时，记者不应该为了报道这个事件，而丧失对被采访者的尊重。

良好心态，还体现在记者采写的新闻报道中。新闻是有品格的，文品即人品。一般情况下，记者将新闻事件及时、准确、客观、公正地报道出来就可以了，不宜过多地注入自己的情感，更不可"添油加醋"地夸大事实。一个拥有良好心态的记者，才能写出真正被社会所认可的新闻。

舍小我才能成大我

——"草原好干部"牛玉儒和郝万忠

编者按:

典型人物形成于一定的典型环境中,并对环境发生作用;同时,典型人物又往往超越环境的局限而具有某种永恒的性质。"草原好干部"牛玉儒和拒腐防变的公安局长郝万忠,即属于这样的人物。

在数十年的记者生涯中,汤计老师采写过许多英雄模范人物和优秀共产党员群体,其中本世纪我国两个家喻户晓的典型人物就是牛玉儒和郝万忠,他们的报道时间分别是 2004 年和 2011 年,当我们谈起这两位英雄人物的报道时,汤计老师仍然沉浸在对英雄人物事迹的感念中,在和我们的对话过程中,聊到动情处往往哽咽难言……

一、党的好干部牛玉儒

牛玉儒同志先进事迹:

牛玉儒同志 1952 年出生于内蒙古自治区通辽市。1970 年 5 月参加工作后,一直在内蒙古自治区工作。2003 年 4 月,牛玉儒同志任内蒙古自治区党委常委、呼和浩特市委书记。

2003 年"非典"疫情期间,牛玉儒吃住在办公室,抢时间建成了占地 500 亩,拥有 480 个病房、800 张病床的 SARS 救治中心,为呼和浩特"非典"疫情的控制起到了重要作用。

在牛玉儒的带领下,呼和浩特市生产总值跃居内蒙古和全国 27 个省会(首府)前列,提前实现了"十五"规划的目标。城市建设力度进一步加大,市容市貌得到了明显改观。呼和浩特先后荣获全国园林绿化、住房制度改革、安居工程先进城市和"联合国人居中心 2000 年国际改善居住环境最佳范例奖的成功范例"等荣誉称号。

2004 年 4 月底,牛玉儒因病被送进北京协和医院,5 月 3 日,接受了手术。在生病和住院期间,他依然心系呼和浩特的发展,曾三次不顾医生和家人的劝阻,返回呼和浩特安排工作。

2004 年 8 月 14 日,牛玉儒在北京病逝,享年 51 岁。牛玉儒曾获得 2004 年"感动中国"十大人物称号。

编者:牛玉儒是新华社独家发现并第一个进行报道的英雄人物,2004 年 11 月 25 日至 28 日,新华社连续四天以长篇通讯加评论的形式进行报道,在社会上引起了巨大反响。您能聊一聊当年的情况吗?

汤计:我与牛玉儒相识于 1989 年。作为牛玉儒的生前好友,在听到他英年早逝的消息后,我感到非常惋惜,但当时并没有把一位市委书记的病逝作为新闻来大书特书的想法儿。在牛玉儒病逝的那些天里,他成了呼和浩特市民街头巷尾议论的中心,大家对他的思念和痛惜之情引起了我的关注。这些人中有离退休老人,有机关干部,也有出租车司机和下岗职工。为什么人民群众如此爱戴牛玉儒呢?作为新华社记者,我有责任把这个"为什么"解开,给社会、给人民群众,甚至是牛玉儒一个交代。

编者:2004 年 9 月 22 日,在牛玉儒同志逝世 38 天后,汤计老师牵头采写的《牛玉儒树起新时期领导干部的勤政榜样》,刊发在新华社相关报道上。

牛玉儒树起新时期领导干部的勤政榜样[①]

2004 年 8 月 14 日,呼和浩特市委书记牛玉儒被病魔夺去了年轻的生命。噩耗传来,引起了呼市各界人民群众的极大悲恸:出租车司机统一着装,戴着小白花涌向了市政府吊唁大厅;公园里晨练的离退休老人站成方

---

① 新华社 2004 年 9 月 22 日电,合作者张云龙。

队，向牛书记默哀致敬……

不负众望抓城建

现年 51 岁的牛玉儒，2003 年 4 月任内蒙古自治区党委常委、呼和浩特市委书记。在呼市工作的 493 天里，他争分夺秒地忘我工作，给市民们留下了勤政为民的生动形象。出租车司机王玉海回忆说："2003 年 4 月的一个傍晚，刚上任不久的牛书记从新世纪广场上了我的车。他让我随便走，我以为他是外地人呢。就说呼市没看头，经过几代人的努力终于建成大嘎查（村庄）了。他听了哈哈大笑，问我还有什么意见。我问他干啥的？他说叫牛玉儒，新来的市委书记。市委书记？我一惊把车停在了旧城大南街路边，仔细看了看他说，你在包头干得不错，能不能把呼市建得像包头那样？他笑了，问我哪条路最堵车，道路应该怎么拓宽？"呼市城建历史欠账多，牛玉儒上任后为改变城市面貌呕心沥血。他当包头市长时，包头市因改善居住环境出色获得了"联合国人居中心 2000 年国际改善居住环境最佳范例奖"。因此，呼市人对他寄予了很高的期望。牛玉儒压力很大，刚上任又遇上了"非典"，他一边夜以继日地领导全市人民抗击"非典"，一边深入社区、街道，开展调查研究，40 多天他的足迹踏遍了呼市 200 多条小街小巷。

经过调查研究，牛玉儒带领市委、市政府绘制了呼和浩特城市发展的现代化蓝图。市委秘书长兰恩华说："呼市解放以来第一次有了明确的城市发展规划。"在 2003 年道路拓宽改造的基础上，牛玉儒又提出呼市 2004 年要新增绿地 1000 万平方米，3.2 万棵大树（国槐）进城；改造和建设十大公园；拓宽 10 条城市主干道；亮化 50 条小街小巷；新建 48 栋高层建筑……

呼市白塔机场到市区新建了 20 公里高速公路，牛玉儒亲自抓这条路的绿化。呼市园林设计所工程师程重重回忆说："为了研究道路两侧绿化带，我们抱了一堆 1∶5 的规划图去他办公室。图纸大桌子小，只好放在地上，牛书记拿着放大镜蹲在地上看了两个小时。"

呼市的公园简陋游人少，牛玉儒建议公园取消门票，改造成市民的休闲场所。呼市园林局党委书记任志强说："去年7月29日上午，牛书记冒雨来到青城公园，一边看一边讲免费开放的意义，下午1点了还没吃上饭。我说吃个便饭吧？他说公园建好了，我请你们吃饭。去年9月1日，满都海公园整修完成，免费对外开放。第二天清晨，牛书记也悄然进入公园，正在晨练的群众认出了他，围住他鼓掌。"

在牛玉儒主持呼市工作的500天里，呼市狭窄的道路拓成了八车道、六车道，新华广场、北门广场、车站广场花团锦簇，绿草如茵。

经济快速增长凝聚着他的个人魅力

呼市的经济总量小，与首府城市的地位不相称。牛玉儒上任后，领导市委和市政府以乳业、电子、电力三大支柱产业为突破口，做大做强全市工业经济。2003年11月，中共呼和浩特市九届五次全委会上明确了全市到2007年的经济社会发展目标：经济总量、财政收入、城乡居民收入在2003年基础上实现翻番，综合经济实力和人均收入水平位居5个少数民族自治区首府城市第一。届时，全市工业销售收入达到1500亿，财政收入达到80亿，城镇居民收入达到1.6万元，农民收入达到6000元。为实现这一目标，牛玉儒调动全市各大领导班子的积极性，成立了5个领导小组，层层分解任务，全力以赴抓落实。

完成目标的突破口是招商引资。为此，牛玉儒亲自外出招商。在呼市的500天里，除去住院3个月，他有200多天在外出差，呼市人都叫他"空中飞人"。秘书李理的工作日志上有这样一段记载："今年3月20日从呼市转机北京至成都，午饭后与新希望集团总裁刘永好洽谈；21日上午飞深圳，再坐车去珠海，下午与珠海格力电器公司洽谈，晚饭后返回深圳；22日上午与深圳创维集团公司会谈，参观考察康佳集团，午饭后转机北京到银川；晚上10点考察银川的亮化工程，23日上午参观考察银川的城市建设，并与银川市领导座谈；中午饭后乘汽车前往乌海市考察，连夜坐火车返呼；24日上午向市委汇报这次出行的收获。"5天跑了5个城市，从南到北行程万余公里。

牛玉儒的勤政务实作风，打动了众多客商。浙江华门房地产集团副总经理章佳尧说："今年刚过，牛书记到华门考察，从早上 8 点看到晚上 12 点半，他力邀我们到呼市发展。记得第二天他要返回呼市开会。凌晨 4 点，我让服务生叫他时，他已去了机场，我们老板连声说'这是个好书记'，当即决定投资呼市。"这个集团的另一位副总经理曹鸣说："今年 4 月份，我们呼市的项目遇到了点困难，我给牛书记打电话，他立即回话说'你在哪儿，我马上过去。'"在牛玉儒人格魅力的吸引下，台湾汉鼎、台湾合谦、香港兴达、石家庄制药、三联化工等一大批企业相继落户呼市。台湾汉鼎光电公司主管会计贺振荣说："我们企业的 35 万平方米厂房和 10 层办公大楼正在如意开发区热火朝天地施工。工程分四期，总投资 3.5 亿美元。牛书记生前对汉鼎讲了八个字：落地、生根、萌芽、茁壮！他去世后，老板开大会说，商人要讲诚信，我一定要把牛书记的八个字落到实处！"

公而忘私的 493 天

牛玉儒每天工作十几个小时。牛玉儒的妻子谢莉说："人家工程队铺路，他晚上跑去看，有时还骑自行车去。每天夜里十一二点了还哇啦哇啦打电话安排工作。家里的电话从来不掐，手机 24 小时不关，啥时找他都接电话。我有一次说他，'你脑筋不够用啊，深更半夜还谈工作！'他说：'我给呼市人民的承诺不是白说的。'"牛玉儒生前讲究做人干净。他担任过 5 年包头市长、2 年自治区副主席、493 天呼市市委书记，但从未利用手中的权力为个人谋取利益。中铁 13 局驻呼办事处一位不愿披露姓名的干部说："这些年我在内蒙古揽工程，扔出的'糖衣炮弹'战无不胜，唯独没有打倒牛玉儒，三次到他家都被拒之门外。"2004 年春节前，他走访贫困户，在玉泉区残疾老人孙震世家，看到屋里没有电视机。又了解到老人欠债供养独生女儿上大学时，他难过得连声说："我这个书记没当好！"他组织随行的干部捐了 3000 元解孙家的燃眉之急，又指示玉泉区政府给孙家女儿办理政府助学金。之后，他举一反三，指示民政部门摸清市里有多少没有电视机的贫困户，要求民政部门拿出专项资金统一购买电视机，确保贫困户春节看上联欢晚会。这个春节，呼市 500 多户贫困家庭有了欢声笑语。牛玉儒兄妹 6 人，5 人是普通百姓。二妹夫下岗后，与牛玉儒的大侄儿至今在通辽市蹬三轮车。牛玉儒 6 岁丧母，从小与 3 个妹妹在二叔家生活。今年春节他回家探望二叔，老人想盖新房，牛玉儒让爱人留点钱，爱人给了二叔 3000 元。牛玉儒回到家就埋怨爱人："你真不够意思。二叔抚养我长大，盖新房你给那么点钱！"说起这件事，谢莉泪流满面："他从不管家务，不知道家里的难处。大女儿在英国读研，儿子今年考大学，家里那点儿存款仅够孩子们读书用啊！"今年 4 月，身体严重透支的牛玉儒，时时觉得肝区疼痛。在呼市"两会"期间，他被确诊为结肠癌肝转移。5 月 3 日在北京协和医院接受手术。治疗期间，牛玉儒仍在忘我地工作。第一次化疗后，他回呼市视察了正在建设中的新华广场、呼伦路、锡林路、火车站站前广场等。第二天，他又抱病参加台湾汉鼎光电子公司的开工剪彩。第二次化疗后，他回到呼市视察了如意、金川两个工业园区。7 月 12 日，他从医院返呼参加自治区党委七届六次全委会，在会上作了 1 个小时的发言。7 月 16 日，牛玉儒主持召开市委九届六次全委会，又作了 2 个小时 10 分钟的即兴讲话。返回协和医院后，牛玉儒接到通知：8 月 10 日自治区党委常委召开中心组读书会，他躺在病床上逐字逐句地修改发言稿，四易其稿……8 月 8 日病情突然恶化，陷入昏迷。

牛玉儒最后一次离开呼市看病时，与爱人"打的"看了一眼即将竣工开放的新华广场。他说："我怎么看着新华广场有点别扭？"牛玉儒陷入昏迷状态后，谢莉听到他最后一句清晰的话是"我对新华广场的改造不满意！"8 月 13 日，牛玉儒处于重昏迷状态，妻子谢莉呼唤他："玉儒，八点半了，开会啦——"牛玉儒使劲儿睁了一下眼睛，大大的……14 日凌晨 4 时 30 分，他永远离开了深深眷恋着的呼市人民，离开了他未竟的事业。

编者：2004 年 9 月 23 日，中共中央总书记胡锦涛在这篇报道上作出重要批示："向勤政为民、鞠躬尽瘁的牛玉儒同志表示崇高的敬意和深切怀念。党需要这样的好干部，人民需要这样的贴心人。我们应该学习他，宣传他，让千千万万个牛玉儒式的好干部涌现出来。"总书记以这么多文字给一个人评价，在我党历史上并不多见。从此，牛玉儒的名字在中国响起，牛玉儒的先进事迹感动了中国。

胡锦涛等多位中央领导同志对牛玉儒的英雄事迹作出了重要批示后，按照中央有关部门的统一安排，各大媒体纷纷来到内蒙古开始报道牛玉儒同志的先进事迹。汤计老师也和新华社的同事一道，从2004 年 11 月 25 日开始，连续写出了多篇通讯、时评和消息。

激情燃烧的生命——党的好干部牛玉儒[①]

493 天，在岁月的长河里只是微不足道的一瞬；在人的一生中，也不过是短短一段时日，多少人的生命中可能有多少个 493 天在不经意中匆匆而过，甚至留不下一丝痕迹。

但，牛玉儒的这 493 天却激情四溢，坚实而丰厚。对职责的忠诚，对事业的开创，对人民的奉献和对信念的恪守，让他赢得了一个城市的拥戴；他用激情燃烧的生命，为共产党人"执政为民"的旗帜添上一抹耀眼的亮色。

2003 年 4 月 8 日，时任内蒙古自治区政府副主席的牛玉儒，正带着一行人在云南边陲考察边贸情况，自治区党委的一个电话跨越了千山万水："以最快的方式立即赶回。"4 月 9 日晚，他回到了呼和浩特；4 月 10 日上午 10 点，他走马上任，成了这座自治区首府城市的市委书记。

从这天算起，他在这个岗位任职 493 天……

突如其来的"非典"，让牛玉儒的上任变成"临危受命"。看不见、摸

---

① 新华社呼和浩特 2004 年 11 月 25 日电，合作者曲志红、张云龙。

不着的 SARS，使他对这个职务所承受的重量有了深刻的体验。"我们有责任，保障全体人民的生命安全"——面对极大的压力，他坚守着这份职责，临危不乱又寝食难安。

4月13日，牛玉儒到任的第三天，"非典"疫情开始在呼市地区蔓延。很快，呼市成了全国重点疫情区，发病人数仅次于广东、北京，形势空前严峻。

来势凶猛的"非典"威胁着每个人的生命健康，也煎熬着这位新上任的市委书记。他的秘书李理说，一向倒下就睡的牛玉儒，那段日子经常要吃安眠药。从4月16日起，他24小时驻守办公室，夜以继日地连轴转。设在办公大楼6楼常委会议室的"非典"防控指挥部，夜夜灯火通明，墙上悬挂的"疫情防控图"，每时每刻显示着这场生死之战的进退。牛玉儒调动起从政近30年积累的全部经验和全副精神，有条不紊地带领干部群众抗击陌生的"敌人"。

他每天清晨起来批阅当日的公文、文件，交办各部门处理；然后轻车简从地分赴医疗单位、社区、学校、工地、大街小巷、出城口等实地检查、查看，发现问题，立即解决。每天晚上照例向自治区汇报当天的疫情和防控情况，散会后主持市防控指挥部研究、部署第二天的工作；及至深夜或凌晨终于回到办公室，他又要翻阅各地"抗非"工作的进展，了解全国情况，掌握最新动态，看到北京、广东等地行之有效的经验、做法，一一分门别类，准备第二天转发有关部门以供参考。天天如此，通宵达旦。

为了防范危险的病毒侵袭自己，最好的办法可能就是减少与外界接触，但牛玉儒这段时日的足迹几乎遍布大街小巷，有时，去医院或其他高危地区，他总是让随行的工作人员留在车上，说"减少传染的机会"。众志成城的抗击最终让"非典"败下阵来，此时的牛玉儒，已经40多天没进家门，人也瘦了一圈。

在呼市与牛玉儒共事过的人谈起他，最突出的印象就是"有激情"，用自治区党委书记储波的话说，牛玉儒是个"自加压力，不留余地，奋力前行"的人。果不其然，从一上任开始，他就倾尽全力为呼市的发展干实事，既运筹帷幄又冲锋陷阵。

二话没说就从自治区政府来到呼市的牛玉儒，深知自己肩上是副重担。呼市虽是自治区首府城市，但多年来在经济实力、城市建设、干部素质等方面的情况并不尽如人意。

"包头像深圳，呼市像村镇"——这些流传民间的段子，透露出呼市人对自己城市状态的不满意和不甘心。

"呼市要在自治区争做'老大'，要在西部 12 省会、首府城市中一争高低"——这是自治区党委书记储波代表区党委对呼市发展提出的期许。

牛玉儒感到一种时不我待的紧迫。牛玉儒认为，科学发展观的第一要义是经济发展，根据呼市市情，要做大做强经济总量，寻求新的经济增长点，突破口只能是"引企、引资、引智"。

见多识广、朋友遍及全国的牛玉儒，义不容辞地助阵呼市的招商引资。翻开他的工作日志，仔细算算，他在呼市任上不到 500 天里，竟有 200 多天在外出差，以致连储波都戏称他是"空中飞人"。仅看看他今年 3 月 20 日到 23 日的行程：从呼市经北京到成都，再到珠海、深圳，而后又经北京到银川、乌海回呼市——牛玉儒 4 天跑了 5 个城市，从南到北行程万余公里，考察了 4 家著名企业和两个城市。

这样的工作节奏，在牛玉儒来说是司空见惯。李理说，牛书记外出，吃饭经常在路边小饭馆，住和我们一样的普通房间，什么都不讲究，就是一门心思地谈工作。

这种勤政、务实、高效打动了众多客商。来自台湾的内蒙古合谦电子有限公司总经理曹睦欣告诉记者，呼市虽不是做高新电子产业的成熟地区，但他们还是选择了这里："并不是牛书记给我们更多的优惠条件。"曹睦欣坦言，比牛玉儒表态更好的还有，但牛玉儒提供的却是最具体的措施和帮助，"而且，只要答应的就一定做到。"

在牛玉儒的带领下，呼市党委、政府一班人，以真诚、热情和实实在在的服务，创造了良好的投资环境，使呼市赢得内外客商的青睐。台湾汉鼎、香港兴达、浙江华门、四川新希望、石家庄制药、三联化工等一大批企业相继落户。仅今年上半年，呼市就引进区内外项目102项，引进资金63亿多元。全市的经济社会发展也显现良好势头。今年1—5月，呼市的工业经济增速、城市居民人均收入增速、实现社会消费品零售总额增速，都跃居27个省会首府城市之首。

"一幅绚丽的图画，一首优美的乐章"，是牛玉儒心目中理想的城市。为让呼市成为美好的家园，他殚精竭虑，不辞劳苦。建委主任孙建华说，牛玉儒那时差不多天天都为城建的事和他通电话，不分白天深夜。以致到现在，他晚上一做梦，还总是牛书记的电话……

去年夏天的一个星期天，牛玉儒"打的"上了呼运公司杨树林的车。杨树林认出他是新来的牛书记，挺认真地说："听说你把包头治理得不错，你能不能把呼市也建得像包头一样漂亮？"

这话让牛玉儒一下子激动起来，他听出了期盼，也听出信任。呼市城建历史欠账多，基础设施差，群众意见很大。自治区领导向他们提出了"3年一小变、5年一中变、7年一大变"的要求。牛玉儒为此倾注了极大精力和心血。

孙建华说："去年6月我一到呼市，牛书记让我跟着他大街小巷跑了差不多两个月，从来没在凌晨2点以前休息过。"

牛玉儒对城建工作抓的细致程度，可能令很多为自己家装修的人都自愧不如。从规划到设计，从建筑材料的选用到绿化树木的栽种，从便道的铺装到路灯的安置，一样不落地过问。

他对工程质量的要求十分严格，兼具蓄水、绿化、美化、亮化功能和人文景观的东河治理工程施工时，一早一晚，牛玉儒总要来到工地巡视一番；市区几十条马路拓宽整修，他一条一条亲自验收。他的司机陈磊说，牛书记看得可仔细了，马路上的井盖他都要用脚踩踩试试平不平。"这都是老百姓的血汗钱，我们不能糟蹋了！"他这样告诫大家，也时时警醒自己。改造城市环境，他要的不是花架子，而是一切从群众最需要的地方做起。到呼市仅一年多，他4次到环卫部门考察，平时自己也经常步行四处查看环卫情况。呼市气候干燥，车一开过，马路上总是尘土飞扬，传统的人工扫、簸箕清，很难彻底清除地面浮尘。牛玉儒召集市容管理部门专门讨论，并拿出专项资金购买机扫车。时任市容局局长的康存耀非常激动，他说："呼市可用的财力并不富裕，像这样一年就投了1200万元购置清扫设备，以前从没有过。"

但牛玉儒认为，只要老百姓受益大，就值。

如此一年多大手笔的整治建设，使呼市面貌日新月异。引黄入呼、两河改造、污水垃圾处理厂等基础工程，不断完善城市功能；36条主次干道的新建、扩建和50条小街巷改造，让城市白天畅通，夜间亮丽；新增的1000万平方米绿地，新栽的3万多棵绿化树木，新建和改造的20个公园广场等，让城市漂亮葱翠。

退休老工人郭兰生有一天骑了一小时车专门到东河风景区游玩。那天，他恰恰在广场遇到了牛玉儒，他发自内心地对这位市委书记竖起大拇指："牛书记，好啊！"牛玉儒和他一样高兴，拉着他的手说："再过3年，咱们呼市要变成中国北方最美丽的城市！"

2004年除夕，牛玉儒接受呼市电视台的专访。记者问他，作为呼市这个"大家庭"的家长，新的一年有什么新的打算？谁也没觉得这句挺有亲和力的话里有什么不妥。但牛玉儒却温和而坚决地纠正她："我不是'大家'的家长，我是为'大家'服务的，这个位置一定要摆正。"

始终将自己定位于"公仆"的牛玉儒，嘴边常挂着的一句话就是"有困难找我"。他的手机号走哪给哪，企业、基层单位，甚至孤残老人。他说，事关老百姓的事，就是天大的事。

去年他去检查便道铺装工程，发现刚铺好的便道上，有根电线杆正立在盲道上。"这不是害人吗?!"一向很少发火的牛玉儒忍不住"大发脾气"。他严厉批评施工单位，要他们立即重修，并要有关部门对市区内所有盲道进行全面检查。在随行的市委副秘书长、办公厅主任林絮果的印象中，那是牛书记到呼市后第一次发这么大的火。

在牛玉儒看来，为人民服务，执政为民，就体现在这一点一滴的关心、关注之中。去年5月17日，《呼和浩特晚报》登了一篇《这15户居民啥时能喝上自来水》的报道，他读后立即批示："请王刚副市长、水务局、市自来水公司的领导读一读这篇报道。群众反映已一年多了，是什么原因使这个看似并不复杂的问题得不到解决？请你们在尽快解决这个问题的同时，举一反三，认真反思。"

像这样有关人民群众生活中的困难和问题的反映，牛玉儒特别重视。市委督查室主任董利群查阅统计了一下，从2003年4月至2004年7月，牛玉儒一共批阅各种群众来信和涉及人民群众切身利益的公文函件314件，平均不到两天就一件，而且他还要求督查室必须跟踪解决。

"我们抓经济、搞建设，最后目标，就是让群众在更好的环境里过更好的日子。"牛玉儒说过多次的这句话，概括了他执政呼市期间一切努力的出发点和目的地。2003年5月，"非典"刚结束，牛玉儒就提出要把经济快速增长取得的成就体现到全市人民生活质量的提高上来。他对市财政局局长银孝说，呼市财政状况近年来明显好转，既然如此，我们应该泽惠群众。

经过周密测算，多方筹措，呼市从今年6月启动了"连续3年"增长干群、离退休人员工资，增加低保人员生活补助的方案，多少工薪阶层和低收入家庭因此喜笑颜开。银孝说："牛书记的做法，是实打实地体现执政为民、以人为本的啊。"

权力，对一个人的诱惑和腐蚀，可能比任何东西都来得巨大。面对时时刻刻的"大考"，牛玉儒始终记着，他的老父亲，一位普通老党员对他的叮嘱："玉儒，你是为人民服务的，亲戚骂你没关系，老百姓信任你就好……"

为了保持这股正气，牛玉儒不得不订了许多死板的规矩。比如，他的家，绝不接待亲属之外的客人，不管他在不在家，他不允许属下干部到家里谈工作。来了，也不开门。真有事，他宁肯自己从家里回办公室接待你，司机陈磊说，这种情况常有。

他更不收受任何人的礼物，不仅家里人，连秘书、司机等身边工作人员他都反复交代。陈磊刚一调来，牛玉儒就告诉他，在外边不管参加什么活动，不管是谁，也不管是什么东西，一律挡住，不许装到车上。

牛玉儒在包头当了5年市长，震后重建他主持搞了一大批工程，"他没在工程承包上批过一张条子，打一个电话。"当时的市政府秘书长、现在的包头市副市长程刚说起牛玉儒，有一种发自内心的敬佩，"除了出差的机票、住宿等，他没报过任何其他开销。"

无论是包头市长，自治区副主席，还是呼市市委书记，都算是有职有权，但牛玉儒这么多年间，没有利用职权为自己的家人、亲属办过一件私事。牛玉儒兄妹6人，他7岁那年母亲病逝，父亲和他们兄妹几个相依为命，曾过着十分艰辛的日子。牛玉儒最小的妹妹牛宇红，丈夫下了岗，两口子去包头找当市长的哥哥，想让他"帮"着做点生意。牛玉儒拒绝了："这种事，三哥帮不了！"2001年，牛宇红的女儿从通辽工业学校毕业，找不到接收单位，牛宇红给当自治区政府副主席的哥哥打电话："你是舅舅，外甥女的事你总得管吧？"牛玉儒还是拒绝："你希望三哥以权谋私吗？"气得牛宇红一直埋怨他："这是什么哥？一句话能办的事就是不管！"

这种"不近人情"的事，牛玉儒真办了不少。家里人抱怨他，他自己心里也不好受，但他别无选择，他对家人能说的只是：我手中的权力不属于我自己。

于私如此，于公也如此。对于一级党委的"一把手"，选拔任用干部可能是最重要的职责，也是最重要的权力。同样，也是最容易产生问题的环节。"买官卖官"被广大群众斥之为"最大的腐败"。

今年春天，呼市几大班子和各旗县区领导班子面临换届，牛玉儒把这件大事看得很重，也看得很"公"。他在各种会议上阐述他对任选干部的原则：手脚干净，能干事、肯干事、还要干成事，也就是德才兼备，勤能兼得。呼和浩特市委副书记张彭慧（原组织部长）说："这次换届调整干部，牛书记一丝不苟按照《条例》办事，充分发扬民主，广泛听取意见。他还创造性地发挥人大、政协、纪检的作用，改变了过去由组织部一家决定的局面，很受好评。"

这次换届，呼市几大班子领导中动了17位，下面9个旗县区的"一把手"换了7个，截至今年6月，全市提拔、交流、改任、免职、离退等动了189名干部。张彭慧说："各界反映都很好，至今没有一例提意见或写上告信的。"

一年间几乎马不停蹄的牛玉儒，被迫躺倒在病床上。时日无多的他念念不忘的仍是他的城市、他的工作、他的职责。他点燃了自己全部的生命之火，一息尚存，熊熊燃烧。

每天不停地超负荷运转，牛玉儒一直精神抖擞，外人看来，他像一台动力澎湃的高速发动机。

只有妻子谢莉知道，丈夫已经累到骨子里。很多次，她准备好热水，等着为深夜回家的丈夫烫烫脚、去去乏，可就在她去端水的这点工夫，丈夫已经和衣躺倒睡着了。"我只能就这么让他睡着给他擦把脸、洗洗脚。"

他的身体也不断向他抗议，胃痛，发烧，尿血……但他吃点药就又忙去了。

看在眼里，疼在心上，谢莉气他、怨他、劝他，但无可奈何他。不管她怎么说，丈夫对付她的就是一招："再干几年退休了，我整天休息，咱们开车周游全国，好好玩……"

妻子愿意等，但病魔却不等。今年4月22日，正在呼市"两会"期间，牛玉儒突发肝区疼痛，李理力劝把他送去医院检查。诊断结果让他惊呆了——结肠癌肝转移，晚期。"两会"一闭幕，牛玉儒被送到北京协和医院，5月3日做了结肠切除手术。不知实情的牛玉儒给自己定的计划是，3天下地，7天拆线，15天后回去工作。

前两项他如期做到了，看着已经开始准备出院的丈夫，谢莉只好对他说："玉儒，咱还走不了，手术后切片化验你结肠上的息肉有癌细胞，必须化疗。"

对这种病和这种治疗略知一二的人都知道，这是一个多么痛苦的过程。但牛玉儒从不喊一声疼，叫一声苦，他强忍着一切不适，吃饭、锻炼，希望着的就是"我很快要回去工作"。直到现在，家人和身边工作人员还在疑惑，牛玉儒到底对自己的病情知道多少？若是真明白自己已经病再不治，时日无多，为什么还一直那么达观，那么忘我地工作？

"以牛玉儒的智商，他不可能不知道自己的病情。"十分了解也非常欣赏牛玉儒的储波书记如此判定。他说，"面对生死的时候，最能看出一个人的精神境界。"

牛玉儒的境界是：一息尚存，工作不停。

病房成了他的第二办公室。李理说，除了躺在床上不能出去，牛书记几乎和过去没啥不同，从早到晚还是那么忙。牛玉儒的二哥牛玉实几次到北京看他，守在病床前，却"跟他说不上几句话，他总是和市里的干部们谈工作的事，刚没人，电话就来了。"

心里始终牵挂着工作的牛玉儒，每一次化疗间歇，刚刚恢复一点体力，就反复跟大夫要求返回呼市，安排工作。市委秘书长兰恩华对牛玉儒三次回来的行程，记得格外清晰：

第一次，专门检查了正在进行中的城建工程。乘一辆中巴，东河、呼伦路、电影宫周边、五塔寺广场、通道北街出城口、火车站广场、新华广场等走了个遍。每到一处，详细查问工程进度，了解存在的实际困难，询问资金落实情况……

第二次，考察金山、金川开发区，参加台湾汉鼎在呼市的奠基仪式……

第三次，参加自治区区委七届六次全委会；主持市委九届六次全委会，在会上做工作报告……

除了为数不多的知情者，没人想到牛玉儒是在怎样的情况下来参加这次会议的。出门前，谢莉给他穿上准备好的西装，这时的牛玉儒，原来2尺9的腰身已经瘦到不足2尺3了。"西装穿在身上，好像都看不见胳膊似的"，谢莉简直没勇气仔细打量丈夫，但牛玉儒却口气如常地说："里边就多穿几件内衣吧。"

套了七八层内衣和衬衣的牛玉儒登上讲台：我们必须以冲刺的状态迅速占领发展的制高点，力争在今年实现地区生产总值达到600亿元，财政收入达到60亿元的目标……

他抛开原本40分钟的讲话稿，整整讲了两个多小时。那种激昂的情绪，那种台上台下振奋不已的热烈——凡被问到的与会者都说："印象太深刻了。"

7月16日的这次发言，成了呼和浩特市委书记牛玉儒的绝唱。

病情急转直下，牛玉儒进入了弥留时刻。8月10日下午，他似乎醒来了一瞬，看着妻子，他嚅动着双唇，想说却什么也没说出来，眼眶里溢满了泪水。

谢莉实在不甘心丈夫就这样一句话不说离开自己，她和儿女围在床边一遍又一遍地叫他、喊他，他却浑然不知。12日早上，谢莉忽然闪过一个念头，她偎在丈夫的耳边轻轻地喊："玉儒，玉儒，8点半了，要开会了。"

牛玉儒竟真的动了，眼皮一颤一颤地使劲，终于睁开了眼睛——这是他投向世界的最后一线光芒……

2004年8月14日，牛玉儒病逝于北京，终年51岁。

编者：您能简要介绍一下，当年新华社报道牛玉儒事迹的基本情况吗？

汤计：新华社当时一共撰写了16篇长篇通讯、新华时评和消息。上面这一篇《激情燃烧的生命》是主打通讯，配发的评论是由鹿永建同志撰写的《好干部的生命一天也不空转》，全国共有168家报纸刊用了这篇稿件。之后，《生死面前——党的好干部牛玉儒生命最后的日子》《平民书记——党的好干部牛玉儒亲民爱民故事》《为官就是做事——党的好干部牛玉儒的"为官之道"》分别配以评论《牛玉儒生死关头的思想境界》《多一些平民情结》《用权为民　好官之道》等陆续播发并被各大媒体转载。这些稿件不仅覆盖率较高，而且引起了强烈的社会反响。

编者：这也显示了新华社在新闻报道方面的地位和影响力。下面一篇报道即是主打通讯的配发评论《好干部的生命一天也不空转》。

新华时评：好干部的生命一天也不空转①

新华社今天播发长篇通讯《激情燃烧的生命——党的好干部牛玉儒任呼和浩特市委书记的 493 天》，生动刻画了一个充满激情、自加压力、不留余地、奋力向前、为人民做出贡献的好干部的形象。

激情，是一个好干部的特征；不管把激情藏在内心，还是像牛玉儒一样把激情表露出来。一个富于激情的干部就像一部发动机，不仅要带动一班人，而且还要感动更多的人。这让我们想到，眼下有不少干部对于工作没有激情，对于事业没有理想，对于同志和群众没有感情，只是事务主义地办事，只要不是对自己有利的事就不热心，只要是可能惹麻烦的事，能躲就躲，这样的干部，怎么会不产生官僚主义，又如何让群众满意和怀念呢？

一个好干部，就像一颗小太阳，燃烧自己，温暖别人，照亮大家。牛玉儒任呼和浩特市委书记的 493 天是这样的，他以前在别的岗位上也是这样的。在工作中，他勇于付出，善于工作，不断释放自己生命的能量。不管是与"非典"做斗争的日日夜夜，还是在他为城市建设而操劳的时候。他投入的生命，产生了效益，那就是在"非典"期间群众的安全，那就是今年 1 至 5 月，呼市的多项社会经济发展指标，跃居 27 个省会城市之首，等等。

---

① 新华网北京 2004 年 11 月 25 日电，记者鹿永建。

一个好干部，是一个为群众利益而动感情的人。牛玉儒发现一根电线杆子立在刚建好的盲道上，发了脾气。在许多干部奉行只要不伤害自己的利益就不得罪人的哲学的今天，他的"脾气"十分可贵。这样的义愤，让群众看到了负责任的共产党员和干部，让群众看到了希望。只有这样真正关心群众疾苦的干部在台上，群众才能心里有温暖，脸上有笑容，生活有欢乐。

一个好干部，对于自己的家人的各种要求保持几分警觉。牛玉儒就是这么做的，有助于他保持清正廉洁。因为一个人有权了，就会有人来抬轿子，帮助其家人办事就是其中之一。有的干部就是在家人病重的床前放松自己，开始收受贿赂的。从这个角度讲，对于家人的要求和自己的物质欲望保持警惕，对于干部的家人和自己都是最明智的，也是最好的选择。

一个好干部，就是要对工作精益求精，并用正确的工作态度要求别人。如果干部对工作抱着差不多就行了的态度，就会让那些追求工作质量的好同志无用武之地，而让那些工作上马马虎虎，对于其他方面下功夫的人有了用武之地，一个地方工作上、用人上的不正之风就随之而来了。难怪呼市这么大规模的干部调整，没有什么不良反映，这在许多地方都是少见的。

人民需要牛玉儒这样的好干部，国家需要这样的好干部，党需要这样的好干部。愿牛玉儒这样的好干部越来越多。

编者：有人说，牛玉儒这个形象是汤计塑造出来的。对此您怎么看？

汤计：虽然我与牛玉儒有十多年的交情，但我们之间只是一种君子之交。我一直认为，是呼和浩特的人民群众塑造了牛玉儒，而我只是借助文字将呼和浩特人民的呼声传递给了社会，传递给了更多的人。牛玉儒自己生前绝对不会想到自己逝世后会成为英雄，更不会想到是我把他的先进事迹推向大众。

编者：在生命最后的日子里，牛玉儒拼尽全力与时间赛跑。他要尽可能地为呼和浩特人民再多办一件好事。

生死面前——党的好干部牛玉儒生命最后的日子[①]

"像一团炽热的火，他总是激情地燃烧；像一面迎风的旗，他总是呼啦啦地飘动；像一匹驰骋的骏马，他总是向绿色的前方飞奔……"这诗一样的语言，是一位朋友对已故呼和浩特市委书记牛玉儒的描述。

从容——"你的意志已准备好了，你的脚步也就轻快了。"

牛玉儒到底是否真的明白自己的全部病情。若说不明白，似乎不像他一贯的敏锐；若说他明白，为什么竟能如此通达乐观？牛玉儒的发病，其实早有征兆。一段日子来他时常胃疼，熬不过去了就吃点药。妻子谢莉事后也回忆起，丈夫好几次说过，怎么大便发黑呢？4月22日，正在参加呼和浩特市"两会"的牛玉儒"胃疼"难忍，秘书李理硬把他劝到了内蒙古医院。结果出乎意料："结肠癌，已经扩散到肝部！"坚持到26日"两会"结束后，牛玉儒被送进北京协和医院。5月3日，医院给牛玉儒做了手术。牛玉儒给自己定的计划是，3天下地，7天拆线，15天后回去工作。谢莉无奈之下只好对他说："切片化验显示，你结肠上的肿瘤含有癌细胞，得接受化疗。"自治区党委书记储波说："以牛玉儒的智商，他不可能不知道自己的病情，但他就像完全不知道一样，反而安慰我们这些看望他的人。"

刚毅——"我要扼住命运的咽喉，它休想使我屈服。"

牛玉儒所患的病，是癌症中最疼的一种。面对病魔的折磨，牛玉儒显示出一条"蒙古汉子"的坚韧。司机陈磊，是个年轻的武警战士，牛玉儒病中的刚毅，让他这个七尺男儿一说起来常常泪流满面。到8月初的那几天，牛书记已不能进食，疼痛弥漫全身，他满头大汗，枕巾湿透了换了一

[①] 新华社北京 2004 年 11 月 26 日电，合作者曲志红、张云龙。

块又一块，他照样一声不吭："我从没见过像他这么坚强的人。"医生不忍心让他受折磨，说："牛书记，别撑了，打一针杜冷丁吧！"牛玉儒仍坚决不许。以超乎常人的毅力，牛玉儒面对生命的绝症，直到死，也不曾屈服过。

眷恋——"我能奉献的，只有热血、辛劳、眼泪与汗水。"

牛玉儒对妻子说："我对呼市老百姓说的话还没有兑现，我要干的事儿还多着呢！"病房成了他又一个办公室。他让工作人员从市里调数据、调材料、调文件，开始在床上办公。有一天为了让牛玉儒分散些精力，女儿甜甜故意给他讲笑话。突然，他说出一串手机号码，要甜甜马上给他拨通。"原来他脑子里还想着工作的事。"即使如此，牛玉儒仍不满足，他还要回去亲眼看看，亲自跑跑。牛玉儒三次化疗期间日程安排是：6月8日开始化疗，11日返回呼市，20日回京；6月28日第二次回呼市，7月2日回京；7月11日至19日，第三次回呼市。第一次回来，他去看正在建设中的新华广场、火车站站前广场等城建工程，还抱病参加台湾汉鼎光电公司的开工剪彩；第二次回来，他考察如意、金川两个工业园区。牛玉儒最后一次返回呼市，主持呼和浩特市委九届六次全委会。他在病床上殚精竭虑，做了充分的准备。上会前，妻子谢莉翻遍衣柜找不到一身合体的衣服，丈夫原来2尺9寸的腰围，现变成了2尺3寸。牛玉儒说："多穿几件内衣，让人看不出有太大变化就行。"登上讲台的牛玉儒情绪昂扬，精神饱满。他抛开原本40分钟的讲话稿，讲了两个多小时。回到家，牛玉儒一点力气都没有了。可第二天，他又开会去了。8月6日，距他去世的日子仅8天；距他陷入完全昏迷仅4天，距他被报病危仅3天，距他病情恶化发生肝肾衰竭仅仅2天——就在这天，他在病榻上一字一句地修改将在10日举行的自治区中心组学习会上的发言稿；他还惦记着马上要完工开放的新华广场，打电话给建委主任孙建华，问整体感觉好不好？灯光效果怎么样……他没来得及对一直守护在身边的妻子儿女、兄长妹妹留一句话，就忽然陷于衰竭之中。"爸爸，爸爸！"儿子一个劲儿哭着喊他。他想说，却一句话也说不出来，望着妻子儿女，眼里涌上泪水。他已燃尽了全部的生命。

回家——"太阳看起来好像是沉下去了，实际不是沉下去而是不断地辉耀着。"

他又回到自己的城市，回到他依依不舍的百姓中间。"牛书记，青城人民永远怀念您！"素纸黑字的大幅挽联迎接着他。虽是清晨 6 时，但呼市街头、广场，他所关注的建设工地上，身着素衣、胸戴白花、手执挽联的群众早已伫立等候。一个任职仅仅 493 天的市委书记，能让百姓们发自内心地竖起大拇指，说一句"好"，是多么不易！呼市阀门厂王成起和一群退休工人，抬着他们凑钱买的花圈来送别："牛书记关心我们的生活，我们退休了还能每月涨 100 块钱的工资。"300 名出租司机，胸佩白花，一组组走进吊唁大厅："牛书记的为官和为人，值得我们给他叩首。"机关干部、民营企业家、社区居民……老百姓心里记着他的业绩，他的忘我，他的奉献——那里，是他永远的家。

编者：汤老师，从新闻工作者的职业角度，您是怎样看待牛玉儒的事迹的？

汤计：好新闻是可遇而不可求的。一个优秀的新闻工作者，一旦发现了机遇，就要抓住机遇，就有可能成就自己职业的里程碑。我自认为由于率先发现并成功报道了牛玉儒的先进事迹，也使我的新闻生涯达到了"里程碑"式的高峰。内蒙古自治区成立近 60 年时间里，牛玉儒是继"草原英雄小姐妹"龙梅和玉荣之后，历史上出现的第二个"里程碑"式的新闻人物。而他们的事迹相隔了 35 年。

编者：报道牛玉儒的先进事迹，成就了汤计老师职业生涯的"里程碑"。另一方面，牛玉儒的光辉形象深入人心，也离不开像汤老师这样有品格的新闻人的付出。

短评：牛玉儒生死关头的思想境界[①]

对任何人乃至任何生命来说，没有比死更大的事了。当一个人面对绝症时，悲伤、恐惧、留恋，都是正常的心理反应。然而，牛玉儒在自己的生死关头，仍在争分夺秒地为党和人民的事业工作。

肝癌是癌症中最痛苦的一种，而牛玉儒表现出的是镇定和坚强，无论多大的痛苦，他始终不哼一声，不向病魔和死神屈服。

是什么让他如此泰然？牛玉儒说："战争年代革命先烈二十几岁就牺牲了，而我已经50多岁，比他们多活了一倍。没什么可难过的。"

在他眼里，自己和革命先烈一样，只要死得其所，又何惧生死！牛玉儒所以能在生死关头表现出大无畏精神，是因为他内心世界壮丽的人生观。

牛玉儒在自己27年的领导岗位上，始终保持克己奉公，勤政为民，鞠躬尽瘁的精神品质，取得了令人称道的成绩，赢得了老百姓的尊重和爱戴。他的人生充实而有价值，为人民服务，为事业献身，他都做到了。

在牛玉儒看来，轰轰烈烈活50年，远比庸庸碌碌活100岁强。即使是死，也要死出个样子，因此，当他了解到自己得了绝症，将不久于人世后，他从此不再谈论病情，而是把自己有限的生命余光，毫无保留地、比平时更加争分夺秒地献给党和人民的事业。

正是牛玉儒这种至死不渝的拳拳赤子之心，感动了呼市百姓，感动了草原人民。

也许不是每一个人都能像牛玉儒一样笑对生死，忘我工作，但我们需要学习他追求崇高人生价值的坚定信念。目前，我国正处于经济转型期，利益调整使得人们内心处在一种浮躁、混乱的状态，许多党员干部也不例外，自己的人生观、价值观发生错位或者迷失，表现出来的就是无所作为、浪费光阴甚至腐化堕落。

---

① 新华网呼和浩特2004年11月26日电，合作者曲志红、张云龙。

志当存高远。每个党员干部只有真正在内心树立起坚定而崇高的信念，才能对事业有追求，才能真正带领人民群众全面建设小康社会。

编者：随着中央反腐力度的加大，一大批腐败的领导干部依法受到了制裁。与牛玉儒相比，他们不论是在信仰、价值观还是在能力上，都有很大差距。现在回顾牛玉儒的事迹，您有没有一些思考？

汤计：牛玉儒逝世到现在已经十多年了，回忆当年对他的报道，还是有几点感慨和思考的。一是牛玉儒的形象是由人民群众塑造的，不是哪个人或者哪些人凭着嘴或者笔就能塑造出来的，是真正经受住了时间的考验的；二是牛玉儒是一位真正能把百姓的事儿放在心上的"人民公仆"，虽然身居高位，但他从来没有把自己当个官儿，他生前是草原人民的儿子，死后依然如此；三是大家千万不要把牛玉儒的英名当成商品，特别是新闻从业人员，不要抱着一种"猎奇"的心态去看待牛玉儒。

编者：虽然牛玉儒任职呼和浩特市委书记只有493天，但他为呼市人民办了许多好事儿和实事儿。下面我们就来看一下牛玉儒亲民爱民的故事。

平民书记——党的好干部牛玉儒亲民爱民故事[①]

牛玉儒上任不久曾表示，我希望自己能和百姓保持亲近、亲密的关系，而不是做一个高高在上的领导。

在呼和浩特当市委书记一年多，牛玉儒经常步行或自己乘出租车在大街小巷、居民社区等地方"随意走走"，发现过许多与百姓生活有关的问题，也与许多普通市民都有过直接的接触。在这些普通百姓眼里，牛玉儒是他们的"平民书记"，是他们感到亲近的"好领导"。

---

① 新华社呼和浩特 2004 年 11 月 27 日电，合作者曲志红、张云龙。

落日余晖——一位青年教师对牛玉儒的悼念

云瑞军和牛玉儒只有一次没有谋面的接触，但是云瑞军坚信，他在大海边看到的那次落日余晖，就是牛书记的英魂。

今年 7 月 19 日，牛玉儒在呼市 16 中青年教师云瑞军希望调到母校土默特学校任教的信件上批了字：请分管副市长刘菊茹阅办。

云瑞军 1990 年 7 月毕业于武汉市江汉大学英语系，分配到呼市 16 中任英语教师。后来在 16 中教导处从事教学管理。每年假期，他兼职到多家旅行社做导游、翻译。云瑞军的这些行为被认为是下海经商，他离开了学校。今年是云瑞军的母校呼和浩特市土默特学校建校 80 周年校庆，他想回到母校，重新开始自己的教师生涯。但办理手续上遇到了困难。

于是，他写了封信表达自己的请求。云瑞军没想到，他的信竟会送到牛书记手里，更没想到牛书记在身患绝症的最后时日，还为他的申请报告做了批示。

当时，他已经重病在身，在第三次化疗过后，他不顾身体的极度衰弱，回到呼市，参加并主持呼市市委九届六次全委会。这天，他走进市委大楼自己的办公室，处理了一些日常文件，然后打开了报送的群众来信来函……

这是牛玉儒最后一次批示群众的来信来函。

8 月 13 日傍晚，云瑞军在大连市海边看到了他有生以来最难忘的一次落日。他用手机摄下了霞光满天的落日。"就在落日呈现的地方，一团紫色的光晕摇曳不定。我心里很是惊诧，这情形难道就是小时候额吉（妈妈）讲的'人死后灵魂在飘荡'？"

8 月 16 日，云瑞军回到呼和浩特，得知牛玉儒去世的消息，他立即想起了海边的落日余晖。

云瑞军感念牛玉儒，给了自己回到民族教育岗位的又一次机会。如今，他已经在学校上班一个多月了。云瑞军说："我要好好珍惜我的工作，绝不辜负他对我的期望。"

"他知道老百姓不容易"——两位退休老工人讲述的故事

去年 7 月的一天，蔡桂兰到自家附近的东瓦窑菜市场买菜。无意中看到一个人戴着墨镜在市场里转，很像牛书记。她大为惊讶，几步赶过去仔细一看，果然是他！

蔡桂兰是内蒙古第二毛纺厂退休工人，2003 年因社保问题曾多次到市委反映意见，也找过牛玉儒，所以她认得牛书记的样子。蔡桂兰不由得叫出了声："牛书记！"牛玉儒一下看见她，赶紧示意她小声点。牛玉儒说："别叫我牛书记，大家听见了围上来不好。我就是随便看看，你就叫我牛老弟，我叫你蔡大姐，好不好？"

回到家后的蔡桂兰，不停地在屋里转。女儿很奇怪，说："妈，你咋了？"蔡桂兰自言自语地说："我头一次见这样的书记，他管我叫蔡大姐。"

如今和许多退休工人坐在一起说起牛玉儒，蔡桂兰眼圈红了："他可真是咱老百姓的平民书记！"

牛玉儒关心群众，尤其重视解决群众反映的实际问题和困难。他经常对下面的干部们说："老百姓是最不容易的！"

今年 58 岁的高淑香原是呼和浩特市机床厂的统计师。丈夫蒋华荣"文革"期间被打成现行反革命，遭到很多迫害，曾多次上访要求获得正常的待遇未果。2001 年丈夫因病去世。从此，高淑香接替丈夫不断上访。几年来，高淑香兜里揣着上访信，有空就去呼和浩特市委、市政府反映情况。信访部门接待她许多次，但一些遗留问题始终没有得到实质性解决。

2003 年 12 月 25 日，高淑香再次来到呼市政府大楼，她看见大厅门外停下一辆轿车。"看样子是某位领导回来了"，高淑香转头迎了上去。

"是牛书记！"高淑香回忆当时的情景说，"我把信递给了他。他接在手里，边走边问我几句情况。到电梯门口时，他已经把信从信封中抽了出来，说了句'我先看看'"。

多少次上访没有进展的高淑香，这次把信交给了市委书记，心里感觉很踏实。

"后来我知道，牛书记当天就在信上做了批示，责成有关部门专门解决我反映的问题。尽管因种种原因，我的问题解决得还不彻底，但我仍然十分感激牛书记。"高淑香说，"我把信递过去的时候，他一点没有推脱。他没有把我推到信访部门，也没有交给秘书。他不像许多当官儿的，遇到这种事，总是能推就推。"

"牛书记真是个好书记，他知道老百姓不容易。是他给了我希望，可没想到他走得这么早！"说到这儿，高淑香眼圈已经红了。

牛书记的为官和为人，值得我们给他叩首——300名出租司机的心声

8月17日下午，呼和浩特。300名出租司机，身穿他们统一的工装，胸戴白花，乘坐60辆出租车，一路鸣着喇叭向市政府驶去，他们要去告别刚刚去世的市委书记牛玉儒。

路边值勤的交警，得知司机们要去吊唁牛书记，为他们一路绿灯放行，并纷纷立正向车队敬礼。

"我们10人一组走进吊唁大厅，向牛书记深深地鞠一躬！"呼市爱心出租车队司机刘建元说，"牛书记的为官和为人，值得我们给他叩首。"

开了7年出租车的刘建元，是呼市城市面貌变化最好的见证者。他说："城区道路拓展得那么宽，二环路修得那么好，我开车走在路上的心情都不一样。"刘建元痛切地感慨。"他才51岁就去世了，太早了。我们再到哪儿找这样的好书记？"

双休日本应该阖家欢乐、休闲度假，可牛书记经常自己"打的"明察暗访。呼市运输公司出租司机杨树林清楚地记得，去年夏天一个星期天的上午，牛书记和爱人一起上了他的车。因为他在电视上见过牛书记，所以一眼就认出了他。"当时我特别激动，我说，你是牛书记！牛书记笑了，亲切地问我每天的收入情况，打听市民们最近有啥反映，对城市建设有什么要求。我说，呼市缺公厕，外地乘客为了找厕所，常常要出租车拉着绕好长时间才能方便。牛书记听得非常认真，下车的时候还对我说，'你放心，我们尽快在全市布局一批公厕。'""他还幽默地说，一个城市哪能光

讲'进口'不讲'出口'呢!"

出租司机朱兵发自内心地感念牛书记。他说:"我们父子二人开出租车,天天穿行在呼市的大街小巷,呼市这两年的变化我深有体会。以前道路窄又堵,我在呼市开车1小时只跑20公里,现在道路又畅通又漂亮。以前呼市大街小巷的人行道铺的都是滑溜溜的彩砖,每逢雪雨天气,人走上去净摔跟头。牛书记到呼市后,人们把这个问题一反映,都换成又吸水又防滑的青砖。就从这么一件小事,就看出牛书记对老百姓的关心。"

呼市联运出租司机张惠珍眼含热泪说:"呼市人民为啥这么爱戴牛书记?因为他心里有咱老百姓啊!有一次,我看到牛书记指着盲人道上的电线杆,批评管城建的领导说:'盲人道上的电线杆不拔掉,这不是害人吗?与其让盲人骂我,还不如我先骂你们!'这事可能不大,但我真的很感动。"

编者: 汤老师,您认为牛玉儒为什么能够赢得老百姓的爱戴?

汤计: 什么样的官儿才是好官儿?可能有不同的衡量标准。我认为牛玉儒是一个好官儿,他之所以能够赢得老百姓的心,因为他首先是个好人,所以能做一个好官儿。他在呼和浩特担任市委书记仅仅493天,却处理了各种群众上访信件314件,而且件件都有落实。他生前规定家人不许在家里接待亲戚以外的人,但对上访反映问题的群众,他特意嘱咐妻子一定要请进家门,热情接待。这就是呼和浩特人民爱戴他的根本原因,所谓"青史留名"讲得就是这种官吧。

编者: 牛玉儒身上的平民情结,让他能够更近距离地接触群众,群众也更加认可他。

新华时评:多一些平民情结①

为了防微杜渐,呼和浩特市委书记牛玉儒家里有一条规矩:凡干部来

---

① 新华社呼和浩特2004年11月27日电,合作者曲志红、张云龙。

家拜访一律不接待。但是，他对上访普通群众又特别例外。他说："群众既然找上门来，不知道想了几天，下了多大决心，千万不能冷了他们的心。"

密切联系群众是党的优良传统，正是始终坚持"从群众中来、到群众中去"的群众路线，党的事业才取得了一个又一个胜利。然而，在新的时期，一些干部脱离群众，尤其是个别领导干部，高高在上，对人民疾苦麻木不仁。更有甚者，腐化堕落，严重伤害了群众的心，损害了党和政府的形象。

作为新时期的领导干部，牛玉儒既有解放思想、开拓创新的精神，又继承了党的优良传统和作风。牛玉儒从小受苦，家教很严，又在纪检部门工作多年，他不但严格自律，而且深知作为一名领导干部脱离群众的严重后果。在他身上，始终保持了浓浓的平民情结。

平民情结，让牛玉儒有了正确的政绩观。2003 年 8 月，自治区两个文明现场会要在呼市召开。会议前三天，一些施工单位为了在道路整修中赶进度，不讲施工质量。牛玉儒发现呼和浩特市主要商业街中山西路的地砖铺设不过关，坚决要求返工。他说："道路建设不能搞形象工程，要让老百姓满意、为老百姓负责。"

平民情结，让牛玉儒始终记挂着群众的事。不论是对待多次上访的群众高淑香，还是对待生活贫困的孙震世，他绝不推诿，而是主动为他们排忧解难，赢得了群众的爱戴。市里财政收入好转，牛玉儒马上提请有关部门给公务员、离退休职工增加工资和退休金，给低收入人群提高补助。

平民情结，让牛玉儒保持了经常深入基层的好作风。牛玉儒微服私访的事，至今被许多呼市市民津津乐道。正是这种像寻常百姓一样的生活，使他真正了解了群众的要求，听到了群众的呼声，推动一批让人民群众满意的政策出台。

平民情结，让牛玉儒对群众和下属怀有深厚的感情。包头市银河广场建成之际，牛玉儒摆了三桌酒席，宴请昼夜施工的工人；"非典"时期，他深入医院，又劝阻随行工作人员待在车上，减少被传染的可能。

牛玉儒的平民情结,使他和群众相处胜似家人。正是因为密切联系群众,牛玉儒不仅取得了个人事业的辉煌,而且赢得了群众的口碑,换来了群众的尊重。

编者:汤老师,作为一名活跃在新闻一线的资深记者,您是怎样看待"为官之道"这个问题的?

汤计:为官之道,最基本的要做到眼睛里有人民群众,知道群众的喜怒哀乐,了解群众想什么、需要什么。眼睛里只有GDP的官员不是"完整"的好官。当官追求政绩是没错的,但所谓"政绩",首先要看民意,好官坏官,老百姓最有发言权。想出政绩,绝不能以牺牲人民群众的根本利益去追求GDP,否则GDP上去了,但把群众伤害了。

编者:您说的是。现在有些地区的官员为加快城市化建设,在补偿资金不到位的情况下暴力拆迁,造成了很严重的后果。

汤计:所以说,追求GDP,要有政治家的眼光,要有统筹协调、构建和谐社会的理念,不能急功近利,更不能好大喜功。为官一任,得让老百姓念你个好。做官,真的得会做啊!

为官就是做事:党的好干部牛玉儒的"为官之道"①

在牛玉儒27年的"为官"生涯中,有两次任职最为重要:包头市市长和呼和浩特市市委书记。这可能是他工作最累、付出最多、耗费精力最大的两个职务,同样也是给他带来最大成就感的岗位。

巧合的是,这两次任职都是"受命危难",重担在肩。每次牛玉儒都二话不说,承担起党的重托,并以自己奋发有为、开拓进取的精神,兢兢业业、勤政为民的实干,改变了两个城市的面貌,赢得了两市人民的拥戴,也为自己的"为官"生涯呈上最出色的答卷。从中,折射出一个以党

---

① 新华社呼和浩特2004年11月28日电,合作者曲志红、张云龙。

的事业为重,以为人民服务为毕生追求的领导干部的精神境界、内在修养和人品道德。

1996年11月,自治区党委决定牛玉儒出任包头市市长。这时的草原钢城刚刚经历了一场大地震,国有大中型企业多数不景气,下岗职工堵着政府大门找饭碗……

此时的牛玉儒在内蒙古自治区政府秘书长、办公厅党组书记任上已经3年,工作驾轻就熟,上下关系协调。有好心人劝他说:"反正是平级职务,何必跑到包头受那么大累?"

但牛玉儒不这么想,他说:"当官,不就是要多做些事嘛!"临行前,他到多年相交的自治区人大常委会原副主任刘珍家里告别。把酒聊天,他说出自己的心里话:"我虽然做厅级干部多年,但一直在区机关,现在有机会在一个全新的平台上工作,是最好的锻炼。"

刘珍是牛玉儒最初踏进政府机关大门就相识的老领导。那时牛玉儒刚从一个下乡知青被选派到哲里木盟(现通辽市)盟委当通讯员。时任盟文化局长的刘珍对这个"特别勤恳、特别爱学习"的"小孩子"印象颇佳,两人半师半友,也算忘年之交。

刘珍说:"下去当'二把手',你当真没有想法?"牛玉儒坦然一笑,对刘珍说:"任什么职务是工作需要,我只要好好干,一定干好就行了。"

这番话,让刘珍对这个他"看着长大"起来的后辈,很有点刮目相看。现在说起来,刘珍还赞不绝口,说:"这种党性原则,这种不计个人名位,一门心思干工作的精神,少有!"

确实,在牛玉儒的从政经历中,他有过从盟委办公室干事一下子被委任公社党委书记的幸运;有过连年提升、成为自治区最年轻的厅局级干部的踌躇满志;也有过一个职位上一干七八年不动的沉寂。但这些不同的际遇对牛玉儒似乎没多大影响,从他的第一个职位起,不管什么时候,他都兢兢业业地干工作,勤勤恳恳搞事业,认认真真履行职责,十足的"老黄牛"风范。

在当包头市长的4年时间,牛玉儒在市委的领导下——"心系群众,勤政为民，在经济建设、改革开放、城市建设、改善人民生活等方面，提出并实践了一系列具有创新性思路和措施，做了大量卓有成效的工作，为包头市的发展作出重要贡献。"

这是官方评价，准确地概括了他在包头市的政绩。

但若要走到包头市的干部、群众中，可以听到更直观、更让人有感觉的记忆——

比如包钢、包铝、鹿王、稀土高科、华资实业等名牌企业走向集团化、提升竞争力的历程，北京锡华等诸多中外企业落户包头的经历；再比如 30 年来一直想解决却始终未得而终于在牛玉儒手上圆满完成的"城中村"拆迁，4 年盖了前 46 年总和的居民住宅的惊人数字；以及宽阔畅通的城市道路、免费开放的公园、遍布全市的绿地广场、甚至广场上与人和谐相处悠然自得的梅花鹿，都可以告诉人们这位前市长的故事。

当然，还有令包头人极为自豪的联合国人居中心"2000 年迪拜国际改善居住环境最佳范例奖""良好范例"的称号。

在包头市采访期间，记者随意在市区街头和出租车上与人交谈，先后问过多位普通百姓。无分老少，他们都还记得离开包头已经 4 年的牛玉儒，而且都说他"是个好市长"。

无独有偶的是，去年 4 月"非典"期间牛玉儒调任呼和浩特，又一次"临危受命"，又一次面临"轻与重""难与易"的选择。

当他在遥远的云南边陲接到"立即返回"的电话时，正兴致勃勃地带着一行人考察当地的边贸情况。作为主管外经贸的自治区副主席，他心里盘算的是取人之长，大力促进内蒙古的边贸发展。

自治区党委书记储波说："呼市原来的市委书记到自治区当主席后，我们就开始考虑这个职位的人选。呼市是首府城市，地位很重要，所以想从现有的副省级干部中平调一位。呼市市委书记与副省长不同，不是管一条线，而是个块块儿，事多，麻烦多，矛盾多，既要决策又要执行，工作担子重，责任重大。特别是首府的'官'不好当，关心的人多，过问的也多，比其他地区更难干。"

所以，储波先"吹了吹风"，让牛玉儒有一定的考虑时间。

牛玉儒的秘书李理说，很多人觉得牛玉儒"留在区里好"，因为他干副主席两年，分管的外经贸工作大有起色，他提出要在 2002 年实现"3个2"目标，即引进国内资金 200 亿元，进出口总额 20 亿美元，直接利用外资 2 亿美元。当时不仅外经贸系统、连自治区领导也认为有点"悬"。连储波书记都问："能行吗?"没想到他们提前完成了目标，自治区又是奖励又是表扬，整个系统人心振奋，准备来年继续大干一场。

李理说，各方面工作都特别顺了，在自治区继续干，肯定出成绩。可去呼市工作，万一出点什么事，"这不把以前的成绩毁了吗?"

"关键时刻、关键问题考验一个干部。"储波找牛玉儒谈话时，"他二话没说，愉快地接受了。"储波说，"如果不是完全出于公心，不会这样。"

面对大家都知道"不好干"的调任，牛玉儒不计个人利弊得失，第二次选择了"服从组织安排"。他对关心此事的刘珍说，复杂局面靠"公心"，工作困难靠实干。呼市工作虽说难度大，但现在有西部大开发的好时机，有前任领导打下的好基础，"我还能好好再干一番事情，让呼市发展更快些。"

抱着这样的宏愿，牛玉儒走马上任。上有自治区党委的重托，下有对200 万呼市人民的承诺，牛玉儒为了加快这座首府城市的发展，改善城市的面貌，提高人民群众的收入水平和生活质量，呕心沥血，殚精竭虑。

上任伊始就带领全市人民抗击"非典"，紧接着深入调查研究，提出新的发展目标和城市蓝图，带领一班人和广大干部群众，一心一意谋发展，以实干求实绩。他在呼市的 493 天，几乎天天都要工作十几个小时，而呼和浩特的面貌，也在日新月异。经济发展势头良好，城乡居民收入增加，财政收入节节攀高，城市建设的变化之大更是让人惊喜。

储波说："牛玉儒这个人，从不想着给自己留余地，他总是自加压力，负重前行，无私所以无畏。"

正是这样的品质，让牛玉儒成就了自己人生的辉煌。

编者：习近平总书记在谈到作风建设时，对领导干部提出了"严以修身、严以用权、严以律己，谋事要实、创业要实、做人要实"的要求。牛玉儒的先进事迹，正是领导干部实践"三严三实"要求的光辉典范。

新华时评：用权为民　好官之道[①]

牛玉儒做官 27 年，从乡级领导做到副省级领导，可以说位高权重。然而，职位的升迁没有使他脱离人民群众，更没有动摇他坚定的信念。他说："我的权力是人民赋予的，不属于我自己，我不能随意支配。"

近年来，当官的少了好名声。而牛玉儒去世后仍被人民群众赞扬。他给为官者上了一课：常怀公心，用权为民，才是好官之道。

用权为民，使牛玉儒的工作不断有创新，有突破。牛玉儒在担任包头市长、内蒙古自治区副主席和呼和浩特市委书记时，均取得了前所未有的成就。包头市的城市建设成绩获得了国际认可，自治区外经贸上了新台阶，呼和浩特市引进了 IT 高端产业。这些不仅有前任和各级领导班子的功劳，更体现了牛玉儒奋发进取的创新意识。这些成绩的取得，缘于他一心为了事业、不留退路的精神，他因此最大限度地发挥了自己的聪明才智。

用权为民，使牛玉儒始终廉洁自律。牛玉儒担任的领导职务，都有相当大的权力。在他担任自治区副主席期间，通辽市一家外贸单位为从自治区争取更多的资金，在赠送给牛玉儒妻子的围巾里夹了 2 万元现金。牛玉儒让二嫂悄悄地退了回去。牛玉儒没有交到廉政账户，他怕伤了家乡人的情面。但他知道一个领导干部该干什么不该干什么。

牛玉儒搞城建，涉及的项目资金数以亿元计，可是他从来没有为亲友揽工程写过一张条子或打过一次电话，所有的工程都采取公开招标。正是有了公心，他才能为了工程质量对施工单位发出"干不了退出去"的

[①] 新华社呼和浩特 2004 年 11 月 28 日电，合作者曲志红、张云龙。

怒吼。

用权为民，使牛玉儒对人民群众充满了亲情。牛玉儒努力发展经济，改善城市环境，最终目的是为人民服务。他常说，要把经济建设的成果体现在人民群众生活的提高上来。牛玉儒没有把权力用在自己和亲友身上，是因为他把权力看成实现事业的主要手段，而这个事业就是党和人民的事业。他用手中的权力维护和实现人民群众的利益，也赢得了群众的爱戴。

用权为民，使牛玉儒能团结好各大领导班子。作为市委书记，牛玉儒最大的权力莫过于调整干部。可是牛玉儒把这个权力交给"民主"。他让人大、政协、纪检委、组织部以及分管领导们，在充分听取群众意见的基础上，选拔了一批德才兼备的优秀干部。他还创造性地在市人大和市政协里提拔和交流干部，改变了过去人大、政协是领导干部向二线过渡的角色。

如今，有些干部奉行"有权不用、过期作废"的实用主义，有些抵挡不住亲朋的人情面子，有些更把权力视为实现自己贪欲的工具。所以当他们手里有了权力，他们首先想到的是如何为自己和亲友谋取利益，不惜牺牲党的事业和人民群众的利益。

内蒙古自治区党委书记储波评价牛玉儒说，无私者无畏。正是一个"公"字，让牛玉儒顶住了人情，顶住了谣言，顶住了挫折。他不仅为人坦荡荡，更把自己投入到为人民服务当中，使个人的人生价值得到了升华。

编者：汤老师，做记者有高兴也有伤心，您遇到过这种情形吗？

汤计：是的。我经常因为采访对象的高风亮节而高兴、激动，也常因为采访对象的悲痛遭遇而落泪。比如当年在牛玉儒逝世以后，我们去采访他的老父亲的时候，就被感动得流泪了。也许正是这种情感上的共鸣，激励着我不断在新闻事业上进步。

编者：下面我们从汤老师当年的采访手记中，来感受一下牛玉儒父亲的伟大。

采访手记：父与子——探访牛玉儒父亲的感悟[①]

是否去探望牛玉儒的父亲，曾让人很踌躇。因为，这位 81 岁的老人，至今还不知道儿子去世的消息。

老人今年年初因脑干出血大病一场，多年没探过亲的牛玉儒，春节期间专门和妻子一起赶回来看望他。老爷子总算扛过来了，但要是突然知道自己最偏爱、最器重、也最引以为荣的儿了玉儒，竟先他而去英年早逝——这样的打击他如何承受？

家人只好先瞒着他，编的托词说牛玉儒被派去国外了，要几年才能回来。老二牛玉实也一直请假待在家里，防着老人从电视或报纸里得到什么消息。

志忑中走进老人的家，一进门，就看到老父亲的笑脸，一张消瘦、堆满皱纹的脸上，挂着那么真诚的喜悦！他一边让座，一边说："我高兴，你们来了，我高兴啊！"

原来，牛玉儒的二哥二嫂为我们的到来做好了铺垫，告诉他因为玉儒工作出色，受到中央和自治区领导表扬，所以记者来采访他。

"他干得真那么好吗？"老父亲好像还有点不敢相信似的，"我们家几代都是农民，没人出去做官。玉儒出息了，还干得这么好，我跟着光荣，特别高兴。"

讲起牛玉儒儿时的故事，老人显得十分慈爱。"玉儒是好孩子，没让人费什么心。家里条件差，孩子们都要帮着干活，他肯干，不偷懒，出去打草，一干一天，自己学习也努力。"

这是一位辛苦了一辈子的父亲。他的妻子，早在 40 多年前就撒下 6 个孩子去世了，当时，老三玉儒 7 岁，最小的女儿还不满 1 岁。他一个人拉扯着 6 个孩子，一边工作，一边艰辛度日。

他也是对牛玉儒影响最深的亲人。牛玉儒的哥哥妹妹都说，玉儒像父

① 新华社呼和浩特 2004 年 12 月 2 日电，合作者曲志红、张云龙。

亲，工作起来什么都不顾的劲头，不占公家一点便宜和爱读书爱学习的习惯，都一模一样。牛玉儒位高权重，却从来不给家里人"办事"，有时妹妹、嫂子们难免有些怨言，只有父亲永远是牛玉儒的支持者。他不但一再对家里人说不要找玉儒办私事，还亲自写信给儿子："亲属可能找你办这样那样的事，你一定要拒绝。他们可能会骂你六亲不认，不要怕骂，骂声越大，人民群众赞扬你的声音越高。历史上的包公不就是因为公正清廉而名垂青史么！"

提起这事，老人至今还记得挺清楚，他对大家说，当时刚好看了出《铡包勉》的戏，很受感动，就写了封信给玉儒，希望他当官要学包公，大公无私。这位当地五金公司副经理岗位退休20多年的老党员告诉儿子说："当领导干部的要以身作则，要不怎能让下边的人服你呢。"

对自己的儿子，老人从没有提过任何要求："我不求他报答我，他在外边干工作，是为人民服务的，我只担心他能不能一直干得好。"

谈话间，老人脸上始终挂着笑容，但却不由得好几次红了眼圈。这场景，让人心底隐隐作痛，有一种说不出的滋味。

他真的不知道儿子已经不在了？悄悄问牛玉儒的二哥，他说不敢肯定。他发现，父亲近些日子有些反常，最明显的是突然不喝酒了。"以前每天都喝一点，现在，拿给他他都不喝。我这些日子没上班，他也不来干涉。过去，我稍微迟到早退一点，他都要批评半天……"

我们告辞老人走出楼门，陆续上车时，忽见老人竟跟着送了出来，他脚步迟缓地向我们停车的方向走来，身上甚至没加上一件外衣。初冬的风吹起他的白发，午后的阳光投在他写满沧桑的脸上，他养的两只小狗，一黄一白，摇着尾巴在他身前身后跑来跑去。

不知不觉中，我们的眼里充满了泪水……

编者：做官有官品，做记者也应该有新闻品格。汤计老师说，自己的人生因新闻而美丽，因新闻而痛苦，因新闻而丰富，因新闻而精彩。所谓"因新闻而痛苦"，是指记者与被报道的人物心连心、共命运。由于你对被采访对象的热爱，他会像你的"儿女"一样留在你的心里，让你牵挂、让你欢乐、让你纠结、让你痛苦……在采访报道牛玉儒的过程中，汤计老师更加深刻地体会到了这一点。

二、草原英雄人物郝万忠

郝万忠同志简介：

1970 年出生的郝万忠，1991 年大学毕业后从事教育职业，当过两年中学老师。1994 年调入公安系统，2004 至 2007 年任鄂尔多斯市东胜区公安局刑侦大队大队长。之后，调任内蒙古鄂尔多斯市伊金霍洛旗和准格尔旗公安局局长。2011 年 5 月 14 日清晨 7 时 15 分许，参加鄂尔多斯市公安局集中培训活动的郝万忠，在进行体能训练时，突发心脏病，因公殉职，年仅 41 岁。

编者：汤老师，郝万忠是继牛玉儒之后，您在本世纪采写报道的第二个全国家喻户晓的英雄人物，而且中间相隔七年时间。为什么在这七年里，您没有报道其他的英雄人物呢？

汤计：报道牛玉儒，是我新闻生涯的"里程碑"。在采写报道牛玉儒英雄事迹的过程中，我从精力到情感非常投入。在身体上消耗很大，在精神上消耗更大。在采访牛玉儒英雄事迹的日日夜夜里，我时时刻刻被牛玉儒的故事深深地感动着、激励着，很长一段时间情感上无法平复。牛玉儒虽然离世了，但他一直活在我的心里。有很长一段时间，我不能谈他的事儿，一谈就激动、就流泪，对我的身体伤害很大。所以，之后的很长一段时间，我没有再写这方面的报道。

编者：是什么原因让您后来报道了郝万忠？

汤计：我是一直分管政法口的记者，而且之前成功报道了牛玉儒，这在内蒙古新闻界和司法界的人们都知道。准格尔旗公安局长郝万忠去世以后，公安系统的领导和准格尔旗的老百姓纷纷打电话找我，希望我能够采访报道郝万忠的先进事迹。对此，我是有所顾忌的。因为鄂尔多斯市是一个煤矿多、财富多、社会关系也非常复杂的地方，我担心郝万忠过不了人情关和金钱关，一旦写出来经不起时间的考验。最后，在准格尔旗广大干部群众的强烈要求下，我决定采访一下看看。

编者： 在之后一步步深入地采访中，汤计老师发现郝万忠确实是一个清正廉洁、有情有义的好警察。

公安局长郝万忠拒腐防变全心为公赢得赞誉[①]

这也许是个巧合：1964 年 5 月 14 日，县委书记的榜样焦裕禄不幸逝世，那年他 42 岁；2011 年 5 月 14 日，内蒙古准格尔旗公安局局长郝万忠因过度劳累突发心脏病去世，年仅 41 岁。虽然他们在人世间只生活了短短 40 余年，却都留下了共产党人全心全意为人民服务的不朽精神……

他在满眼金钱的世界做到了淡定

内蒙古自治区的鄂尔多斯市是我国经济成长最活跃的地区。从警 17 年的郝万忠，在鄂尔多斯的两个产煤大旗——伊金霍洛旗（简称伊旗）和准格尔旗（简称准旗）担任了 3 年基层公安局长。"总是有人通过直接、间接的关系来靠近他，他每天都面临着钱、权、法的考验。"伊金霍洛旗公安局司机李刚军说。

郝万忠刚上任就嘱咐李刚军，不准往车上放礼物。李刚军说，他在伊旗任职 16 个月，从未收过任何礼品。报销时他公私分明，例如宴请对象中如果有他的朋友，他就会自己出钱。他来了半年之后，我跟他说要去报账，他让我把单子拿出来给他看，生怕其中还有他的私人宴请票据。

郝万忠最忌讳以案谋私，公器私用。准旗公安局法制大队长满成英说，郝局长在准旗任职 1 年多，法制部门共处理行政案件 1800 多起，刑事案件 500 多起，经济案件 50 多起。他没有干涉过一起案件，能不能立

---

① 新华社 2011 年 7 月 18 日电。

案都由法制部门独立审查。"为了预防违法立案，他积极推荐我为局党委委员。他说'让法制大队长进局党委，就是让每个班子成员听到法制的声音'。"

郝万忠原是刑警，昼夜破案使他养成了吸烟的习惯。准旗公安局纪委书记张建宽说："10元的紫云烟，他一天抽两三包，都是自己买。"一次，郝万忠在办公室发现两条中华烟，里面还夹有2万块钱。他急了，把能进他办公室的司机、门卫、打扫卫生的叫来一个个地问……谁也没看见怎么放进来的。他把烟和钱交到了纪委廉政账户。因为这件事，郝万忠把烟戒了。

准旗是我国的产煤大县，坐拥127座煤矿。他一到任就向当地企业发了一封公开信，宣布公安局任何人不得以任何名义向企业拉赞助，不得借助权力吃拿卡要，发现一个处理一个。

公开信发出不久，郝万忠发现局里一些因公致伤的民警和烈士家属生活困难。他提议从每年的经费中挤出20万元救济。需要帮扶的对象多，20万元不够。郝万忠的哥哥郝万青说："他跑到我这儿要：哥，你经常搞慈善，也慈善一下公安局吧。我说准旗那么多煤矿，还找我拉赞助？他说不行，煤老板正等我开口呢。听他这么说，我给拿了6万元补缺。"

郝万青是内蒙古普泰建设集团有限公司董事长。普泰集团是鄂尔多斯市的民营企业，员工2000余人，固定资产约20亿元。郝万忠经常从哥哥那儿拿钱接济困难民警，但对家人的生意从不"关照"，反而避之唯恐不及，甚至"拖后腿"。他到准旗任职前，哥哥就通过公开竞拍以高价在准旗拿到一块地，他到准旗后却劝哥哥不要在这里搞。郝万青说："我分析他是怕影响不好。"

郝万忠去世后，姐姐郝凤兰去他办公室收拾东西，发现属于弟弟的物品只有书、衣服和68本笔记。办公室有一个保险柜，里面除了厚厚的尘土什么也没有。68本笔记是他遗留给亲人的宝贵精神财富。姐姐一本一本地翻看弟弟的笔记，情不自禁地放声痛哭……百余万字的笔记，没有一个字记录私事！

他的工作信念是追求最好

2010 年 1 月 6 日，以白贵河、何学强、徐召平、白贵才等为首的黑龙江省木兰县恶势力团伙又一次组织了 500 辆运煤车封堵沙圪堵镇西营子运煤集装站。被堵的运煤车辆长达 20 余公里。白贵河恶势力团伙为了独家垄断运煤生意，已多次拦堵、恐吓、威胁、打砸车辆、殴打驾驶人员等方式封堵西营子集装站……甚至还拦截铁路的万吨运煤大列。

刚上任一个月的郝万忠决心打掉这个团伙。在征得旗委、政府及市局领导同意后，他调集了 200 多名民警。他说："我怎么做你们就跟着怎么做！"到了堵车现场，他拿着喇叭向滋事的团伙喊话，白贵河依仗人多势众，故意用肩膀碰撞郝万忠，就在他撞向郝万忠的瞬间，郝万忠突然一个锁喉动作将其扑倒在地……300 个民警全都冲了上去，几十个恶势力团伙骨干几分钟内被生擒。祸害了一年多的恶势力团伙迅速瓦解，当地老百姓放鞭炮扭秧歌欢庆。

准格尔旗 1 年用炸药 5 万多吨，雷管导爆管 600 万发。民爆大队长戴建军说，我们从生产、销售、运输、储存各个环节都监控，从没发生过大的爆炸事故。郝局长认为还没做到万无一失，比如，安保人员年龄大、雷管没有保险柜，库房没有视频监控，村里家家有爆炸物。他把火工库改为保安公司看护，库房四周全部用视频监控和红外线报警，库房里增设保险柜，雷管全部进入保险柜。对于散落民间的爆炸物，公安局以每发火雷管 1 元、电雷管 3 元、每米导火索 1 元的价格回购，共收回销毁雷管 9 万发、导火索 4 万米。

郝万忠对工作精益求精，大事小事追求最好。鄂尔多斯市有 13 个基层公安局，市局网站经常有各分局工作排名。2010 年，准旗公安局工作排名在 A 区。宣传干事郭建军说："排在 A 区的分局有 3 家，这是自有排名以来准旗公安局最好的名次。"排名出来后，郝万忠把局领导叫到一起说："A 区有 3 家，我们为什么排第三不是第一？"大家愣了：并列第一嘛！郝万忠说，不对。打开单项成绩一项一项查，发现有一个单项成绩落后。郝万忠与分管领导详细讨论了扣分的原因以及如何采取措施补强。

郝万忠的 68 本工作笔记，从 1997 年当刑警到他去世前一天，忠实地记录了一个普通刑警成长为优秀公安局长的历程。他当刑警，一笔一笔地记下了案件侦破以及他的思考、分析和总结。2008 年 8 月升任公安局长后，笔记内容不再局限于案件侦破，更多地是关于如何将辖管地区的治安工作做得更好。

他的笔记本里记录最长的是"9·02"凶杀案。1998 年 9 月 2 日中午，东胜区女教师杨晔与 8 岁的女儿以及小姑子在家里遇害，凶手作案手法极其残忍，警方多年奋战未能破案。2002 年，郝万忠升任刑侦大队大要案件中队长，他捡起此案并发誓将其侦破。几年来，他不断研究、摸排、分析……整整记了 73 页。2004 年 8 月 3 日，他写道："六年前那天中午，到底发生了什么？本案不破，当刑警的终生遗憾！"

"9·02"凶杀案是郝万忠警察生涯的唯一遗憾。他从警 17 年，争分夺秒地忘我工作，直接参与和指挥破获刑事案件 2200 余起，打掉犯罪团伙 800 多个，抓获犯罪嫌疑人 3000 余名。他荣立一等功两次、二等功两次、三等功三次，还被授予"自治区劳动模范"、"自治区优秀人民警察"、"自治区十大破案标兵"等多项荣誉称号。

他以火一样的热情关心每个战友

法医燕亮说："郝局长关心每个战友，了解各家的情况。局里得癌症的、家有病妻的、因公负伤的、孩子没工作的……他都知道。""去年 12 月，郝局长代表局党委用新设立的警察救助基金救济困难民警，特困户救济 3 万元，最少的救济 2000 元。"燕亮领到了 6000 元救济款，这个曾经一天检过 17 具腐败尸体的汉子悄悄在办公室哭了。"钱不是最重要的，关键是暖人心。"燕亮说。

郝万忠突然去世后，82 岁的烈属杨海闻讯痛哭。杨海的儿子叫杨勇，原准旗公安局民警，1997 年到劳改农场执行公务，路遇一中学生在水库游泳溺水，他奋不顾身地跳入水库将男孩救出，自己却陷入淤泥中光荣牺牲。"杨勇是我抱养的。"杨海说。郝万忠见他还住旧土房，就找民政局、乡政府和公安局一起出钱盖了 3 间砖瓦房。老汉喃喃自语："走了一个好儿，来了一个好儿，这个好儿又没留住。"

"不与下级争功，不与同级争宠。"郝万忠担任公安局长 3 年，把立功受奖的机会都给了一线民警。"他的一等功、二等功、三等功都是当刑警立的。"张建宽说："去年破了'11·07'命案，局党委给他申报一等功，他说局长抢什么功，给一线民警吧，他们晋级长工资有用。我当警察 27年，经历了 9 任局长，他是真正大公无私的。"

郝万忠对战友们是大爱。他认为"警察形象好坏，关键在规范执法。"为了抓好执法规范化，他在全局开展规范执法大练兵，还规定全体民警参加执法规范化考试。考试不合格的 27 名干警被送去脱产培训，不合格率大于 20% 的部门负责人就地免职，不合格率接近 20% 的部门负责人诫勉谈话。这一举措引起很大反响。1 个月后补考时，全局民警都合格了。

郝万忠时刻惦记群众的疾苦，群众的事情再小也放在心上。大饭铺村民邬存小 74 岁的母亲被同村人打伤住院，打人者非但不积极配合看病，还不承认是他打伤的。他抱着试试的心理"摸"进郝万忠办公室。郝万忠当即责成刑警大队限期办理，事情得到圆满解决。他任公安局长 3 年，处理群众来信来访 480 多（件）次，查结信访积案 20 多起。

伊旗公安局有 16 名转业兵，他们是司机、厨师、门卫、锅炉工，为公安局辛勤工作了十几年还是临时工。郝万忠积极找政府，16 名转业兵转成了文职人员。他调任准旗公安局，开欢送会那晚，16 名转业兵凑钱买了一个笔筒和一个笔架，排着队托着"礼品"来到局长面前，说："我们知道你不收礼，你有时练字，就拿它放笔吧！"郝万忠哭了，在场的民警都哭了……不知谁带着哭腔唱起了《送战友》，歌声响彻整个机关食堂。

编者：汤老师，郝万忠生前和您认识吗？

汤计：见过一面，但不熟悉。郝万忠是学化学的高才生，原来在一所中学当老师，后来通过考试当上的警察。我想，当警察应该是他的理想吧。郝万忠刚开始是治安民警，后来又转做刑警。我有时候开玩笑说，郝万忠就像是《神探福尔摩斯》里的"华生"，对化学都很有研究，又是查案子的高手。他有记日记的习惯，从当刑警那天开始就记日记，到去世前一天，他共留下了68本日记。翻看这些日记，里面内容很丰富，其中关于一些案子侦办过程中他的思考，可以发现郝万忠的逻辑思维很强，特别是逆向思维，这让他在工作中更加得心应手。

编者：良好的职业素养、高超的工作能力，再加上对工作的执着和对同事的热情，成就了郝万忠虽然短暂但璀璨的人生。

一个公安局长的燃情岁月[①]

一对浓眉，一脸沉静，而每到危急关头，却像猛虎一般迅捷——在内蒙古鄂尔多斯市准格尔旗，很多人谈起公安局长郝万忠。

2011年5月14日，郝万忠突然去世，年仅41岁。然而，他的生命却如流星一般，短暂而璀璨。引人深思的不仅是他的传奇人生，更是这样一个问题：在社会转型、矛盾多发的今天，执法者应当如何作为……

立 场

鄂尔多斯市，一个曾经的西部贫困地区，如今因"人均GDP超过香港"而闻名。一方面是"财富神话"，一方面是矛盾错综交织，而公安局长常常被置身风口浪尖。

2010年春天，一家企业在准格尔旗（下称"准旗"）薛家湾镇打钻探矿，占地毁田。因补偿问题没谈好就开钻，村民们封堵道路阻挠施工，施工队以棍棒拳脚开路，两个村民被打成轻伤。警方把打人者刑拘后，施工队以几十万元的赔偿与村民们"和解"。有领导向公安局求情："钱也赔了，村民们不告了，你们撤案吧，别移送起诉了。"

---

① 新华网呼和浩特2011年10月10日电，合作者李柯勇。

诉，还是不诉？

公安局讨论时意见不一。有人认为应当给领导个面子，何况轻伤害案件是"民不举官不究"；法制大队的同志认为，不能以钱代刑，应该违法必究。两种意见争持不下，大家把目光集中到了刚到任不久的局长郝万忠身上。

"咚"的一声，郝万忠的钢笔重重戳在桌面上："诉！准旗施工队多，不诉会给施工队一个错觉：以为有钱就可以横行，打了百姓出钱就能摆平。这样下去暴力犯罪会上升，执法为民也会变成一句空话。"郝万忠向来话少，但每一句都有分量。

像其他地方一样，在经济迅猛发展、城镇化快速推进的鄂尔多斯，占地、拆迁、拖欠工钱等引发的矛盾纠纷时有发生。每当遇到这类事，郝万忠的脚板总是站在群众利益一边。

2010年5月，修建准（格尔）东（胜）铁路，企业征地时在沙圪堵镇贾浪沟村遇到一个"钉子户"。这户农民听说要征地，全家总动员抢先在地里栽了3000株杏树苗，不给补偿就不让施工。企业认为抢栽抢种不属于补偿范畴，总经理找到了郝万忠，希望公安强制拔苗。

郝万忠听后一笑，说："一株树苗12元，雇人来栽人工又得3元，加起来至少每株15元。农民就算抢栽，他也付出了辛苦花了钱。你也抢栽3000棵试试？"

总经理一听也乐了："嗨，就几万元，我们给了。"

"这就对了，你是来修铁路的，又不是找农民打架。"郝万忠说，"几万块钱对企业不算事，可对农民呢，推土机一上啥都没了。"

"钉子户"获得了补偿，铁路建设如期推进。

决　断

准旗是个拥有127座煤矿的产煤大县。将近两年时间里，一伙人垄断了西营子煤炭集装站，动不动就操控运煤司机堵路，造成交通瘫痪。2009年11月郝万忠刚到准旗上任就遇上了。

在各方利益纵横交织、矛盾纠纷黑白难辨之际，尤其考验着一个公安局长的能力和胆识。郝万忠没有盲动，而是深入群众中调查：这是不是运煤工人的正常利益表达？

前后两个月，他几次到司机、企业、百姓中调查取证。曾经敢怒不敢言的人们纷纷开口：这伙人近两年来欺压司机，劫掠百姓，要挟企业，甚至殴打警察，把警车推到山沟里。

烟头在脚下踩得粉碎，郝万忠一挥手说："这个恶势力团伙不清除，我就应该卷铺盖走人！"

2010年1月6日，西营子空气紧张，一如这个严冬的清晨。团伙在公路旁一块山间空地上与警察对峙。这次，团伙操控了500多辆大卡车，被堵运煤车排了20余公里。

准旗公安局集结了200多警力隐蔽待命。几十个团伙骨干成员、数百群众围观。警戒线前，郝万忠喊话。团伙头领白贵河披了件军大衣，在十几个同伙簇拥下晃悠过来。他双手拢在袖筒里，吸着鼻子，肩膀直接拱向郝万忠胸口："咋地啦？咋地啦？"

情势变化之快超出了所有人预料。身穿黑风衣、体形偏胖的郝万忠动作快如闪电。大家还没看清呢，他一个锁喉动作就把白贵河摁翻在地。

全场震惊。连民警们都没想到，局长竟会一马当先只身制服匪首。无须命令，怒火压抑已久的民警们迅猛出击，团伙骨干尽数被擒，一个为害多时的恶势力团伙就此土崩瓦解。

郝万忠目光如炬，短硬的头发根根竖立，往那儿一站就带着一股凛然正气。当地老百姓放鞭炮，扭起秧歌，欢庆了三天。

神　探

1970年出生的郝万忠，大学毕业后当过两年中学老师，之后调入东胜区公安分局，当了10年刑警。

初来时，很多同事看他胖乎乎的，沉默寡言，乍一看还有点鲁钝，除朴实外似乎没什么优点。然而，这个不起眼的年轻人很快显出了过人之处。

2001 年 6 月，一个身负两条人命的疑犯出现在街头，已来不及调集更多的警力，没带武器的郝万忠向两名同伴使了个眼色，便大摇大摆迎上去假装问路。疑犯一走神儿，郝万忠瞬间扑了上去，死死抱住疑犯的双臂。疑犯一边拼命挣扎，一边两手向腰间乱抓。跟上来的民警从其腰间搜出两支子弹已经上膛的手枪。

2002 年 4 月，郝万忠带领 3 名民警，连续开车三天三夜，千里追击命案凶手。汽车在崇山峻岭之间飞驰，几次险些摔下悬崖。极度疲劳之下，民警们甚至产生了幻觉。可是一到目的地，郝万忠比谁都精神。他们刚到 10 分钟，凶手就出现了。所有的人都还没反应过来，郝万忠的枪口已经顶到了凶手的后脑勺上。

2005 年 11 月，一个疑犯在一座房子里手舞两把菜刀，两个女人倒在血泊中，生死不明。为抢救伤者，狙击手奉命把疑犯击伤。就在枪响的刹那间，疑犯甚至还没倒下，郝万忠一下就冲进屋里，连警犬都没跟上他，吓得现场指挥官赶紧喊："停止射击！"

"郝万忠是一个标准的警察，警察意识极强。"鄂尔多斯市公安局副局长兼东胜区公安局长刘杰评价，"一旦遇到急难险重任务，冲锋陷阵，甚至是刀山火海，他不需要命令，直接就冲上去了。"

小时候，郝万忠跟着在看守所当炊事员的父亲住在东胜公安局大院里。每天看着警察押着疑犯进出，他觉得这个能主持正义的工作是全世界最神气的职业。他对哥哥说："我长大了也要当警察。"

在别人看来，每天与盗贼、凶手周旋充满了危险，而他却以担当老百姓的"和平卫士"而无比快乐，并为此倾注了全部心血。

他平时很少跟人说笑闲谈，一坐下就想问题，每次开口常有独到见解。同事送他一个外号"老谋"，随即换成了"高原神探"。谁说个电话号码，他听一遍就再不忘掉。初任伊旗公安局长时，他在会上随口就说出伊旗全城有多少个十字路口、丁字路口，作为部署警力的依据，连在当地生活多年的老民警都自叹弗如。

2004 年冬，郝万忠带队转战西北五省区侦破特大盗车案。民警们轮流开车，实在累得不行，他就大声唱歌，过收费站时还一边唱歌一边交费。到了甘肃兰州，终于把主要疑犯锁定在一家电影院里。

电影散场，郝万忠带着搭档，装作漫不经心的样子，逆人流而上。经过疑犯两侧，两人同时出手，每人扣住疑犯一条胳膊，肩头一扛一发力。疑犯来不及反抗就被腾空架起，从头顶划过一条弧线，仰面摔在台阶上。

大雪纷飞时节，郝万忠带着十几辆被盗汽车，仍是　路凯歌而还。此后数年，东胜区盗车案发案率为零，盗车分子不敢踏入东胜一步。

郝万忠从警 17 年，直接参与和指挥破获刑事案件 2200 余起，打掉犯罪团伙 800 多个，抓获犯罪嫌疑人 3000 余名，在一系列大要案侦破中屡建奇功，被内蒙古自治区评为"十大破案标兵"、"十大北疆卫士"。

赤 子

"疾恶如仇。"人们这样概括他的性格。正因疾恶如仇，他顶住了种种压力，拒绝了无数诱惑，而百姓找上门来，他却有求必应。

2008 年，时任鄂尔多斯市伊金霍洛旗（下称"伊旗"）公安局长的郝万忠接待了一个上访者。这个名叫张蓉的姑娘 19 岁就开始上访。2005 年，她父亲张凤珍在一次群殴中被打死，此后数年一直无法确定真凶。她发誓要查清真相，让父亲沉冤昭雪。

看着姑娘与年龄不相称的沧桑面容，郝万忠说："这事我管。"

随后，他赶往张蓉家里走访。那是个凄凉破败的家，张蓉打着一份工，独自养活年迈的爷爷奶奶。见到郝万忠，老人涕泪纵横。

同去的民警们罕见地看见他们的铁腕局长眼里涌满了泪水。郝万忠紧紧握住老人的手说："你儿子没了，我们都是你的子女。我一定会还你们一个公道。"

他重阅所有案卷，提出一个惊人思路："以前都把排查重点放在张凤珍的对头身上，他的同伴呢?"果不出所料，张凤珍竟然是其同伴失手打死的。

凛冽寒风里，张蓉在父亲灵前点起了一小团温暖的火苗，说："爸，你可以合眼了。郝局长是咱家天大的恩人！"

郝万忠出生在准旗暖水乡一眼简陋的窑洞里。也许是出身贫寒，他一直保持着一颗赤子之心，最见不得百姓受苦。

2008年12月，伊旗200多名农民工走上街头，打出横幅"还我血汗钱"。他们参建的一项工程业主方拖欠工资，多次讨要未果。郝万忠把大家劝回工地，叫来业主老板。老板面有难色："资金确实困难。"

每个人都听得出郝万忠强压的怒火："你有钱把工程开起来，就没钱发工资？农民工比你老板更需要钱。数九寒天，你不给钱，他们就没有棉被盖，没有棉衣穿，甚至没饭吃。我不管你挤也好，贷也好，必须想办法。"

两天后，拿到工钱，农民工几百双粗糙的大手一起鼓掌，巴掌都拍疼了。

担 当

2008年8月，郝万忠刚任伊旗公安局长就遇到一个历史遗留问题。伊旗公安局有16名退伍军人临时工，由于没有正式编制，待遇一直很低。他们年复一年地向上级反映，一直没有解决。

郝万忠到任，他们照例找局长。看着这位新局长记下了每个人的名字，但他们没抱太大希望。哪知，连续3个月，郝万忠一次又一次找到旗领导，终于为这些人争取到了文职人员编制。

他说："你们和其他民警一起出生入死，一起备尝艰辛，拖了这么长时间没解决，我代表局党委向你们致歉了！"

临时工们激动得手足无措，却不知何以为报，他们知道郝万忠从来不收礼。2009年11月，得知郝万忠要调任准旗公安局了，踌躇再三，他们还是凑了300元，买了一个笔筒和一个笔架，希望郝万忠摆在桌上，看到它们就能想起："在伊旗还有16位被你关照过的兄弟姐妹念着你！"

郝万忠双手接过笔筒和笔架，在手里掂了掂、看了看，说："这是16

颗兄弟姐妹的心，我会好好珍藏。"这也是郝万忠在伊旗任上接受的唯一一份礼物。

在郝万忠曾经工作过的地方，民警们都这样评价他："郝局长从不与下级争功，却是一个敢于为属下担当的领导。只要义不容辞，他从来都肝胆相照。"长期身处公安一线，郝万忠深知民警群体的艰难与辛酸。当了领导，他总是千方百计地帮助战友们解决他们自身无法解决的困难。

调任准旗公安局长不久，他就把全局 580 名民警的情况摸了个透：谁得了癌症，谁家有病人，谁因公负伤，谁的孩子没工作……2009 年 12 月，他建议局党委设立 20 万元警察救助基金，专门救济生活困难的民警。

20 万元基金，相对于众多困难民警来说，还是显得捉襟见肘，郝万忠就去找办企业的哥哥"化缘"。烈士杨勇的老父亲杨海住在农村一间破旧的土房里，基金不够帮他修房子，郝万忠就让哥哥出了几万元给老人补缺。82 岁的杨海拉着郝万忠的手掉泪："我走了一个好儿子，又来了一个好儿子。"郝万忠动情地说："绝不能让我们的民警流血再流泪！"

兄　弟

人们都说，郝万忠胸有大志。他留下 68 个笔记本，写满了对各种案件和难题的分析、设想、创见。他最关心的是如何保护百姓安居乐业，如何保持公安队伍纯洁向上。

可惜，他壮志未酬。今年 5 月 14 日清晨，过度劳累的郝万忠突发心脏病，迎着初升的太阳倒在了集训操场上……

成百上千的人自发前来吊唁，一批又一批的公安民警通宵守灵。其中有挨过他骂的人，有怀疑过他的人，有曾遭他拒绝的人，有在提拔之路上曾被他超越的人。在那些惊险、艰辛而又充满传奇色彩的日子里，郝万忠以他过人的胆略和胸怀赢得了战友们的信任和爱戴。他们说，郝万忠不仅是一个同事、一个领导，更是一个在危难关头可以生死相托的好兄弟。

准旗公安局一名老民警与妻子长期两地分居，为了给家属调动工作请人吃饭，邀郝万忠出面作陪。因为有求于人，那晚郝万忠放量干杯，喝多了出门摔了一跤，尾椎骨都摔裂了，可是他对谁都没说。郝万忠去世后，司机讲起了这件事，那位老民警倍感内疚，在郝万忠灵前顿足痛哭。

郝万忠为人豪爽，脾气火爆。他最不愿听到破案打了败仗。办案中如果哪个民警不尽责，他会骂得你恨不能找个地缝钻进去。可是民警们又说，郝万忠是个性情中人，骂人也骂得纯粹、动情。

东胜区公安分局一名年轻民警，当年在郝万忠手下时经常挨骂。郝万忠去世后，他守在灵堂哭得最厉害。他说："如果郝局长不骂我，我就是刑警队的小混混，早离开公安队伍了，哪还能立二等功。"哭了一阵子，抹干眼泪，又说："郝哥，我再给你烧张纸吧，再敬杯酒，点支烟，你在天堂想抽就抽吧，别再戒了。"

相处时间久了，战友们发现，这位"铁面局长"是一个可亲可爱的人。他爱打台球，还常耍点小赖，在公安局活动室里争球，吵闹声连院子里都听得到。

郝万忠的灵堂设了7天。曾经一起出生入死的兄弟们在他遗像前摆开酒菜，像他生前一样一杯又一杯地与他举杯痛饮，烈酒和热泪浸透了每个人的心。

遗体告别那天，伊旗公安局16名"临时工"抬着花圈，来到郝万忠灵前。不知是谁唱起了"送战友，踏征程……"在场的民警们都跟着唱，唱得那么悲壮，歌者、听者无不泪下。

编者：郝万忠的先进事迹在"新华视点"栏目播发后，中共中央政治局委员、中央政法委书记孟建柱同志在2011年10月11日的《新华每日电讯》报上饱含激情地写道："郝万忠的先进事迹十分感人，他是当代的英雄，是公安民警学习的榜样，请继续大力宣传，挖掘郝万忠同志的先进事迹。"汤老师，您觉得郝万忠身上有哪些优秀的品质？

汤计：对于工作，郝万忠勤勤恳恳、任劳任怨；在艰难险重的工作面前，总会有郝万忠；在复杂棘手的地方，总离不开郝万忠。郝万忠是无私的，他会把评功授奖的机会让给一线的民警；郝万忠又是公正的，他对自己的家人和亲友能够做到"六亲不认"。生活中的郝万忠感动了我，性格上的郝万忠感动了我，精神上的郝万忠更感动了我。

编者：虽然郝万忠已经去世了，但他留下的"遗产"足以让大家震撼，也会激励更多"郝万忠式"的人物的出现。

时代先锋：公安局长郝万忠的"遗产"①

10月10日，新华社播发了关于内蒙古鄂尔多斯市准格尔旗原公安局长郝万忠的长篇通讯《一个公安局长的燃情岁月》，引起强烈的社会反响。

鲜为人知的是，今年5月14日郝万忠突然离世后，单位将他的办公室和宿舍贴上了封条，目的是等他的家人来清理遗物。但是，这种依据惯例采取的常规做法，也给人们增加了悬念与猜想。

遗　物

郝万忠的追悼会结束几天了，妻子孟文娟却不愿相信丈夫已经离世，不愿面对遗物。郝万忠的姐姐郝凤兰来到了准旗公安局。

盖着大红公章的封条被撕开，同行的人把摄像机、照相机对准了那间人去屋空的办公室。抽屉、柜子、书橱纷纷被打开，进入镜头的是各类书籍、68本笔记、一堆勋章和立功受奖证书。

办公室还有一个小套间，摆着一张木床、一个衣柜和一个保险柜。保险柜没有钥匙，郝万忠的司机刘伟说："别开了，那是以前留下的，郝局长没用过。"

"那也打开看看吧。"办公室的同志请来开锁工。锈迹斑斑的保险柜铁门"吱嘎"打开，眼前是硬币厚的一层灰尘，里面空无一物。

再拉开衣柜，柜里有一套警服、几件便衣，还有半条10元一盒的

---

① 新华社呼和浩特2011年10月31日电，合作者李柯勇。

"紫云烟"。烟下面压着一封妻子孟文娟两个月前的来信。郝凤兰打开信封，看到孟文娟这样写给自己的丈夫："工作事业是很重要，我不是不支持你，但你能不能给我们娘儿俩留点时间？儿子马上要中考了，你也应该回来多陪陪他、鼓励鼓励他呀！"

随后，郝凤兰把信还给了孟文娟。再次看到自己这封从未得到回复的信，孟文娟爱恨交加，泪流满面，把信撕了个粉碎。

郝万忠没给亲人留下多少遗产，甚至没有留下一句遗言，却留给人们一串耐人寻味的故事。

淡 定

鄂尔多斯地区以"富"闻名，资源优势造就了数以千计的亿万富翁，而郝万忠曾经任职的东胜区、伊金霍洛旗、准格尔旗又是富中之富。

2009年11月3日，郝万忠一到准旗立刻深陷"重围"，面对的不是明枪暗箭，而是无数诱惑。"总是有人通过直接、间接的关系来靠近他，他每天都面临着钱、权、法的考验。"刘伟说。

在有煤矿127座的准旗，一位不愿透露姓名的矿主说："哪个矿一天也赚一麻袋钱。煤矿出现纠纷或是炸药供不上就得停产，常常需要公安局介入。停产一天一麻袋钱没了，停产十天十麻袋钱没了。公安局长想搂钱太容易了。"

时近年关，一拨又一拨的人来"拜望"郝万忠。有企业老板，有乡镇领导，没一个是空着手来的。

"有一天我向郝局长汇报工作，他正在办公室会客，是个煤老板，我没好意思进去。"准旗公安局纪委书记张建宽回忆，"门突然开了，煤老板出来，表情尴尬。郝局长追出来，把一个皮包塞还给他。推让之间，扯开了一个口子，包里是一摞一摞的百元大钞。"

在这片没有硝烟的战场上，郝万忠像破案一样劳心费神，每天都得防范扔"糖衣炮弹"的人。为了刹住驻地企业的送礼风，郝万忠发出一封《准格尔旗公安局致驻旗企业的公开信》，严禁公安局任何人向企业拉赞助、乱摊派、乱罚款。

但多数人并不当真，认为不过是新官作秀吧？谁知，郝万忠来真的。

有个老板想请他违规批个条子，他说："行。"老板很开心，正要表示感谢，却见郝万忠开始脱警服，边脱边说："批了你这个条子，我就不当警察啦！"老板知难而退。

还是有人不信。春节前，刘伟的手机都快被打爆了，各种人询问郝局长家庭住址。结果无一例外，都被一句"我也没去过"搪塞。在这个"金钱满眼"的地方，郝万忠做到了淡定。

为了堵住送礼者，原来每天抽两包烟的郝万忠把烟戒了。戒烟后还馋烟，看见别人抽，他先抢过来，也不点燃，横在鼻头下，噘起上唇夹住，仰头深吸一口："好香呀！"然后依依不舍地还给人家。

去年腊月二十九，郝万忠要回家过年了，家里还没置办年货。他和刘伟去超市购物。刘伟说："去年春节你拒收礼，今年无人送礼上门。"郝万忠一边挑东西一边自嘲："这局长当得很惨是吧？"刘伟逗他："现在收也不晚，要不？"郝万忠笑骂："滚一边去！"

硬 气

在采访中，记者发现刘伟保存着两个账本，完整地记录了郝万忠在准旗担任公安局长 18 个月的每一笔花销。他家在准旗 140 公里之外的东胜区，平时没空回去，自己不带钱，个人开支都由司机经手。

记录之细令人惊讶，包括吃饭、买书、买衣服、洗澡、买茶叶、买药、买机票、汽车加油保养等各种费用，还有同事、亲友结婚或小孩生日上的礼金，细到个位数。其中最特别的，甚至记了每顿饭是跟谁吃的。

公安局的同事都知道，郝万忠每次请客，只要有他的朋友在座，饭钱就不让单位报销。公安局规定，局领导每辆公车年花销不能超过 6 万元。去年，他的车花费了 7.2 万元，于是自掏腰包 1.2 万元。

有人劝他："你是局长，请客、用车也都是公务，不用这样公私分明。"他摇摇头，笑而不答。

"绝不多花公家一分钱，绝不为金钱动私心，绝不用原则做交易。"郝万忠给自己定下这样三条铁律。他深知，只有坚守，才能"硬气"。

2007年3月，东胜区发生新中国成立以来鄂尔多斯市最大的合同诈骗案，破案后追缴赃款1亿多元。追赃时，一名涉案人员想少退些赃款，拿着10万元"好处费"来找专案组长、时任东胜区公安局刑侦大队大队长的郝万忠。被拒后，又通过各种关系来说情，同样被拒。

此人恼羞成怒，给郝万忠打电话："你这样软硬不吃，别怪我不客气。我跟某某领导是哥们儿。别说拿掉你这个大队长，就是扒了你这身警服都是分分钟的事情。"

当时，东胜区公安局刑侦大队教导员刘建平正在旁边，他清楚地记得郝万忠一笑，说："我们警察有自己的尊严，别以为你有钱就可以为所欲为。你也别威胁我，我怕了你这些歪门邪道，早就不当警察了。"

最终，此案追赃数额创鄂尔多斯历史纪录。

无论什么关系人情还是"保护伞"，郝万忠概不买账。但是，人们很快发现，这位金钱财物攻不动的局长，却很好办事，只要是合乎规定的正当事。他就是要让人们相信："在我这里没有潜规则。"

清 白

从普通探员到公安局长，郝万忠用了10年，在鄂尔多斯警界提升最快，这样的提拔速度也曾引起过非议。曾有一封匿名信说他哥哥郝万青替他"买官"。郝万青是内蒙古民营企业普泰建设集团有限公司董事长，资产约20亿元。

为了弄清真相，中央和自治区纪检委专门来调查了两次。"郝万忠买官？别逗了，那得羞死他！"战友们很惊讶。

"且不说查不属实，但凡了解一下郝万忠的业绩，就明白他根本不需要走歪路。"鄂尔多斯市公安局副局长兼东胜区公安局长刘杰说，"即使官可以花钱买来，这些功勋章也无法买到。那是一名刑警用血汗、智慧甚至生命换来的。"

郝万青是东胜区有名的地产商，每年新建广厦千万间，郝万忠却从未向哥哥张嘴要一套。婚后十多年，他和妻儿一直住在父亲一砖一瓦盖起来的平房里。2006年才搬进城边一套120平方米的商品房，而且还是阴冷潮湿的一楼，无论位置、装修、陈设，在当地工薪阶层都堪称寒酸。

2008年，郝万忠出任伊旗公安局长前，哥哥劝他弃官从商："别当那个局长了，费力不讨好。你来我公司做CEO吧。"郝万忠摇摇头："哥，你知道我的志向，从小就想当个警察。"

他们的父亲是看守所炊事员，多年前带着全家住在东胜区公安局大院里。从小郝万忠就喜欢把狱警的大盖帽戴在头上显摆。而父亲却不时把两个儿子领到看守所，让他们看犯人，还警告说："看到没？走歪门邪道，就是这个下场。"

不知老父的教导在郝万忠的心里占怎样的分量，可知的是他从来都把"清白"视同自己的生命，对亲友也一样不讲情面。

他妻子开私家车违章，照交罚款，发票至今犹在。姑父酒驾被抓，他拒绝说情，照样被拘15天。哥哥做生意，他不仅不利用权力去"关照"，反而"帮倒忙"。

2004年，郝万青遭遇合同诈骗，找东胜公安局报案。他想有亲弟弟在，案子能办得快些。可偏偏就是郝万忠提出"管辖区域不对"，硬是不给立案。

郝万忠调到准旗之前，郝万青通过公开竞拍在准旗拿到一块地皮，准备开发商业项目。郝万忠一到，就劝哥哥把地卖掉。劝了几次，郝万青急了："我到准旗创业比你早6年，不能说你为了避嫌，你走哪儿都让我关门停业吧？"

后来，当年那位写匿名信猜测郝万忠"买官"的告状者，竟然主动找到纪检部门认错，说："给郝局长这样的好人抹黑，我良心上过不去。"

追　求

准旗公安局法制大队长满成云素以耿直知名，曾因意见不合，在会场上站起来顶撞前任局长。郝万忠调任不到一周，就把他叫过去说，他的一位好友与人做生意，疑心被骗，来找他希望公安局把对方的货物扣压。问满成云从法律的角度看能否立案。满成云依旧直言："属于经济纠纷，应到法院起诉，公安局不能插手。"说完一想，见郝局长第一面，第一件事就驳了领导面子，以后还不给自己小鞋穿？

谁知，一年后，郝万忠将满成云破格提拔为局党委委员。

"提拔你进党委，就是想让局领导决策时能听到法律的声音。"任命谈话时，郝万忠说得更直接，"送你四个字，坚持原则。"

在郝万忠看来，满成云是个眼里只有法律的好干部，连他这个局长都敢顶，对别人就更能坚持依法办案了。

郝万忠拒收财礼出了名，也引起过一些人的猜测：他能在重重诱惑和压力面前做到清正廉洁，是不是因为他家"不差钱"？

但是，记者在采访中听到很多了解他的人说："一些人已经很有钱了，还是收礼拿钱。人的贪欲和钱多少没有必然联系。郝万忠不爱钱，他的追求都在事业上。"

从警以来，他曾获一等功两次、二等功两次、三等功三次，先后被内蒙古自治区评为"十大破案标兵"、"十大北疆卫士"。郝万忠最珍视的是荣誉，甚至不惜用生命去维护。

5月6日，他因严重胸闷、头痛住进了医院，他不让刘伟告诉任何人。他不告诉家人，觉得亏欠妻子、兄弟姊妹太多了；他不让告诉朋友，害怕有人借口送钱物。他说："要是人家来送东西，我躺在床上推又推不动。"

一周后，郝万忠突发心肌梗死去世。他赤条条地来到人世，干干净净地离开了人世。一位曾经被他拒绝过财礼的煤老板通宵守护在灵前，一边烧纸钱一边说："你活着把我的钱扔出来，害我彻夜给你烧纸钱……"

编者：*郝万忠是有情的，他生前因病住院，却不愿告诉妻子和兄弟姐妹，不想再给他们添麻烦；郝万忠是有义的，他从哥哥那里借钱*

接济有困难的同事；郝万忠又是廉洁的，从警 17 年，几乎没有收过任何礼物。郝万忠的精神将永存，会涌现出更多像他一样的好干部。

三、为什么要报道草原英雄人物

谈起我的记者生涯，牛玉儒和郝万忠这两个草原英雄人物的报道是无法忽略的。牛玉儒是内蒙古自治区成立以来，历史上第二个"里程碑"式的新闻人物，因为报道他，也成就了我职业生涯的"里程碑"。之后考虑到身体上的原因，对于这方面的报道我不想再碰了。但 7 年以后，当郝万忠这个典型出现的时候，我认为自己有责任把他写出来，对自己、对社会以及对郝万忠和他的家人，算是一个交代。

（一）报道的目的是传递正能量

牛玉儒和郝万忠都是中国共产党的优秀干部，宣传和报道他们，就是要把他们身上的优秀品格、为官之道展示给社会，展示给领导干部们，传递正能量。什么是正确的为官之道？正确的为官之道，就是心里装着老百姓，知道人民群众的疾苦，时刻注意他们在想什么、需要什么。只有老百姓满意、老百姓点赞的干部，才是真正合格的干部。

在牛玉儒身上，他所具有的那种善，对老百姓的关心，和基层群众的近距离接触，集中体现了我们党对人民群众深深的爱。真正体现了心为民所系、权为民所用、利为民所谋。舍小我才能成大我！什么是"小我"，什么又是"大我"？"小我"就是只关注自己的荣辱得失，是一种低层次的追求。"大我"就是将集体、社会、国家的利益考量作为出发点，是一种高层次的追求。一个人在成就大我的同时也就成就了小我。

牛玉儒和郝万忠，他们真正做到了舍小我而成大我。我们宣传和报道他们，是对他们的肯定和褒奖，也是为了传达出党和政府对人民群众的关爱。全心全意为人民服务是我们党的宗旨和优良传统，广大人民群众对美好生活的追求就是我们党不断奋斗的动力。为官者，应该向牛玉儒和郝万忠看齐，以人民群众的切身利益为大，多一些平民情结。

（二）报道中的体会

在新华社有关牛玉儒的一系列报道中，基本上是通讯配发评论的形式，是讲故事与写评论相结合，而且是密集播发，时间紧、任务重。因此，只有平时多练笔，真正到了战时才能出精彩。

另外，平时还要多读书、读好书，在读书学习中涵养自己的思想情操。在读书中，了解中国共产党"全心全意为人民服务"的信仰理念；了解中华人民共和国成立后的前30年，我们的父辈与领袖人物是如何付出鲜血与汗水，自力更生建立起一个拥有完整工业体系的社会主义强国。在读书中，了解祖国后30多年的改革开放，国家经济与科技水平如何发生巨变，最终成为世界第二大经济体。只有胸怀祖国才能放眼世界，只有对祖国和人民怀有深深的爱，才会有高境界和大格局。